光文社文庫

文庫書下ろし

屋上のテロリスト

知念実希人

光　文　社

この作品は光文社文庫のために書下ろされました。

屋上のテロリスト　目次

プロローグ

1945年11月15日　正午

列島が静止した。
人々は彫像《ちょうぞう》と化したかのように動きを止めた。
彼らの顔からはあらゆる表情が消え去り、まるで能面を被《かぶ》っているかのようだった。
立ち尽くす人々の傍《かたわ》らで、ラジオからひび割れた声が流れ出す。

『朕《ちん》ハ帝国政府ヲシテ
米英支蘇《べいえいしそ》四国ニ対シ
其ノ共同宣言ヲ受諾スル旨通告セシメタリ』

その瞬間、言葉の意味を悟った少数の者たちの金縛りが解けた。

ある者は崩れ落ちるように膝をつき、ある者は天を仰《あお》いで慟哭《どうこく》を上げ、ある者は頭を掻き毟《むし》った。

しかし大部分の人々は、その意味を理解することができず、蠟《ろう》人形のごとく固まっていた。

広島、長崎、そして新潟が新型爆弾により焦土《しょうど》と化し、沖縄に続いて九州が連合軍によって、北海道がソ連軍によって陥落《かんらく》した。連合軍の伊豆《いず》への上陸を許し、千葉の沖にも大艦隊が集結している。しかし国民の多くは、これほど敗北が明らかな状況でも、未だに神国日本の勝利を信じていた。

八千万人の幻想が砕け散った音が、列島に響き渡る。

『堪《た》へ難《がた》キヲ堪へ　忍《しの》ヒ難キヲ忍ヒ……』

すすり泣きの響く中、ラジオは残酷な事実を淡々と流し続ける。

この日を境に、『日本』という国は地図から消え去った。

第一章

1

2017年11月15日　15時38分
東京都西東京市《にしとうきょうし》　滝山《たきやま》高校

ミサイルでも降ってこないかな。

雲一つない快晴の空を見上げながら、酒井彰人《さかいあきと》は座ったまま大きく伸びをする。傍らには、ここに来る途中で買った新聞が無造作に置かれていた。

『二階堂《にかいどう》大統領　開戦の可能性に言及！』

フォントの大きな赤文字が一面の見出しを飾っていた。

最近、東との緊張が極限まで高まっている。新聞もテレビも連日、開戦の可能性を大々的に報じていた。戦後七十数年、西日本共和国《にしにほんきょうわこく》でこれほど『戦争』という言葉が現実味を帯《お》びたことはなかった。ミサイルもあながちあり得ない話ではない。

緊張の原因は、東が以前から領有権を主張していた佐渡島《さどがしま》に陸軍を侵攻させ、島の一部、それも特別天然記念物である、朱鷺《とき》が生息している地域を支配下に置いたためだった。

朱鷺。学名、ニッポニア・ニッポン。まさに日本の象徴ともいえる鳥の生息地を手に入れることは、東日本連邦皇国《ひがしにほんれんぽうこうこく》にとっても、そしてこの西日本共和国にとっても重要なことらしい。

天然記念物とはいえ、鳥なんかのために戦争の危機になるとはね。彰人は気怠《けだる》さをおぼえながら新聞を捲《めく》る。

『日本スカイタワー　高度９５０Ｍを突破で完成間近　来年の地デジ化に向け順調』

その記事を見て、唇の端《はし》がかすかに上がった。

日本スカイタワーは西日本のテレビ放送デジタル化と、東日本の全国放送の出力増大のために建設されている東西友好事業の目玉だ。三年前から群馬県と福島県の県境、東西日本の国境を跨《また》ぐ形で、四葉《よつば》建設によって建設が進められている。

戦争の危機が迫っているのに、友好事業は順調に進み、本州の中心部にそびえ立っている。

彰人は新聞を閉じた。別にこれといって読みたい記事があったわけではない。今日がどのような日なのか知りたかっただけだ。自分にとって、人生で最も重要な今日が。

高校の屋上。住所の上では東京でも、二十三区外のこの町には、背の高いビルは少ない。

五階建ての校舎の屋上からでも、町全体を見渡すことができた。多くの民家の軒先には国旗がはためいている。今日は十一月十五日、終戦記念日。祝日で学校は休校だった。

やはり祝日にしてよかった。落ち着いて準備を整えることができる。彰人は立ち上がると、屋上の外周に張り巡らされたフェンスから身を乗り出して下を見る。

十数メートル下に、アスファルトで覆《おお》われた地面が広がっていた。高さは十分、足から落ちるようなへまをしなければ、間違いなく目的を果たせるだろう。

さて、いつまでもだらだらしていても仕方がない。残念ながらミサイルが降ってくる気配もないし、誰かに見つかって邪魔をされる前に済ましてしまおう。

彰人は身軽にフェンスを跳び越え、三十センチほどしかない足場に立った。一歩踏み出しさえすれば、あとは万有引力に身を委《ゆだ》ねるだけだ。

淡い期待感が胸の中に広がっていく。

大きく息を吐いて興奮を希釈《きしやく》すると、足を覆っているスニーカーを脱ぎ、きれいに揃えた。こうしておけば、すぐに自殺だと分かって、警察に無駄な労力を使わせないで済むだろう。

自分がこの世から消えた後のことまで心配していることが可笑《おか》しくて、喉《のど》の奥から小さな笑い声が漏れる。

これで準備万全だ。彰人は穏やかな表情で目を閉じると、足を持ち上げた。

返る。

「飛び降りるの？」

不意に頭上から、涼やかな声が降ってきた。彰人は宙空へ進みかけていた足を止め、振り返る。

屋上から飛び出た階段室の屋根のへりに、見慣れたセーラー服を着た黒髪の少女が腰掛け、彰人を見下ろしていた。

周りをよく確認しなかったことを後悔する。まさかあんな所に人がいるなんて。

「そうだよ。君が声をかけたりしなければ、今頃は済んでいたのに」

彰人は芝居がかった仕草で肩をすくめる。

「それは悪いことしたわね。酒井彰人君」

「僕の名前を？」

「そりゃ、知ってるわよ。君、それなりに有名人だもん。それに同級生だしね」

少女は風で乱れる長い黒髪を押さえた。

「同級生？」

彰人は少女の顔を凝視する。

大きな二重《ふたえ》の目、薄い唇、尖った鼻、間違いなく美人の範疇《はんちゅう》に入る。しかし、その整いすぎた顔立ちと感情の読み取れない瞳が、どこか近づき難い雰囲気を醸《かも》し出していた。

これほど目立つ外見をしている同級生などいただろうか？

「ああ、覚えていなくても当然。私、全然授業に出ていないから。不登校の問題児」

彰人の脳裏《のうり》に、教室の隅にぽつりと置かれた、主人のいない机が浮かんだ。

数ヶ月前、この学校に転校してきたときに噂で聞いた。自分の少し前に転校してきたのに、全く授業に出ていない生徒がいるということを。

その不登校児が、なんで祝日に学校の屋上に？

彰人はため息をつく。せっかく邪魔が入らない場所で、落ち着いて最期《さいご》を迎えられるはずだったのに。

「学校に来ていないなら、なんで僕の顔を知ってるんだよ？」

「ん？　学校に来ていない訳じゃないよ。授業に出ないだけ。時々登校して、ここで過ごしたり、休み時間に教室を覗《のぞ》いたりはしてるの。だから君を見たことはあったんだ」

少女は悪びれることなく答える。なんと反応していいのか分からず、彰人はこめかみを掻いた。

「悪いんだけどさ。見なかったことにして、邪魔しないでくれないかな」

「いいわよ。もともと邪魔する気なんかないし。暇《ひま》だからちょっと声かけただけ」

少女は追い払うかのように、セーラー服に包まれた胸の前で手をひらひらと振る。

「それじゃあ、さっさと飛んじゃって、汚らしく脳味噌ぶちまけたら」

「……君、いやなこと言うね」

彰人は眉間《みけん》にしわを寄せた。

「本当のことだよ。墜落《ついらく》死体見たことない？　もうぐちゃぐちゃ。頭の中身がもんじゃ焼きみたいに辺りに散らばるの」

眉間に刻まれているしわが、一層深いものになる。彰人は再び屋上の端から下を覗き込んだあと、脱いだ靴を履《は》きはじめた。

「あれ、飛ばないの？」

「そんな気分じゃなくなった。誰かさんのおかげでね。時間はあるし、もっと一人で落ち着いている時にするよ」

彰人はフェンスを跳び越えると、校舎の中に戻ろうと階段室へ近づく。

「帰るなら、登ってきて話し相手にでもなってくれない？　どうせ暇なんでしょ」

ドアノブに手をかけた彰人は、階段室の屋根のへりから顔だけ覗かせている少女を見上げる。

「なんで暇だって決めつけるんだよ？」

「自殺しようとしていた人が、この後の予定なんて入れているわけないじゃない」

これ以上ない正論を吐かれ、彰人は言葉に詰まる。少女は「早く」というように手招きをした。

一体なんなんだよ？　こいつ。

彰人は一瞬考え込んだあと、ため息交じりにノブを離すと、階段室の側面にある鉄梯子《てつばしご》に手をかけた。

まあいい。たしかに時間は有り余っている。

可愛《かわい》い女子と話すというのは、時間のつぶし方としては悪くないはずだ。


「話し相手になれ」と言ったわりには、少女はほとんど喋《しゃべ》ることなく、なぜか巨大な双眼鏡を覗き込み続けていた。

なんとも居心地の悪い沈黙の中、彰人は少女の誘いに乗ったことを後悔しはじめていた。

「なにを見ているの？」

沈黙に耐えきれなくなった彰人が口を開く。

「『壁』よ」

双眼鏡を覗き込んだまま、少女は素っ気なく答えた。

「『壁』って東との？」

「ほかに『壁』がある？」

「普通の壁ならそこらじゅうにあるとは思うけど……」

西日本共和国と東日本連邦皇国。太平洋戦争を境に分断された二つの日本。その国境には、巨大な『壁』が建ち、本州を縦に切り裂いている。

西日本側の群馬、埼玉、東京と、東日本側の福島、栃木、茨城、千葉の間、数百キロにも及ぶコンクリート製の巨大な壁は、山間部にある低い部分でも五メートル以上あり、千葉県と東京都の境のような、互いの国の重要な都市が隣り合っている場所では、その高さは二十メートルに及んでいた。

東西ドイツを分けていたベルリンの壁崩壊から二十年以上経った現在も、この壁は揺らぐ気配を見せない。それどころか、景気対策の一環の公共事業として巨大な予算が組まれ、毎年のように大幅な補修と強化が行われているほどだ。

東西日本の国境上で、『壁』が存在しないのは、新潟のみだった。

終戦直前、アメリカが落とした最後の、そして最大の原子爆弾により壊滅的なダメージを受けた新潟は、強力な放射性物質の汚染により、戦後数年間は死の土地と化した。また新潟県のその細長い地形もあって、そこに明確な国境が引かれることはなかった。

東西どちらの国に属すのか曖昧《あいまい》なまま放置され、西日本共和国が奇跡的な経済発展を遂《と》げ、東日本連邦皇国が社会主義国家として変貌《へんぼう》を遂げていく中で、時代に取り残されるように廃墟であり続けた。

戦後十年以上経ち、新潟の放射線が人体に無害なレベルまで落ちたところで、両国は新潟、群馬、福島の三県の境目から長岡《ながおか》市に向かって引かれた直線によって、新潟を二分割した。

しかし、その際も新潟に『壁』が築かれることはなく、何重にも張られた有刺鉄線と東西の国境警備隊により国境は封鎖されるに留まった。

なぜ『壁』が築かれなかったのか、はっきりした理由は分かっていない。いつの日か日本の統一を夢見ていた当時の両国首脳が、これ以上、東西を分断することを嫌ったためというのが有力な説だった。

「『壁』なんか見て楽しいわけ？」

当然のように浮かんだ疑問が口をつく。あんな寒々しいものをずっと眺めていたいなんて、この少女は精神に何か深刻な問題があるのかもしれない。

「別に楽しくて見てるわけじゃないよ」

「じゃあなんで見ているんだよ？」

「私の勝手でしょ」

少女は鼻を鳴らすと、双眼鏡を下ろし、横目で視線を向けてくる。

「それより君こそ、なんでもんじゃ焼きなんかになろうとしてたわけ？」

彰人はその質問に、唇の端をかすかに吊り上げた。

自分が命を絶とうとする理由、それが他人に理解できるようなものではないと分かっていた。十八年の人生の中で、自らが異形《いぎょう》の存在であるということは、痛いほどに思い知らされていた。

「なにその笑い方、感じ悪いなあ。いいわよ、べつに言いたくないなら。私も男の泣き言なんて興味ないし。社交辞令で訊《き》いただけだから」

少女は桜色の唇を尖らせた。

「半年ぐらい前……両親が死んだんだよ」

彰人の脳裏に記憶が蘇ってくる。あれは七ヶ月前の暑い日だった。

あれからまだ七ヶ月しかたっていないのか。彰人はその事実に改めて驚く。両親の葬式、遺産の相続、訳もわからず振り回された日々は、まるで勢いよく回転する洗濯機の中に放り込まれたかのようだった。

「ふーん、事故かなんか？」

少女は再び双眼鏡を覗き込む。

「ああ、交通事故。飲酒運転の車が、信号無視で真横から突っ込んできたんだ」

「そう、それは運が悪かったわね。それで君は、両親を失った不幸を儚《はかな》んで、命を絶つっていうわけね。いいんじゃない。悲劇の主人公」

少女の口調は嘲笑《ちょうしょう》するかのようだった。

「いや、そういうんじゃなくてね」

彰人はコンクリートの上に大の字になり、空を見上げる。雲一つない空が紅《あか》く染まりはじめていた。

「それで、たがが外れたというか」

「たが？」

「そう、両親が僕の『たが』だったんだ。僕が死んだら両親が悲しむだろうし、迷惑もかかる。だから踏みとどまっていたんだけど、それが消えた。それで、いろいろな身辺整理が終わって、ようやく一息つけるようになったいまなら、死んでも周りにあまり迷惑掛けないかなと思ったんだ」

「なに言ってるの？　意味分かんない」

少女は双眼鏡を脇に置くと、首を捻《ひね》る。

「そうだよな、意味分かんないよな」

彰人の顔に自虐的《じぎゃくてき》な笑みが浮かんだ。

「僕はね、ずっと恋していたんだ。『死』にね」


「死ぬことって怖い？」

自分の顔を穴が開くほど見つめる少女に彰人は訊《たず》ねた。その問いに、少女は口元に手を当てて考え込む。

「そうね、そんなことまじめに考えたことなかったけど……怖いかな。少なくとも私は死にたくはない。ということは多分、怖がっているってことだと思うけど」

「それが常識ある人間の答えだよ。いや、人間だけじゃないな。全ての生物、どんなに知能が低くても、それこそ単細胞生物でも、『死』からは逃げようとする。それが生物の一番深いところにある本能だから。けど僕は……」

「死ぬことが怖くない」

「怖くないどころか、昔からとっても惹《ひ》かれるんだ……『死』に」

「……変態ね」

「否定しないよ。変態で、人間失格、いや生物失格さ」

彰人は皮肉っぽく口角《こうかく》を上げた。

「いつから死にたいわけ。君は」

興味を惹かれたのか、少女は軽く身を乗り出してきた。

「小学生のころにばあちゃんと、飼っていた猫が続けざまに亡くなったんだ。両親は共働きでおばあちゃんっ子だったし、猫は赤ん坊のころからずっと一緒に育ってきたんだ。だから、なんというか……」

「ショックを受けた?」

「ショック……。そうなのかな? なんにしろ、二人に会えなくなるのはすごく悲しかった。ただ、二人とも苦しむことなく、すごく自然に亡くなったんだ。陳腐《ちんぷ》な言い方になるけど、まさに眠るようにね……。なんていうか、二人に置いていかれたような気分だったな」

夕焼けに染まる空を見上げて、彰人はその時の気持ちを思い出す。

「だから、二人に会いに行きたいと思ったっていうの？」

「うーん、そういうわけじゃないんだけど……。なんというか、二人が亡くなったのを目《ま》の当《あ》たりにしてから、毎日『死』を意識するようになったんだ」

「どういうふうに？」

「人間は誰だって、いつかは死ぬだろ。つまりさ、究極的に言えば人間は死ぬために生きているような気がしたんだよね」

「なにそれ？　話が飛躍しすぎてない？」

「まあね。けれど、僕は十年以上、そんな感覚をおぼえてきたんだよ。それなら、長生きしようが早く死のうが同じじゃないかなって思ったりしてきてさ。そんなことばっかり考えているうちに、『死』をなんというか……すごく身近に感じるようになってきたんだ」

「身近に……ね」

少女は思わせぶりにつぶやく。

「身近というか……、憧《あこが》れっていう方が近いかもしれない。死んで、『自分』っていう存在が消えて混沌《こんとん》の中に溶けていく。それってすごく幸せなことのような気がするんだ」

「それって、生きているのがつらいから逃げたいとか、そういうことじゃないのよね？」

「うーん、違うなぁ。別に生きているのがつらいと思ったことはないよ。無意味だと思ったことはあるけど。ただ、死に向かってだらだらと生きているより、早く死んで、行きつくべき場所に行きたいって感じかな」

「意味分かんないな」

少女は「お手上げ」とばかりに両手を上げる。

「分かったら、病院行くべきだと思うよ」

「君は病院行かないの？」

「べつに治したいと思っていないからね。両親が死んで、いまは天涯孤独の身。もう、僕が死んでも悲しむ人は誰もいないからさ。ところで、さっき僕のこと有名人だって言っていたけど、あれどういうこと？」

「そのままの意味よ。授業に出なくたって、噂ぐらいは耳に入ってくるの。特に君みたいに話題になりやすい人なら。変な時期に転校してきたけど、その理由を聞いてもはぐらかすだけ。愛想が悪いわけではないけど、誰とも深くは付き合わない。どこか陰があって、外見もそんなに悪くない。君、傍目《はため》から見たら少しミステリアスなんだよね。まあ、中身はとんでもない変人だったけど」

「ああ、なるほど。両親が死んだあと、周りが同情して、やたらと世話焼いてくるのが煩《わずら》わしくて、わざわざこっちに引っ越してきたからね。それに、仲のいい友達なんか作ったりしたら、僕が死んだとき、その友達が悲しむかもしれない。だからクラスメートとは表面上だけの付き合いにして、できるだけ自分のことは話さないようにしていたんだよ」

「私には話してるじゃない」

「そうだな。……多分、君なら下手な同情とか、くだらない説教をしないような気がしたからかな。まあそれ以前に、飛び降りようとしているところ目撃されちゃったし」

「なによそれ？　私が冷たそうだってこと？」

「自殺しようとしている人間に、『さっさと飛べば』とか言ったじゃん」

「……それは置いといて」少女は露骨に視線を逸《そ》らす。

「まあいいけどさ。それで君は、なんで『壁』なんか見てるの？」

彰人はついさっきした質問を繰り返した。自分の心の奥底にあるものを説明したいまなら、これくらいのことを訊く資格がある気がした。

「なんか目障《めざわ》りでしょ、あのコンクリートの塊《かたまり》。あんな不格好なものが日本の真ん中を走っているだなんて、考えただけで腹が立ってくる」

言葉にすることで本当に腹が立ってきたのか、少女の口調が荒々しくなってくる。

目障りならなんで双眼鏡使ってまで見ているんだよ？　彰人は胸の中で突っ込むが、口に出すと少女の怒りの矛先《ほこさき》が自分に向かってきそうで、小さく頷《うなず》くにとどめた。

「変な国だと思わない？　あんなコンクリートの塊で二つに分けられて、お互いがいがみ合ってさ。そのくせ本当はみんな、元の一つの国に統一したがっている」

「変……なのかな？」

彰人は曖昧に答えた。たしかに言われてみればおかしいのかもしれない。しかし自分が生まれてから、いや生まれる五十年以上も前から、日本列島はこの形を保っている。彰人にとってそれは当たり前のことであり、違和感をおぼえることはなかった。

「そうだよ。西と東に分かれたこの国自体が、たちの悪い冗談みたいなもの。だから……」

少女の薄い唇が妖《あや》しい笑みを形作った。

「こんな国めちゃくちゃになればいいのに」

「めちゃくちゃって……」

彰人はおどけて笑おうとしたが、なぜか頬が引きつってしまった。

「だって、一度めちゃくちゃになれば、リセットできるじゃない」

「はあ……」

彰人は答えとも、ため息ともつかない声を漏らす。

「さて、それじゃあ私は帰ろうかな。日も傾いてきたし」

少女は双眼鏡を学校指定のバッグの中にしまうと、立ち上がってスカートについた埃《ほこり》を払った。

「そっか……なんか不思議な話だったけど、結構楽しかったよ。もう会うことはないだろうけど、元気で」

彰人は夕日を背に立つ少女に軽く手を振る。

「それは、君が自殺するから？」

「そういうこと。今日するかどうかわからないけど、二、三日のうちには多分ね。あまり苦しくない方法考えて実行するよ。急ぐ理由もないんだけど、だらだら引き延ばす理由も同じくらいないし」

「……そっか」

少女は何か考えを巡らせるように、視線を右斜め上に持っていく。

「そういえばさ、君の名前訊いてなかったね」

結構な時間話をしていたのに、一番肝心なことを訊ねていなかった。

「私は佐々木《ささき》沙希《さき》。『さ』が三つに、『き』が二つ」

沙希と名乗った少女は、「早口言葉みたいな名前でしょ」と続けると、右手を彰人に差し出した。彰人はその手を握り返す。柔らかく温かい手だった。

握手をしたまま、沙希は彰人の顔を見つめてくる。

「ん？　どうかしたの？　僕の顔になにかついてる？」

彰人は自分の顔に左手で触れる。

「そうだ。君さ、バイトする気ない？」

沙希は彰人の手を離し、胸の前で柏手《かしわで》でも打つように、ぱんっと両手を合わせた。

「バイト？」

「最近ずっと探していたんだけど、なかなかいい人が見つからなくてさ。君は条件にぴったりなんだよね」

「条件ってどういうこと？」

「どんな危険な仕事でもこなしてくれる人。まさにうってつけじゃない。だって、死ぬことが怖くないんだから」

「いや、悪いけど、僕にはバイトをする理由がないんだよね。両親の遺産で当分生活するだけの金はあるし。そもそももうすぐ死ぬのに、金を稼《かせ》ぐ必要なんてないだろ」

「誰がお金でバイト代を払うって言ったの？」

「普通、労働の対価ってお金じゃない？　お金じゃないなら一体なんで支払うって言うんだよ？」

「そうね、仕事が終わったら……」

沙希は高校生とは思えない妖艶《ようえん》な流し目をくれる。

「私があなたを殺してあげるってどう？」

冷気を含んだ風が屋上を駆け抜け、沙希の髪をふわりと広げた。

「君が僕を……」

彰人は少女を見上げる。

「そう、これでね」

沙希はスカートのポケットに手を入れると、その中から黒く光沢《こうたく》を放つ小さな塊を取り出した。彰人は息を呑む。

「君は……一体なにをするつもりなんだ？」

口の中が乾《かわ》き、声が割れる。

「テロ、かな」

沙希は白く細い手に握られたリボルバー式の拳銃を彰人の額《ひたい》に向けると、「パンッ」とおどけた。

2

２０１７年11月15日　20時03分
東京都千代田《ちよだ》区《く》永田《ながた》町《ちょう》　大統領官邸《かんてい》

『まもなく通信が繫がります』

スピーカーから聞こえてきた声に、大統領執務室《しつむしつ》の椅子に座る二階堂貴志《たかし》西日本共和国大統領は重々しく頷いた。無意識に顎髭《あごひげ》に触れていることに気がつき、小さく舌打ちする。顎髭を撫でるのは緊張しているときの癖だ。そのことは多くの者が知っている。当然、これから会談をする相手も。弱みを見せるわけにはいかなかった。

どこからが髪で、どこからが髭なのかわからない白い毛で覆われた厳《いか》つい顔。その風貌から『白虎《びやっこ》』とあだ名され、抜群のカリスマ性と、政治家らしからぬ歯に衣着《きぬき》せぬ発言により西日本国民から絶大なる支持を得る二階堂も、今日は緊張せずにはいられなかった。

これからはじまる会談。その行方によっては、東との全面戦争が起きる。元々は一つであった国同士の血を血で洗う戦争。それを想像しただけで血液が凍りつくような心地になった。

『準備整いました。画像出ます。芳賀《はが》書記長です』

再びスピーカーから声が響く。二階堂は正面の巨大なモニターを睨《にら》みつけた。

『お久しぶりです、二階堂大統領』

柔らかい声が部屋の中に響き、液晶《えきしよう》画面に東日本連邦皇国の最高指導者、芳賀太郎《たろう》東日本社会労働党《しやかいろうどうとう》書記長の、声に負けず劣らず柔和《にゆうわ》な笑顔が映し出される。

タヌキ親父《おやじ》め。モニターを見ながら、二階堂は音が拾われぬように注意しながら舌を鳴らす。

二階堂とは対照的にきれいに禿《は》げあがった頭。顔には眉以外ほとんど毛がない。一見すると好々爺《こうこうや》としか見えないが、東日本社会労働党の激しい権力闘争を勝ち上がった男だ。外見のような甘い人物ではないことを、二階堂はこの三年間で痛いほど実感していた。

しかし、それでも二階堂は芳賀に期待をしていた。この男となら自分の、いや、日本の悲願が叶えられるのではないかと。

日本の悲願、東西統一。

たしかに芳賀はタヌキだ、しかし言葉の通じるタヌキだ。二階堂はそう評価していた。

これまでの軍人上がりとは違い、東日本初の文人《ぶんじん》からの書記長である芳賀となら、建設的な関係が築けるはずだと期待していた。

事実、三年前に西日本の大統領となった二階堂は芳賀と、これまでの東西首脳とは比較にならないほど緊密な関係を築いていた。今年の大晦日《おおみそか》には秘密裡《り》に会談を持ち、東西統一に向けた具体的な話をする予定だった。数日前までは。

『それで、本日はどのようなご用件ですか？　大統領』

「用件だったら、書記長もご存じのはずと思うが」

二階堂は深呼吸をして、胸に溜まった怒りをなんとか希釈していく。

「はて、申し訳ありませんが、想像もつきません」

心の底から不思議そうに芳賀は首をかしげた。

「それなら教えて差し上げよう。佐渡の件だ。何故貴国の軍が突然、我が国の領土に侵攻した？」

『それは一方的な言い分ですな。もともと佐渡島は我が国の領土であると主張してきたはずです。我が軍は、自らの領土で演習を行ったに過ぎません』

「一九五二年のロサンゼルス平和条約に、佐渡が我が国の領土であることは明記されている。佐渡の住民も西日本国民だ。明らかに東の行為は侵略だ」

二階堂は一息にまくしたてる。

国際的に見ても、東日本陸軍の佐渡侵攻は非難されている。下手をすれば国連安保理《あんぽり》での非難決議が採択されかねない。東のバックにいるロシア、中国でさえも庇《かば》うことはできないはずだ。どう考えても今回の軍事行動は、東にとってデメリットが大きすぎる。二階堂は芳賀の意図を測りかねていた。

『大統領の言い分ももっともです……』

芳賀の口調が歯切れ悪いものになる。二階堂は片眉を上げた。

「もっともとおっしゃるなら、早期に佐渡から撤退していただけるのでしょうな？」

『それも……検討いたします』

「検討とはどういうことですか？　東日本連邦皇国の意思決定権はあなたにあるはず。そのあなたがそんな曖昧な物言いでは、我々は誰と交渉するべきなのか分からなくなってしまう。まさか、宮内卿《くないきょう》を通して皇室の方々と交渉しろとでもおっしゃるつもりか？」

『私は……少し時間をいただきたいと申し上げているのです』

「この際はっきり言おう。その時間で、あなた方が我が国へ侵攻する準備を整えようとしているのではないかという疑念を、私たちは捨てきれない」

『我が軍の動きは、貴国の軍事衛星が捉えているはずです。意味のない疑念と言わざるを得ません』

「……芳賀書記長」

二階堂は改めて、モニターに映る芳賀の目を正面から見つめる。

「私はこの三年間であなたと、東と、強い信頼関係を築いてこれたと思っていた。あなたとなら新しい東西関係を構築できると確信していた。そのあなたがこんな挑発行為に及ぶとは、残念極まりない。今回の行為は、貴国が我が国との戦争を望んでいるとしか思えない」

芳賀の顔から笑顔の仮面が剝《は》ぎ取られ、苦悩に満ちた表情が現れる。

「しかし、できることなら」

二階堂は乾いた唇を舐《な》める。

「私はあなた方と戦争をしたくはない」

『それは、私もです……』

もはや歪《ゆが》みきった表情を隠そうともせず、芳賀は声を絞り出した。

『大統領。申し訳ないですが、すぐに答えを出すことはできません。対応を協議させていただきます。今日はこれで。近いうちにまたお目にかかりましょう』

「承知した。貴国の賢明な判断を期待している」

二階堂が言い終えると、芳賀の顔がモニター上から消え去った。二階堂は肺の底に溜まった空気を全て吐き出すと、革張りの椅子の背もたれに体重を預ける。全身から力が抜けていく。

「曽根《そね》さんと郡司《ぐんじ》を呼んでくれ」

柔らかい椅子に背を埋《うず》めたまま、二階堂は内線電話の受話器を取って言った。一分も経たないうちに入り口の扉が開き、国務長官の曽根幹夫《みきお》と国防長官の郡司正継《まさつぐ》が姿を現した。

「どう見る？　いまの会談を」

片づけられていくモニターを目で追いながら、二階堂は二人の側近に訊ねる。

「悪くはなかったと思います。こちらの遺憾《いかん》の意をしっかり伝えられましたし、必要以上にあちらを刺激することもなかった」

七十過ぎとは思えないほど巧みにイタリアンスーツを着こなしている曽根が、軽い口調で言う。

「俺がそんなことを訊いているわけじゃないことぐらい、分かっているんだろ」

「ええ、もちろん」

曽根はすまし顔で言う。大学の先輩でもあるこの国務長官と話すたびに、二階堂は「のれんに腕押し」ということわざの意味を再確認する。二階堂の頭の中で曽根は、芳賀と同様に『政治家類タヌキ目』に属していた。

「それで、同じタヌキ親父として、芳賀のさっきの態度をどう分析するんだ？」

タヌキ親父と称されて気を悪くするどころか、かえって嬉しそうに笑顔を見せながら、曽根は中指で老眼鏡の位置を直す。

「余裕がありませんでしたな。あの御仁にしては珍しい。何か想定外のことでも起きているのでしょう。それも、想定からかなり大きく外れたことが」

「想定外？　具体的にはなんだ？」

「さあ、私もそこまでは分かりません。しかし、芳賀書記長もまだまだ甘いですな。あんなに動揺を表情に出すとは。タヌキ失格ですな」

「タヌキっていうのは、褒め言葉じゃないぞ」

「左様ですか？」

曽根はにやにやと笑い続ける。

「郡司」

「はっ！」

二階堂の呼びかけに、椅子の側で直立不動の姿勢を保っていた郡司が覇気《はき》の籠《こ》もった返事をした。五十代後半とは思えない引き締まった体、背骨に鉄骨でも入っているかのようにまっすぐ伸ばされた背筋、典型的な軍人上がりの男だった。

「東が本気で宣戦布告《せんせんふこく》してくる可能性はあるか？」

「あり得ません！」郡司は即答する。

「なぜ言い切れる？」

「我が国と東では、軍事力に差がありすぎます。東の主戦力はロシア、中国からの型落ち品の払い下げで、アメリカから最新装備を輸入している我が国とは雲泥《うんでい》の差です」

二階堂は腕を組んで考え込む。この十数年で、東は貧しい国とまでは言えなくなるまでに経済成長を遂げていたが、戦後に資本主義の流れに乗り経済大国と呼ばれるまでになった西とは、GDPにして十倍以上の差がある。それはそのまま軍事力の差となっていた。

「しかし、東陸軍の兵力はうちの陸軍の倍はあるぞ」

「現代では、陸軍兵士の数は戦況を左右いたしません。特に東と我が国の間には『壁』があります。容易には侵攻はできないでしょう。東の陸軍が地上部隊を侵攻させる前に、我が軍のF－22Jが制空権《せいくうけん》を得たうえで、F－2による対地《たいち》ミサイル攻撃で東の主要拠点に壊滅的な攻撃を与えることができます」

「たしかに通常兵器ならそうかもしれん、だがな……」

そこで二階堂は言葉に詰まる。

「閣下は……核兵器の危険性をお考えですか？」

郡司は声を潜めて言う。西日本で「核」という言葉はタブーに近いものだった。広島、長崎、新潟と三つの都市に壊滅的なダメージを与えた悪魔の兵器。物理学の進歩が生んだ鬼子《おにこ》。その恐ろしさは西日本国民のＤＮＡにまで刻み込まれている。

二階堂は重い口を開いた。

「そうだ、その可能性はないのか？」

二十年ほど前まで、東は軍事独裁政権下で核兵器の開発に乗り出していた。その際は技術力の低さから成功には至らなかったはずだが、経済力とともに東の技術力も向上している。東がすでに核を所持している可能性を指摘する専門家も少数ながら存在した。

「芳賀体制になってから、東はＩＡＥＡの査察《ささつ》を定期的に受けております。原発も兵器利用の困難な軽水炉《けいすいろ》ですし、核開発が行われているということはまずありません」

「開発していなくても、ロシアなどから密輸する可能性は？」

ソビエト連邦の崩壊以来、核兵器が裏ルートで取引されているという噂が絶えなかった。そして、東日本はロシアに最も近い国の一つだ。

「もちろんそのような動きにつきましても、国家安全保障局が監視を強めております。また、米国とも密接に連絡を取っていますが、現在のところそのような動きは見られておりません」

郡司は直立不動のまま淡々と語る。二階堂は目と目との間を軽く揉んだ。

「それじゃあなにか？　芳賀は全く勝ち目のないことが分かっていて、こんな下手したら全面戦争になるような行為に及んだって言うのか？」

「たしかに腑《ふ》に落ちませんな」

曽根が老眼鏡を外し、レンズに息を吹きかける。

「あの芳賀書記長らしくない。あまりにも軽率な行為です」

部屋に沈黙が落ちる。

「いまは様子見しかねえか」

二階堂はため息交じりにつぶやくと、ぼりぼりと白髪に覆われた頭を掻く。ふと、二階堂は額に皺を寄せる郡司のスーツが、曽根と同じブランドであることに気がついた。

「郡司、おまえが着ると、どんないいスーツも軍服に見えちまうな」

皮肉っぽく言うと、郡司は踵《かかと》を合わせて背筋を伸ばす。

「ありがとうございます！」

「だから、褒めてねえよ」

3

２０１７年11月22日　14時52分
東京都西東京市　滝山高校

屋上での一件があってから一週間の間、彰人は毎日をふわふわとした心持ちで過ごしていた。自分に拳銃を向け微笑《ほほえ》んだ少女、彼女が本当に実在したのかさえ、いまは確信を持てない。死を前に見た幻だったのではないかと思えてしまう。

彰人は振り返り、窓側の一番後ろに置かれた主人を持たない机に視線を送った。佐々木沙希。机の主がその名前であることは確認していた。しかしクラスメートの誰一人として、彼女の顔を知る者はいなかった。同級生たちの噂を総合すると、その席に座るはずの女子生徒は彰人がこの学校にやってくる一週間ほど前に転校してきたのだが、初日から姿を現さず、その後も一度も授業に出ていないらしい。

そんな状態なら退学になるのでは、と思ったが、それに対するクラスメートの答えは様々だった。その生徒の家が日本有数の金持ちで学校に金を渡している、政治家の子弟《してい》で学校に圧力をかけている、ヤクザの娘で学校に……等々、眉唾《まゆつば》ものの噂がいくつも飛び交っていた。

黒髪を風に揺らしながら拳銃を向けてきた少女の姿を思い出す。脳裏に浮かぶその姿はどこか官能的《かんのうてき》で、彰人の心の柔らかい部分を妖しくくすぐった。

教壇の上では初老の日本史教師が、滔々《とうとう》と太平洋戦争の話をしている。生徒の間で『帰還兵』というあだ名で呼ばれているこの教師の授業の大半は、太平洋戦争の、特に終戦時の話で占められていた。

生徒の大半は教師の話をBGM程度にしか考えていないようで、本を読んだり、雑談をしたり、思い思いの時間を過ごしている。それも仕方ないことだ、教師が話す内容はこの国の高校生なら誰もが、耳にタコができるほど繰り返し聞いた話なのだから。

一九四五年八月、それが日本を一つの国として保つ最後のチャンスだった。

多くの歴史学者、政治学者たちは、もし沖縄の地上戦に敗れ、広島、長崎に続けて原爆が落とされた八月に降伏し、敗戦を受け入れていれば、日本が分割されることはなかったとしている。

事実、昭和天皇《しょうわてんのう》が終戦の聖断を下し、軍部はポツダム宣言を受け入れ、連合国へ無条件降伏をするはずだった。しかし、神国日本の勝利を疑わない将校たちがその情報を聞きつけ、クーデターにより軍司令部を制圧、連合軍の降伏勧告を黙殺した。このクーデターの成功が、日本の未来に大きな影を落とすことになる。

十月になり業《ごう》を煮《に》やしたアメリカが三発目の原爆で新潟を焼き払い、日ソ中立条約を一方的に破棄したソ連軍が、北方四島《ほっぽうよんとう》、北海道、さらには東北まで侵攻してもまだ神風が吹くことを期待するほど、軍部を乗っ取った将校たちは愚鈍《ぐどん》だった。

十一月に入り、アメリカがとうとう四発目の地獄の兵器で首都、東京を焼き払うとほのめかして、ようやく日本は無条件降伏を受け入れるに至った。

戦後処理は困難を極めた。本来はアメリカを中心としたGHQが統治し、日本の復興を指導していくはずだった。それをよしとしなかったのが、本州にまで地上軍を侵攻させていたソビエト連邦だった。

その後、数十年にわたってアメリカと世界を二つに分かつ冷戦を繰り広げる大国は、日本の領土、その約半分の支配を要求した。ソビエトの要求は、真珠湾《しんじゅわん》からはじまる激戦を戦い抜き、太平洋戦争に多くの犠牲を払ったアメリカにとって容易に呑めるようなものではなかった。しかし、熾烈《しれつ》を極めた交渉は結局、ソビエトの粘り勝ちという様相で決着をする。場合によっては宣戦布告も辞さない構えのソビエトに対して、長い戦争を終えたばかりのアメリカは折れるしかなかった。かくして日本は東西二つの国へと分断され、東は社会主義、西は資本主義へと対照的な道を歩むこととなったのだった。

帰還兵の単調な声が子守唄のように聞こえる。瞼《まぶた》が重くなっていく。彰人は睡魔に身を任せた。眠りに落ちる瞬間の感覚が好きだった。一瞬の浮遊感、それがどことなく『死』を連想させる。

深い場所へと落ちかけた彰人の意識は、がらがらというドアを開く音と、それに続くざわめきにすくい上げられる。至福の瞬間を邪魔され、軽く苛立《いらだ》ちながら彰人は目を開ける。生徒たちの目が同じ方向を向いていた。彰人もつられて視線を動かす。眠気が一気に吹き飛んだ。

一人の少女がそこに立っていた。セーラー服に包まれた細身の体。大きな目がきょろきょろと教室内を見回し、整った顔には、生徒たちの反応を楽しむかのような表情が浮かんでいる。それは間違いなく、屋上で拳銃を向けてきた少女だった。

「君は……？」

帰還兵はおそるおそる沙希に話しかける。

「佐々木沙希、不登校の問題児です」

凜《りん》とした声が教室の隅々まで響き渡る。不登校児というにはあまりにも堂々とした態度に、誰もが圧倒されていた。

「それじゃあ……、授業を受けに来たと……」

「いえ、そういうことじゃありません」

笑顔で生徒にあるまじき発言をすると、沙希は細い首を回して再び教室を見渡す。

「ああ、いたいた」

ほかの生徒と同じように固まっている彰人を見つけ、沙希は嬉しそうに声を上げた。

「お仕事の時間よ。ついてきて」

軽《かろ》やかなステップで近づいてきた沙希は、彰人の耳元に囁《ささや》きかける。耳朶《じだ》にかかる柔らかい息が、背筋に妖しい震えを走らせた。

「なにを言って……」

彰人は抗議の声を上げかけるが、沙希はそれを無視すると、教壇に向き直った。

「先生、すみません。酒井君をお借りしますね」

沙希は彰人の手を握って強引に立たせ、出口に向かって歩きはじめる。その細腕からは想像できないほどの力強さに、彰人は引きずられるように連れていかれる。

「いや、借りるって……」

帰還兵は視線を彷徨《さまよ》わせる。

「私たち付き合っているんです」

沙希ははにかみながら言う。生徒たちの間から、驚きとそしてわずかながら羨望《せんぼう》のざわめきが上がる中、彰人は目を白黒させながら手を引かれていくことしかできなかった。

「これからデートの約束なんです。それじゃあ失礼しました」

楽しげに宣言すると、沙希は彰人の手を引いたまま教室を出る。混乱する彰人の後ろで、扉がぴしゃりと閉まった。

「どういうことなんだよ⁉」

校門の外まで引かれていったところで、ようやく我に返った彰人は、摑《つか》まれている手を乱暴に払った。

「なにが？」

「いきなり教室から連れ出して、そのうえ付き合っている？ 訳がわからないよ」

「テロ仲間で、これからテロ活動しに行きますなんて言えないでしょ」

沙希はけらけらと笑うと、「ついてきて」と身を翻《ひるがえ》す。スカートの裾《すそ》がふわりと膨《ふく》らんだ。

彰人は一瞬躊躇《ちゅうちょ》したあと、渋々と沙希を追った。

「ここよ」

沙希は小さなコインパーキングへと入っていった。

「駐車場？」

「そう、そこの赤いミニ。可愛いでしょ」

沙希は隅に停まっているＢＭＷミニのクーパーを指さす。

「その車がどうしたの？」

「なに言ってるの。乗って」

「乗ってって。もしかしてそれ、君の車？」

「当たり前じゃない。なんで他人の車に乗るわけ？」

「けど君、まだ高校生……」

「私は四月生まれだから、ちゃんと免許証持ってるわよ。免許とってからすぐに買ったの。ショーウィンドゥに展示されてるの見て、一目惚れしちゃって」

沙希は駐車料金を払いに自動精算機に近づいていく。

「一目惚れって……」

彰人は目の前の磨き上げられたミニを眺める。小さいながらもその作りは高級感を漂わせていた。数百万円はするだろう。沙希が富豪の娘だという噂が、にわかに現実味を帯びてくる。

「なにをぼけっとしてるの。時間がないんだから早く乗ってよ」

「どこに行くつもりなんだよ？」

「それは車の中でゆっくり説明するからさ」

運転席に滑り込んだ沙希は、身を乗り出して助手席の扉を開く。

「……僕はまだ、君に協力するって言っていないぞ」

彰人は車に入ることなく、固い声を出した。

一週間前、屋上で拳銃を突きつけられた彰人は、なにも言えぬまま立ち尽くした。自分に向けられた拳銃が玩具《おもちゃ》などではないことを、なぜか確信していた。

「バイトの件、考えておいてね。今度迎えに行くから」

ウインクをすると、沙希は拳銃をスカートのポケットに戻し、そのまま階段室の屋根から軽やかに飛び降りたのだった。

「あら、そうだったっけ？　それじゃあいま、答えを聞かせてくれない」

沙希は挑発的な視線を投げかけてくる。

「……もし、協力しないって言ったらどうするつもりだよ？」

「そうね、『テロリストがいます』って警察に駆け込まれても困るし」

沙希の手の中に手品のように、小さな拳銃が出現した。

「ここで撃っちゃおうかな」

彰人の視線が、自らに向けられる拳銃に注がれる。視界から遠近感が消え失せ、銃口が迫ってくるかのようだった。

ここで死ぬ？　こんなあっさりと？

彰人の胸が、あの日の屋上で感じた淡い期待で満たされていく。

「って言いたいところだけど。そんなことしても、死にたがりのあなたにとっては得なだけなのよね」

沙希は皮肉っぽく唇の端を上げる。

「働いてもいない人にバイト代払うのなんてまっぴら。死体の処理だって大変だしさ。ということで、もし協力する気がないなら、ドアを閉めてどっかに消えちゃって」

銃口を彰人から外すと、沙希はイグニッションキーを回し、エンジンをかける。愛嬌のある外観に似合わない重厚なエンジン音が、彰人の鳩尾《みぞおち》に響いた。

彰人は葛藤《かっとう》する。逃げるべきだ。普通に考えたら、この正体不明の少女の怪しい誘いなど無視し、さっきまでいた教室に、日常の中に逃げ戻るべきだ。

そう、普通なら……。彰人は助手席に滑り込むと、乱暴にドアを閉めた。

この少女に撃たれて死ぬ。その甘美な誘惑は、彰人の常識を容易《たやす》く食い尽くした。どんな犠牲を払ってもこの少女に殺してもらいたい。その欲求が体を突き動かす。

「なにするか、しっかり説明しろよ」

「そうこなくっちゃ。よろしく共犯者さん」

沙希はサイドブレーキを解除し、ギアを操作すると、勢いよくアクセルを踏み込んだ。エンジンが咆哮《ほうこう》を吐き、タイヤが悲鳴を上げる。彰人の後頭部が強くヘッドレストに押し付けられた。

車に乗ってからわずか十秒で、彰人は自分の選択を激しく後悔した。

「それで、どこに向かってるの？」

三十分ほどして乱暴な運転に少しは慣れはじめたころ、彰人は沙希に訊ねた。

「もうすぐ着くわよ」

楽しげに答えると、沙希はハンドルを切った。ミニの小振りな車体が狭い路地へと侵入していく。

「よし、着いた」

そこはなんの変哲《へんてつ》もない路地の真ん中だった。周りは民家の塀《へい》に囲まれ、車がすれ違うのにも苦労しそうな通りに、沙希はわざわざ車を斜めにしてミニを停めていた。

「こんなところで、なにをするつもりなんだよ？」

「お小遣い稼ぎかな」

「小遣い？」

「そう、もうすぐ分かるって」

腕時計を確認しながら、沙希はダッシュボードを開き、中を探る。

「どう、似合う？」

沙希は取り出した大きなサングラスを顔にかけた。

「それ、大きすぎだろ。顔が半分隠れてるよ」

「それでいいのよ。そのためのものだから。君にはこれ貸してあげる」

沙希はお面を差し出してくる。

「なに。これ？」

縁日で売られているような、目の部分に細かい穴が開いているお面を。悪い予感が胸の中に広がっていく。

「それつけて。顔見られたら困るでしょ」

「顔を見られたら困るようなことするんだ……」

「ぶつぶつ言わない。男らしくないわね。どうせ君、死ぬつもりなんでしょ。だったら怖いものなしじゃない」

彰人は反論する気力もなくなり、大きなため息とともにお面をかぶった。プラスチックの独特の匂いが鼻腔《びこう》を刺激する。

「来たっ！　用意して」

沙希の緊張感の籠もった声に、彰人はフロントグラスを見る。前方から、この路地を通るには少し大きすぎる車が近づいてきていた。頑丈そうなボディ、車内には制服を着込んだ男たち。その車がなんの用途に使われるものなのか、彰人はすぐに気がついた。現金輸送車だ。

変装プラス現金輸送車。あまりにも簡単な足し算だった。

「強盗する気かよ!?」

「ご名答。ほら行くわよ」

拳銃を片手に笑みを浮かべると、沙希が蹴り飛ばすようにドアを開けて飛び出していく。彰人も慌てて車外へと出た。

クラクションを鳴らす現金輸送車に、沙希は散歩でもするかのように軽い足取りで進んでいく。

「車、邪魔です。横によけてください」

窓から顔を出した警備員が苛立たしげに言う。大股に輸送車の側に近づいた沙希は、拳銃をタイヤに向けて無造作に引き金を引いた。鼓膜《こまく》を破らんばかりの爆発音がこだまし、タイヤがプシューという気の抜けた音とともに萎《しぼ》んでいく。

「悪いけど、ちょっとホールドアップして車から降りてきてくれるかな？」

おどけるように言いながら、沙希は拳銃をフロントグラスに向ける。車の中の男たちは表情をこわばらせると、すぐに両手を掲げて車から降りてきた。

「ありがとう。あなた、そう髪をちょっと茶色く染めて格好つけている方。車の方を向いて手を後ろに回して。もし変なことしたら、問答無用で射撃練習させてもらうから」

運転していた若い男は渋々と沙希の言葉に従う。沙希はセーラー服のポケットから手錠を取り出し、器用に片手で男に手錠をかけた。

「そこで跪《ひざまず》いていて。あなたの方は、……分かってるわよね？」

銃を向けられた中年の男は苦々しく頷くと、手を頭に置いたまま輸送車の後方へと歩いていく。彰人はお面の複眼《ふくがん》越しに、あまりにも鮮《あざ》やかに進む犯罪行為を呆然と見ていた。

「ほら、君もついてきてよ」

沙希に促《うなが》された彰人は言われるがままに、ふらふらと二人の後を追う。

「はい、お願い」

輸送車の後ろで、沙希は拳銃を構えたまま顎をしゃくる。警備員はポケットから鍵を取り出すと、後部ドアを開いた。車の中に五つ、頑丈そうなジュラルミンケースが固定されていた。

「それ、とってきて。急いでね」

沙希が彰人に向かって言う。

このまま全力疾走で逃げ出してしまいたいという衝動を必死でこらえながら、彰人は輸送車に乗り込む。

ジュラルミンケースは思ったより簡単に取り外せた。彰人は片手に一つずつケースを持つ。予想を遥かに超える重さに、心臓が大きく跳ねた。この中に入っているものが想像通りのものなら、大変な量が入っていることになる。

「ほら、早く出てきて。だらだらしている暇はないの」

彰人は車から飛び降りる。たいした運動をしたわけでもないのに息が弾《はず》み、額に汗がにじんだ。

続いて、沙希の命令で輸送車に乗った警備員が、残り三つのジュラルミンケースを輸送車から取り出した。拳銃を突きつけられたまま、警備員はそれらをミニの後部座席へと積み込む。

「お疲れ様。それじゃあ、あなたはこれで自分の手と車を繋《つな》いで」

沙希は警備員に手錠を渡す。警備員は渋々自分の手首と車のバンパーを手錠で繋いだ。その間に、彰人も手にしていたジュラルミンケースを後部座席へと入れる。

「それではありがとうございました。このお金は有効に使わせていただきます」

作戦の終了を見届けた沙希は、うなだれる警備員たちに向かい、カーテンコールの役者のように大仰《おおぎょう》に頭を下げた。


「なんなんだよ、これは！」

走り出した車の中でお面を剝ぎ取ると、彰人は怒声をあげた。

「なにが？」

沙希のすまし顔が、怒りの炎に油を注いだ。

「なにがじゃない！　いきなり強盗するなんて。これで僕も共犯者じゃないか！」

「最初に言ったでしょ。テロをやるから協力してって。犯罪者になる覚悟もなくついてきたの？　君、ちょっと流されやすすぎるんじゃない？」

「……これのどこがテロなんだよ。単なる泥棒だろ！」

一瞬言葉に詰まった彰人は、それをごまかそうと声を張る。

「大きな声出さないでよ。この世はね、なにをするにもお金が必要なの。それよりケースの中身たしかめて。ちゃんと入っているか」

沙希は警備員から奪った鍵を彰人に放った。

彰人は小さく舌打ちすると、鍵をケースの鍵穴に差し込む。カチャリという音とともにロックが外れ、ケースが開いた。彰人は唾を飲み込む。大柄なケースの中にはぎっしりと、一万円札の束が納められていた。

「それ一つに二億円だから。五つで十億入ってるはず。予定通りね。これでお金はなんとかなる」

「なんとかなるって……。噂じゃ君の家は金持ちなんだろ」

「ええ、けど私の家とかじゃなくて、私が金持ちなの」

全く謙遜《けんそん》することなく沙希は答えた。

「君が？」

「そう、二年前に祖父が死んで、私に遺産が入ってきたの。今年十八歳になって成人したから、その使い道も全部私の勝手になった。ねえ、四葉グループって知ってる？」

「そりゃあ知ってるさ。っていうか、知らないやつなんていないるの？」

四葉グループ、江戸末期より続く日本最大の財閥で、戦後ＧＨＱにより一時解体の危機に晒《さら》されるも、巧みな交渉でそれを切り抜けた。現在は四葉商事、四葉重工、四葉銀行を中心とする強固な結束を持つ企業グループを形成し、西日本のさまざまな分野で中心的な役割を担っている。たしか、現在尾瀬《おぜ》で建設中の大プロジェクト、日本スカイタワーの建設も、四葉グループ内の一企業、四葉建設によるもののはずだ。

「その四葉グループの現会長が私なの」

「はぁ？」

彰人は間の抜けた声を上げる。

「だから、私は四葉グループの会長。二年前に死んだ前会長の佐々木庄之助《しょうのすけ》が私の祖父で、他に血の繋がっている血縁者がいなかったから、私が後継者になったわけ」

沙希はハンドルを切ると、「まったく、ありがた迷惑よね」とつぶやいた。

「四葉グループの会長？　君が？」

彰人は穴が開くほどに沙希の横顔を見つめる。隣に座る少女が日本最大の財閥の総帥《そうすい》？

「なに、じろじろ見ているわけ。いやらしいな」

沙希に横目で睨まれ、慌てて彰人は視線を逸らした。

「本当に四葉の会長なら、なんでこんな危険なことしてまで金が欲しいんだよ？」

「いくら金持ちだってね、現金で動かせるお金は限られてるのよ。あ、そのケース、トランクに一緒に入れておいて。後部座席を倒せばトランクに繋がっているから」

「一緒に？」

沙希の言葉の意味が分からないまま、彰人は身を乗り出して後部座席を引く。座席が前方に倒れ、その奥にあるトランクが露《あら》わになる。彰人は目尻が裂けそうなほどに大きく目を見開いた。そこには、輸送車から奪ったのとよく似たジュラルミンケースが、いくつも収められていた。

「これって……」

「そっちは私のポケットマネー。二十億円あるから、奪った分と合わせて合計三十億。なんとか用意できたわね」

沙希は満足げに頷いた。

4

2017年11月22日　19時26分
東京都千代田区永田町　大統領官邸

「説明しろ！」

会議室に轟《とどろ》いた怒声に、上級職員の多くが首をすくめる。あまりの剣幕に、この場で発言すべき補佐官《ほさかん》、分析官たちは萎縮《いしゅく》し、口をつぐんでいた。

東の佐渡侵攻を受けて行われた芳賀とのテレビ会談後、分析官たちは早急に東軍は佐渡から撤退し、首脳会談が予定されている大晦日までに軍の動きは沈静化するとの報告をあげていた。しかし、現実には佐渡の東軍は撤退するどころか、増兵されていった。それどころか今日、東日本連邦皇国陸軍の主力部隊が南下をはじめ、東西を隔《へだ》てる『壁』に近い日光《にっこう》、筑《つく》波《ば》などの基地に兵力を集中させはじめているのが、軍事衛星によって確認された。

まるで、西日本への侵攻準備を整えているかのように。

「黙ってないで誰か説明しろ！　東はなにを考えている。本気で俺たちと戦争をするつもりか？　大晦日の会談で、あのタヌキじじいが俺に向かって宣戦布告でもするのか？」

「それはありえません」

二階堂の左側、最も近い席に座る郡司がはっきりとした声で言う。左隣の郡司、右隣の曽根、国防・国務の両長官だけが、この鉛《なまり》のように重い空気が満ちた部屋の中で、下を向くことなく胸を張っていた。

「ありえないだと」

二階堂はぎろりと郡司を睨みつける。

「ありえないことがいま、現実に起こってるんだぞ！」

「たしかにその通りですが、東からの宣戦布告は絶対的にありえません」

座った状態でもぴんと背筋を伸ばしたまま、郡司は二階堂の視線を受け止める。

「その根拠は？　この前言った軍事力の差か？」

郡司の態度に、二階堂は冷静さをわずかに取り戻す。

「当然それもですが、それ以上に、あちらから宣戦布告したとなると道理が立ちません。中国、ロシアからも見放されることとなります。あの両国から切り捨てられることは、東にとって生命線を切られることに他なりません」

郡司の言葉には説得力があった。いまは冷戦時代ではない。ソ連は崩壊し、共産主義は衰退している。ただでさえ芳賀が書記長に就任する前の東日本軍事政権は暴走気味で、国際社会から強く非難されていた。もしここで、いきなり戦争を仕掛けるようなことがあれば、どの国も庇うことはできないだろう。場合によっては、国連安保理により多国籍軍の派遣が採択されるかもしれない。

「では、今回の挑発的な軍の動きをどう見るんだ？」

二階堂は郡司に水を向ける。

「単なる挑発以上のものではないと思われます。大晦日の会談に向け、交渉を有利に運ぶためにプレッシャーをかけてきているのではないでしょうか」

「プレッシャーだと？　我々が宣戦布告をするかもしれないんだぞ。そんな危険な行為に出るか？」

「こちらからの攻撃はできませんよ、大統領」

やんわりとした口調で、曽根がいさめる。

「なぜできない？」

二階堂の鋭い視線が曽根を射抜いた。

「憲法に定められています。我が国の憲法は、先制攻撃を許していません」

「それくらい知っている。だが、佐渡への侵攻はどうなる。あれは明らかな侵略行為だ」

「残念ながら、あれでは攻撃はできません。憲法では攻撃を開始できる条件として『国民の生命、および財産が明らかな危険にさらされ、他の手段が選択できないとき』となっております」

「佐渡は我が国民の財産じゃないっていうのか?」

「今回、東が侵攻してきた部分は朱鷺の繁殖《はんしょく》地のため、立ち入りが制限されている国有地です。そのおかげで幸運にも、といっていいか分かりませんが、今回の侵攻での人的被害は皆無《かいむ》です」

「国有地も国民の財産だ!」

「そのような解釈ももちろん可能ですが、なにより現在の段階では『他の手段の選択ができない』という要件に当てはまりません。法務《ほうむ》長官にも先ほど私が確認いたしました。まだ軍による攻撃はできないことを」

曽根は釘を刺すように言う。

「なんて窮屈な憲法なんだ」二階堂はかぶりを振る。

「憲法に対する文句でしたら、マッカーサーにでも言ってください。もう死んでますけど」

「死人に文句を言っても仕方がないだろ。だからあんたに言っているんだ」

「それは八つ当たりというものです。まあ、歴史学者に言わせればこれでもましな方らしいですよ。GHQの中には、軍事力の永久放棄を憲法に盛り込めという意見もあったそうですから」

「それで、どうやって国民の生命と財産を守れっていうんだ」

二階堂は吐き捨てると、椅子の背もたれに体重をかけた。

「それにしても分かりませんなあ……」

曽根のわざとらしい独白に、二階堂の片眉があがる。

「言いたいことがあるなら、ちゃんと言ってくれ」

「いえね、この前の会談の際も感じましたが、どうにも東の動きがちぐはぐな気がします。軍事的にはこれほど強硬な動きをしながら、外交筋からはなんの圧力も要求もない。あの芳賀書記長のやり口としては、あまりにも不完全と言わざるを得ない。少し不安になりますな」

「なんだ、同じタヌキ属として心配か？　芳賀がとちくるって、軍におかしな命令を下してないか」

二階堂は皮肉を込めて言う。しかし、曽根は表情を緩《ゆる》めなかった。

「ええ、心配ですな。芳賀書記長がおかしくなっていないかということもですが、それ以上に……」

曽根は思わせぶりに言葉を切ると、こめかみを掻いた。

「書記長の命令がちゃんと軍部に伝わっているのか」

5

2017年11月22日　23時18分
岐阜県飛騨《ひだ》市　小鳥峠《おどりとうげ》山中

「まだ着かないのかよ?」

彰人は隣でハンドルを握る沙希に話しかける。

金を奪ってから六時間以上の時間が過ぎていた。フロントグラスから見える整備の不十分な車道が、まばらな街灯の光に薄く照らされている。ここに着くまでに高速道路をかなりの時間走った。道の周りに鬱蒼《うっそう》と森が広がっている。ここがどこなのか分からなかったが、東京からはるか離れた田舎の山奥だということだけは確かだった。

「もうすぐ着くわよ。疲れたなら寝ていていいってば」

さすがに長時間の運転で疲労したのか、沙希はやや刺々《とげとげ》しい口調で言う。

「犯罪者になったばっかりで、ぐーすか眠れるほど神経太くない」

「気負《きお》いなく自殺できるぐらい神経太いじゃない」

「……それとこれは別なんだ。犯罪を犯す方が、死ぬよりずっと怖いんだよ」

彰人は唇をゆがめる。自分にとって『死』は、憧れそのものだった。『死』は全ての人間に平等に訪れる。いつの日か人は『死』に全てを委ね、その内に抱かれる。それはまるで、母親の胎内《たいない》に戻るかのように彰人には感じられていた。

「そういうもん？　やっぱり君、頭の配線、数本いっちゃってるね。まあ、だからこそ君を誘ったんだけどさ」

「だからこそ？」

「君なら、人を殺しても気にしないでしょ。君にとって死ぬことは救いなんだから。当然、人を殺すこともタブーじゃない」

彰人は唇を堅く閉じ、無言で俯《うつむ》いた。

「なに？　もしかして怒った？」

「いや、怒っちゃいないよ。ただ、混乱しているだけ。……自分でもよく分からないんだよ、その辺のこと」

他人が彰人の『死』への羨望を理解できないように、彰人も普通の人間が持つ『死』に対する恐怖を理解できなかった。肉体という檻《おり》に閉じ込められ、地を這いずり回っているよりも、檻から解放され、永遠の安寧《あんねい》の世界へ飛び立つ方が幸せだと感じていた。ただ、だからと言って殺人を肯定する気持ちはなかった。

誰かが自分を殺すことは喜んで受け入れよう。しかし、『死』を望まない者が目の前で殺されても、自分はなにも感じないだろうか？　彰人自身にもよく分からなかった。

「一つ訊いていいかな？」

彰人は声のトーンを落とす。

「なに？　あらたまって」

「もしさっきの警備員が抵抗していたら、……君は撃ったの？」

「そんなことはありえない。その辺はちゃんと調べているって。あの警備会社のマニュアルだと、強盗が拳銃を持っていた場合は抵抗せずに従うことになってるの」

沙希は得意げに顎を反《そ》らす。しかしその答えは、彰人が求めていたものではなかった。

「それでも、警備員が抵抗する可能性はゼロじゃない」

「……そうね、たしかにゼロじゃないわね」

「それじゃあ、警備員が抵抗していた場合は、君はどうした？」

「そんな仮定の話、答える必要がない、って言いたいところだけど。そんなふうにはぐらかしたら共犯者に対して失礼よね」

沙希の横顔から表情が消えていく。その薄い唇が、蕾《つぼみ》が花咲くようにゆっくりと開く。

「一人の犠牲者も出さないで、この世界を変えるなんてことできると思う？」

その言葉の意味は彰人の体に静かに染み入り、心の温度を下げていった。車が減速し、路肩へと停まる。

「もし付き合うのが嫌になったなら、ここで降りてもらってかまわないよ。帰りの交通費ぐらい出す。悪いけど、まだできるだけトラブルは起こしたくないから、バイト代は払ってあげられないけどね」

サイドブレーキを引いた沙希の視線が、彰人の目をまっすぐに射抜いた。車内が音という概念が消え去ったかのような沈黙で満たされる。

先に沈黙を破ったのは彰人だった。

「……ただ働きはごめんだ」

その言葉の真意を訊ねるかのように、沙希は首を傾ける。

「強盗の共犯にまでなったんだ。ここまで来て手ぶらで帰るなんて冗談じゃない。最後まで付き合って、約束通りしっかり君の手で殺してもらう」

彰人は腕を組むと、座席の背もたれに体重をかけた。沙希は彰人に一瞥《いちべつ》をくれると、小さく笑い声を上げ、サイドブレーキを解除する。

「やっぱり変な奴《やつ》だね、君は」

ミニが急発進する。背中が柔らかいシートにめり込むのを感じながら、彰人は小さく息を吐いた。

山林の道を抜けたミニは、寂《さび》れた村の中を走っていた。

「そろそろ着くよ」

「なんか、この村、全然人気《ひとけ》がないんだけど……」

彰人は眉根を寄せながら、ヘッドライトに照らされる外を見る。平屋《ひらや》が目立つ家々は風雨で傷《いた》み、所々に立つ街灯も光を灯すことを忘れている。視界に入るどの窓からも明かりが漏れていなかった。

「当然。もう捨てられたゴーストタウンだからね。三ヶ月後には、ここら辺一帯ダムの底に沈む予定なの。だから、住民はもう全員移住した」

「……そんな所でなにをするんだよ？」

「そんな所だからこそいいんじゃない。誰からも忘れ去られた場所、隠し事をするには最高でしょ」

沙希はハンドルを切る。ミニが勢いよく曲がった先には、シャッターが閉められた店舗が続き、その奥に大きな建物が闇の中にうっすらと浮かび上がっていた。

「学校……？」

どこにでもありそうな学校。その校舎や体育館の窓からオレンジ色の明かりが漏れている。

「そう、あそこが目的地」

沙希はミニを勢いよく校門に飛び込ませると、校庭でスピンさせて停車させる。

「もう少し大人しく運転できないのかよ。だいたい……」

彰人の抗議の声は、尻すぼみに消えていった。校舎と体育館から出てきたスーツを着込んだ男たちが、素早くミニの周りを取り囲んでいく。

「なんだよ……こいつら」

彰人の視線は男たちの肩からぶら下がっているものに吸い付けられる。スーツ姿には似つかわしくない小型のマシンガン。

男たちは感情の読み取れない目を、車に向けてきた。

とくに恐怖は感じなかった。死ぬことを恐れない彰人にとって、銃器は恐怖の対象にならない。しかし、男たちの立ち居振る舞いに、正体不明の嫌悪感が湧いてくる。

「お久しぶり、用賀少佐《ようがしょうさ》」

沙希は車から降りると、軽い口調で言う。集団の中から中年の男が進み出て、沙希の前に立った。

一八〇センチほどの長身、スーツの上からでも分かる鍛《きた》え込まれた体。能面のように感情の読み取れない顔には、巨大な傷が右のこめかみから頬にかけて刻まれていた。

「お待ちしていた。佐々木会長」

傷の男は抑揚《よくよう》のない声で言う。

彰人の背筋に冷たい震えが走る。傷の男が口にした耳慣れないイントネーション、そしてその全身から醸し出す雰囲気、それは如実《にょじつ》に彼らの正体を語っていた。

東日本人。おそらくは軍人。しかも、ただの軍人ではない。

西日本共和国の男子全員に課せられる一年間の兵役をまだ過ごしていない彰人にも、男たちが極めて高度に訓練されていることは見てとれた。不吉な単語が彰人の頭をかすめる。

東日本陸軍特殊攻撃部隊。通称EASAT。

唐突に吐き気をおぼえ、彰人は口元を押さえる。

EASAT、十数万の兵力を誇る東日本陸軍の中でも選び抜かれた、精鋭《せいえい》中の精鋭部隊。国と皇室に絶対の忠誠を誓い、命を賭《と》して任務、主に西日本に対する諜報《ちょうほう》と破壊活動を担う。一九七八年に起こった未曽有《みぞう》の大事件、山本《やまもと》大統領暗殺を実行したとも言われていた。

目の前の男たちがEASATだという証拠はなにもない。しかし、その装備と全身から醸し出される雰囲気が、彰人の想像を確信へと変化させていった。

「その少年は？」

傷の男は、道ばたに転がっている小石を見るような視線を彰人に向けた。

「紹介します。こちらは私の協力者の一人で酒井彰人君。まだ若いですけど、なかなか有能な私の側近で、この計画にいろいろ尽力《つ》してくれています」

すらすらと嘘を吐きながら、沙希は彰人を紹介する。傷の男は頷くこともせず、彰人から視線を外した。沙希は振り向いて彰人と目を合わせると、悪戯《いたずら》っぽい笑みを浮かべる。

「そして、こちらはかの有名なＥＡＳＡＴの隊長で、用賀少佐」

沙希は気軽に傷の男の正体を明かすと、楽しげに付け加えた。

「私のテロ仲間よ」

6

2017年11月23日　0時20分
群馬県　丸沼高原《まるぬまこうげん》

ホンダ製七五〇ccバイクのエンジンを止めると、森岡秀昭《もりおかひであき》はフルフェイスヘルメットを外した。初冬の冷たい風が頬から熱を奪っていく。手首の腕時計に視線を落とすと、いつの間にか深夜零時を回っていた。

田舎過ぎるんだよ、ここは。秀昭はため息をつく。事務所のある前橋市《まえばしし》まで、バイクを飛ばしても二時間ほどかかる。毎日のように通うには負担だった。

できるならアパートでも借りて一人暮らしをはじめたいが、それには先立つものが不足している。

バイクを離れの駐輪場に入れると、秀昭は暗い道を母屋《おもや》へと向かった。

ジャケットの襟を合わせ、体を小さくしながら進んでいく。暗順応した目が、右手にうっすらと浮かび上がる小さな小屋を捉える。祖父、森岡源二《げんじ》の仕事場だった。

小屋から流れ出す火薬の独特の匂いが鼻をかすめ、秀昭は顔を顰めた。

「遅かったな」

母屋の扉を開け玄関で靴を脱いでいると、暗い廊下の奥から声が響く。秀昭はびくりと体を震わせた。

「まだ起きていたのかよ、じいちゃん」

秀昭は和室から顔を覗かせた祖父、森岡源二に言う。

「寝ていたよ。お前が帰ってきた物音で起きたんだ」

「……悪かったな起こしちまって」

「気にするな。年寄りは眠りが浅いんだよ」

源二は立ち上がると廊下の裸電球をつけた。

「今日も前橋に行っていたのか？」

「そうだよ。別にいいだろ」

眩《まぶ》しさに目を細めながら、秀昭はかぶりを振る。

「またギャーギャー大声上げて、散歩するのか？」

「そんな言い方ねえだろ。デモって言うんだよ。デモ行進。れっきとした政治的行動だ」

「なんと言おうと、ガキが集団でヒステリー起こしているだけだ。さっさとあんな恥ずかしいことはやめろ。お前らは粋《いき》じゃねえんだよ、粋じゃ」

源二は作務衣《さむえ》の懐《ふところ》から煙草《たばこ》を取り出してくわえ、マッチで火をつけた。祖父がこうして火を使うたびに、火薬で黒く変色した手が炎で包まれるのではないかという不安にかられる。

「粋じゃない……」

秀昭はその言葉を繰り返す。なぜか心がざわついた。

「そうだ。粋じゃねえ。日本人ならな、何事も粋にやらねえといけねえんだよ」

「じいちゃんになにが分かるんだよ。こんな田舎で小屋に籠もってるだけのじいちゃんに」

秀昭は祖父から視線を外した。

「少なくとも、お前たちみたいな方法じゃあ、なにも変わらないことぐらい分かっているさ。長く生きてきたからな」

「だからってなにもしねえのかよ？　じいちゃんは悔《くや》しくねえのか？　東の奴らがやったこと忘れちまったのか？」

秀昭は廊下の壁を拳で叩く。

「忘れるわけがないだろう！」

突然、火のついた煙草を素手で握りつぶすと、源二は家が震えるような声で叫んだ。

「忘れられるわけがない……」

うってかわって、蚊の鳴くような声でつぶやく源二の顔が痛々しく歪んだ。秀昭はその表情を覚えていた。

立ち込める黒い煙、蛋白質《たんぱくしつ》の焼ける悪臭、肌を焼く炎の熱、倒れた母を抱き慟哭を上げる祖父の横顔。

五感の全てに二十年前の夜が蘇り、秀昭は喉の奥からせり上がってきた胃液を必死に飲み下す。痛みにも似た苦みが、口の中を冒《おか》していく。

秀昭が小学校の入学式を控えていた初春。満月の光が辺りを淡く照らす夜から、『それ』は降ってきた。家から一キロほどの場所にそびえる『壁』を越えて。

東日本への経済制裁決定の報復として、東の武装勢力が壁越しに放った迫撃砲《はくげきほう》。その砲弾は源二の仕事小屋の隣にあった倉庫の屋根を易々と破壊し、中に蓄《たくわ》えられていた大量の火薬に炎を灯した。

密閉した空間で起きた爆発は倉庫の壁を破壊し、秀昭と夜の散歩をしていた母、陽子《ようこ》の体を木の葉のように吹き飛ばした。

偶然なのか、それともとっさに陽子が守ってくれたのか、爆炎は陽子の体に遮《さえぎ》られ、秀昭の体に襲いかかることはなかった。

「それなら……、忘れられないなら……、なんでじいちゃんはなにもしないんだよ？」

秀昭は拳を握りしめながら祖父をなじる。

「俺は、花火を作ってきた」

源二は握り潰した煙草を灰皿に捨てると、新しい煙草を口にくわえた。

「そういうことじゃねえよ。母さんのためになにかしてきたかって言ってるんだよ」

唇を噛む秀昭の前で、源二は煙草に火をつける。紫煙《しえん》が低い天井に向かって立ち上っていく。

「花火を作って稼いだ金で、お前を、陽子の一人息子を育ててきた。それが、陽子のためにしてやれることだ」

噛むように煙草の煙を味わいながら、源二は淡々と言った。秀昭は言葉に詰まる。

「俺に残された仕事は、そうだな……。お前に俺の跡を継いでもらうぐらいだ。それが終われば、俺はいつあの世に行っても、胸を張って陽子に会える」

「俺が、じいちゃんの跡を……」

秀昭は呆然として祖父の言葉を繰り返した。その言葉に魅力を感じている自分に激しく動揺する。

「ああ、お前にその気があるならな」

「……ふざけんなよ。俺は花火師なんかにはならねえ。俺は国を変えるんだ。俺たちみたいな若い力がこの腐った国を変えていって、いつか東をぶっつぶすんだ！」

自らの迷いを断ち切るかのように、秀昭は声を嗄《か》らして叫ぶ。

「国を変えたいなら、花火を作れ」

話はこれで終わりだというように、源二は部屋に戻ろうとする。

「花火で国が変えられるとでも思っているのかよ！」

「ああ、変えられるさ。花火にはな、魔法の力があるんだよ」

振り返った源二の顔には、少年のような屈託《くったく》ない笑みが浮かんでいた。

7

２０１７年11月23日　0時32分
岐阜県飛騨市　小鳥峠山中

体育館の隅に置かれた汚れたソファーに腰掛けながら、彰人は離れた場所にいるスーツ姿の男たちを見ていた。人数は隊長の用賀を合わせて十人ほど。その誰もが背筋を張り、感情の読み取れない爬虫類《はちゅうるい》のような目をしていた。

これは現実なのだろうか？　沙希が用賀と真剣な表情で打ち合わせしているのを見て、彰人は自分の正気を疑いはじめた。

銀行強盗にテロリスト。これまでの人生で、フィクションの中でしか存在しないと思っていたものが、この数時間のうちに現実の中に飛び込んできた。しかも銀行強盗に至っては、自分が犯人というおまけ付きだ。

彰人は頭を抱える。軽い気持ちで沙希の口車に乗った結果がこれだ。屋上に行ったあの日、もったいぶらずにさっさと飛び降りればよかった。そうすればいまごろは望み通り、『死』の腕に優しく抱かれていただろうに。

「なに仏頂面《ぶっちょうづら》しているわけ。じじ臭い」

頭頂部から降ってきた声に彰人は頭を上げる。いつの間にかすぐ側に立っていた沙希が、あきれ顔で見下ろしていた。

「テロをするって……、本気だったんだ」

「最初からそう言ってるでしょ。信じてなかったの？」

「いくら拳銃持っていても、不登校の女子高生がテロってさ……」

「それじゃあ、これで信じたでしょ」

沙希は顎をしゃくって、奥で用賀を中心に円状に集まっている男たちを指す。

「よりによって、なんで『東』なんだよ？」

彰人は男たちに聞こえないように、声のトーンを落とした。

日本が二つに分かれたとき、東への敵対心という小さな苗が、この西日本に根を下ろした。七十年以上経ったいま、その苗は『東のテロ活動』という養分を吸って大樹へと成長し、憎悪という名の果実を結んでいる。

東京オリンピック選手毒殺事件、東京航空ジャンボ機墜落事件、議員会館爆破崩壊事件、戦後、西日本は何度も大きなテロ攻撃に見舞われた。その最たるものが、一九七八年に起きた山本大統領暗殺事件だ。

東への強硬姿勢を打ち出していた山本和樹《かずき》大統領が、就任パレードにて銃撃され死亡した事件は、西日本に深い傷跡を残した。

それらのテロ行為のどれもが、EASATの関与が強く疑われつつも、明らかな証拠が出ないまま、真相は闇の中へと消えていた。

「この国にいるテロリストなんだから、『東』に決まってるじゃない」

あっけらかんと言う沙希に、彰人は二の句が継げなくなる。

「第一ね、西も東も関係ないの。だって、私はこの世界を壊したいだけなんだから」

沙希の顔に薄く鋭い笑みが浮かんだ。

「世界を……壊したい」

この少女は一体なにをしようとしているんだ？　自分は一体なにに巻き込まれてしまった

んだ？

　彰人の全身に鳥肌が立つ。

「さて、それじゃあ立って。そろそろ時間よ」

　沙希の顔に浮かんでいた表情は、掌に落ちた雪のごとく、一瞬で消え去った。

「時間？」

「あれ、説明してなかったっけ？」

「僕は今日、教室から連れ出されてからなに一つ、まともに説明なんかしてもらっていないけど」

「今日私たちは強盗をしてお金を奪った。さて、それはなんのため？」

　なぞなぞでもするように言いながら、沙希は人差し指を立てる。

「なんのためって。金を盗るためじゃあ……」

「お金なんて使わないかぎり、ただの紙切れじゃない」

　使う？　この金を？　彰人は平積みにされた十五個のジュラルミンケースを見る。

「つまり、いまからお買い物ってことね」

　三十億円もの金でテロリストたちとともに購入するもの。それを想像しただけで、胃の辺りがむかむかとしてきた。

「なにを、……買うつもりだよ？」

口腔内《こうくう》がからからに乾燥し、舌がうまく回らない。

「ないしょ。男は黙って女の買い物に付き合って」

沙希は立てた人差し指を、ピンク色の唇の上にかざした。

「もうすぐここにデリバリーされてくるから、そのときのお楽しみ」

「デリバリーって……」

彰人が質問を重ねようとしたとき、革靴を鳴らしながら用賀が近づいてきた。

「来たようだ」

用賀の後ろに控えていた男たちが次々とジュラルミンケースを運んでいく。沙希は細い指をポキポキと鳴らした。

「さて、ショッピングを楽しみますか」


校庭の中心に停まっている大型トレーラーの前で、ＥＡＳＡＴの兵士たちと三人の男が相対している。

彰人は居心地の悪さを感じながら、数分前に大型トレーラーと高級そうなセダンに分乗してやって来た三人の男たちを観察する。

一人は愛想のいいビジネスマン風の中年の日本人、そして残りの二人は身長が一九〇センチはある、体格のいい白人だった。

「初めまして、鈴木《すずき》と申します」

ビジネスマン風の男が数歩前に出て、両手で恭《うやうや》しく名刺を差し出す。しかし、沙希と用賀はそのいかにも偽名くさい名前が記されている名刺に手を伸ばさなかった。

「本日はありがとうございます。お互いにとってよい商談ができることを望んでおります」

鈴木と名乗った男は、気を悪くした素振りも見せず、笑顔のまま名刺をしまう。

「あれが品物?」

沙希がトレーラーの荷台を見上げる。

「はい。どうぞご覧ください」

鈴木の先導で集団はトレーラーに近づいていく。白人の男たちが手際よく、荷台を覆っていたシートを外した。

煙突《えんとつ》? 彰人は目をしばたたかせる。シートの下から現れたものは、彰人には銭湯にある巨大な煙突を切り取ったもののように見えた。

「これが……」

これまで表情をほとんど動かすことのなかった用賀が、目を細めて『煙突』を見上げる。

「まだよ」

熱に浮かされたような表情の用賀たちに向け、沙希は鋭い声を上げた。テロリストたちは我に返ったかのように、姿勢を改めた。

「本物かどうか確認をしないと」

「心外ですね。私が直接ロシアまで行って買い付けてきた、正真正銘の本物ですよ。まあ、試し撃ちはしていませんが。試し撃ちなさいますか？　ここで」

鈴木はさもおかしな冗談でも言ったかのようにクスクスと笑った。

「もし偽物だったら、貴様は生きて帰れない」

無表情に戻った用賀が、体温を感じさせない声で言う。用賀の後ろに控えていた男たちが自動小銃に手をかける。

日本語が理解できるのか、それとも単に雰囲気の変化に反応したのか、白人の男たちが素早くスーツの中に手を入れた。

冷たい風が吹く校庭に、触れれば切れそうな空気が満ちていく。

「ちょっと、やめてくれない。ガキの喧嘩じゃあるまいし。そんな簡単に物騒なもの振り回さないでよ」

両陣営の中間に移動した沙希が、男たちを見回しながら肩をすくめる。年端《としは》もいかない少女の揶揄《やゆ》に毒気を抜かれたのか、辺りの空気がわずかに弛緩《しかん》した。

「本物かどうか私が調べるから、それまでおとなしくしていて」

沙希は軽やかにトレーラーの荷台に飛び乗ると、横倒しの『煙突』に向かって、スカートのポケットから取り出した小さな機器をかざす。小型ラジオのような機械から、耳障りな電子音が響き渡った。

「本物みたいね。けれど、ちょっと漏れ過ぎじゃないの」

沙希は鈴木を軽く睨む。

「そこは改造品ということでご勘弁ください。ずっと近くにいなければ、人体に大きな影響は起こさない程度のはずです」

「まあいっか。当日までは保管しておくだけだし。用賀少佐、本物よ。いまにも撃ち合いをはじめそうな部下に教えてあげてよ」

「たしかか？」

「これだけ反応しているんだから間違いないわよ。それにこの人だって、あなたを敵に回せばどういうことになるかぐらい分かっているでしょ。そんなに疑うなら、部下に確認させたら」

「そうさせてもらう」

用賀が顎をしゃくると、部下の男が素早くトレーラーの荷台に上っていく。男は沙希が手にしていたものと似た機器でなにやら計測をしたあと、『煙突』の中をライトで照らし、覗き込んだ。

男は振り返って頷く。それを見て用賀は軽く手を挙げた。ＥＡＳＡＴの兵士たちは銃口を下ろしていく。鈴木の部下たちも、懐から手を出した。

「ご理解いただき、ありがとうございます」

鈴木は愛想よく微笑んだ。

「使い方は？」

沙希はぺたぺたと『煙突』を触る。

「使い切りですからとてもシンプルです。脇の液晶パネルにまず時間と座標《ざひょう》を入力し、つづいてパスワードを入力して最終確認ボタンを押します。そうすれば自動的にセットした時間に発射されることになります。ただし発射前に見つかってしまう可能性も考え、最終確認後は発射の解除はできないようになっておりますので、くれぐれもご注意ください」

鈴木は低い声で言う。

「仕組みはどうなっている？　威力は？」

用賀がトレーラーに近づく。

「発射時間になりますと、その砲身《ほうしん》に仕込まれているミサイルに点火して発射され、GPSによって弾頭を座標の上空千五百メートルまで打ち上げます。その位置に到達した時点で、中に仕込まれていますソ連製R‐36Mの弾頭が炸裂《さくれつ》いたします」

「弾頭は一つか？　R‐36Mは一基につき十個の弾頭を搭載《とうさい》していたはずだ」

「はい、一つです。それでも威力は十分だと思われます。出力に関しましては五百五十キロトンに達します」

鈴木はもったいつけるように言葉を切ると、大げさに両腕を広げた。

「これは、広島、長崎、新潟の三発を合計した破壊力を遥かに上回ります」

彰人の喉から悲鳴が漏れる。鈴木の口にした三つの都市。それが意味することは西日本国民にとって明らかだった。

核。第二次世界大戦末期、一瞬にして都市を焼き払った地獄の兵器。

その恐怖は西日本人にとって、遺伝子にまで組み込まれている。それは死を恐れない彰人でさえも例外ではなかった。心臓が痛みを覚えるほど激しく鼓動し、全身の汗腺から氷のように冷たい汗が滲《にじ》み出す。

「……持ってこい」

用賀の合図と同時に、ジュラルミンケースを持った男たちが小走りでトレーラーに近づき、ケースを鈴木の前に置く。

「たしかに三十億円。前払いと合わせまして合計五十億、お預かりいたしました。本日はとてもよい取引をありがとうございます。パスワードは明日、例のメールアドレスに送っておきます。今後とも何かございましたら、この鈴木にご用命ください」

鈴木は深々と頭を下げる。その側では、部下の男たちがせわしなく、ジュラルミンケースをセダンのトランクに積んでいた。

「お金の確認はしなくていいの？」

「佐々木様を信頼しておりますので。佐々木様にとっては、この程度の金額ははした金でございましょう。もちろんパスワードは現金を確認した後ということにさせていただきますが」

「はした金ねえ。それなりに苦労したのよ、そのお金集めるの」

振り返った沙希がウインクをしてくる。しかし、彰人は反応することができなかった。

鈴木たちが乗った車が校庭から出ていく。あとには巨大なトレーラーとテロリストの集団だけが残された。

「予定の場所に移動させておけ」

用賀が指示を出す。『煙突』に再びシートがかけられ、部下の一人がトレーラーに乗り込んでエンジンをかけた。

トレーラーが走り去っていくのを、彰人はただ立ち尽くして眺める。

「お疲れ様」

不意に肩を叩かれ、彰人は息を呑んだ。

「なに鳩が豆鉄砲食らったみたいな顔しているのよ。終わったわよ、今日のお仕事は」

「あ、ああ……」

彰人は曖昧に頷く。訊きたいことは腐るほどある。しかし、何から訊ねるべきなのか、脳神経がオーバーヒートして判断できなかった。

「さっきのトレーラーに載っていたのは……」

唾を飲み込んだ彰人は、壊れたスピーカーのようなひび割れた声を出す。

「その話はまた今度ね。疲れたでしょ、今日のところは帰って休んで。誰かに家まで送らせるよ」

「えっ？　君は……」

「私は少佐とまだ打ち合わせがあるの。先に帰っていて。今度は十二月の初めにまた付き合ってもらうから」

沙希は手を振ると、身を翻して用賀に近づいていく。

「家までお送りいたします」

用賀の部下が声をかけ、彰人の肩に手を置いた。

「ああ、そうそう。分かっているとは思うけど、今日のことは内緒よ。まあ君も共犯だし、私たちすぐに移動するから、通報するだけ無駄だからね」

振り返った沙希は、小悪魔的な笑みを浮かべる。

「できれば、バイト代先払いさせるようなことしないでよね」

8

２０１７年11月27日　２時41分
東京都千代田区永田町　大統領官邸

大音量の交響曲《こうきょうきょく》が響き渡る。深い眠りの底から一気に意識をすくい上げられ、二階堂はベッドの上で跳ね起きた。

ベートーベン交響曲第五番『運命』、携帯電話が不安をかき立てる旋律《せんりつ》を重々しく奏《かな》でていた。

霞が掛かっている頭を激しく振って、二階堂は眠気を頭蓋《ずがい》の外に放り出した。緊急用の専用回線であるこの携帯電話が鳴るのは、二週間ぶり、東日本陸軍の佐渡侵攻以来のことだった。

「誰だ？　なにがあった!?」

電話を取ると、二階堂は鋭く訊ねる。

『二階堂大統領。こんな夜分遅くに申し訳ありません』

どこか聞き覚えがある男の声が聞こえてきた。

「そんなことを訊いてはいない。お前は誰だ？　まず名と所属を名乗れ」

マニュアルに沿っていない対応に、二階堂は苛立つ。

『私です。東日本社会労働党書記長の芳賀です』

「あ？」

一瞬呆《ほう》けた二階堂は、鼻の付け根にしわを寄せる。

「ふざけるな！　緊急回線で悪戯だと。冗談で済むと思うなよ」

東の宣戦布告という最悪の事態が頭を掠《かす》めただけに、はらわたが煮えくり返る思いだった。

『大統領、どうか落ち着いて聞いてください。時間がない。これは冗談などではありません。私は本当に芳賀です。この声に聞き覚えはありませんか？』

電話の男は必死に訴えてきた。たしかにその声は、何度も会談を交わした芳賀の声に似ている気がする。頭に上った血液が少しずつ引いていく。

「この回線は我が国の緊急回線だ。番号を知る者は一部の閣僚しかいない」

『大統領、あなたは我が国の諜報能力を軽視しすぎておられる。先々代の大統領から使用されているこの回線の番号ぐらい、五年以上前から我が国は知っております』

「馬鹿なことを言うな。この番号は最高機密の一つだ、外部に、東に漏れているわけがない」

『経済力、軍事力で足元にも及ばない我々が西に対抗するには、情報戦で優位に立つしかないのです。我々は大統領が想像するよりも遥かに重要な情報を得ております』

二階堂は喉の奥で小さく唸《うな》った。東が情報機関に大量の資金を投入していることは知っていた。合法、非合法を問わず、東の情報収集能力は世界有数だ。特に非合法の分野において。

「あなたが本当に芳賀書記長ならば、何故そんなことを私に知らせる？　手札は隠しておくのがあなたの主義のはずだ」

『その通りですが、ポーカーテーブルがひっくり返りそうな時に、手札を大事に抱えていても仕方がないでしょう』

「……それだけ事態が切羽詰まっているということか？　あなたが本当に芳賀書記長だったとしたらだが」

『私は芳賀です。どうしたら信じていただけますか？』

電話の相手は心底困ったような声を出す。

「書記長なら、前回の『関所《せきしょ》』での会談の別れ際に、私があなたに言った言葉を覚えているはずだ。私はなんと言った？」

新潟県長岡市の国境上にある東西首脳会談用の施設、日本国家友好会館、通称『関所』。一年前、そこで行われた会談の終了時、形式的な握手を交わした際、二階堂は芳賀の耳元にその言葉を囁いていた。

触れれば壊れるシャボン玉のように儚い言葉。それは三年、いや二階堂が国務長官を務めていた期間も合わせれば六年間、薄皮を重ねるようにお互いの信頼を積み重ねていった二人の間に生まれた絆だった。

『「我々二人の血によって、国境を塗りつぶそう」あなたはそうおっしゃいました』

一言一言嚙みしめるように電話の相手は言った。二階堂はガウンを羽織り、佇《たたず》まいを直す。

「これまでの失言、失礼した。芳賀書記長、お話を伺おう」

『感謝します、大統領』

安堵《あんど》を含んだ声が言う。

「しかし、話を聞くのは側近たちと一緒だ。了解いただけるな」

『それは……、私は大統領と個人的にお話があるのですが』

芳賀の声に戸惑いが混じる。

「私見だが、大統領というのは、私一人のことを指すのではないと思っている。私という個人と、側近たちをはじめとした私を支えるシステム、全ての集合体こそが大統領だ。側近たちがいて、私ははじめて『大統領』となることができる」

電話から芳賀の声が消える。数十秒の沈黙。回線が遮断されたのではないかと二階堂が疑いはじめた頃、芳賀の声が再び電話から聞こえてきた。

『分かりました。しかし、最低限の人数にしていただきたい。極めて重大で、秘匿性《ひとくせい》が必要とされる情報なのです。どなたをお呼びになるつもりですか？』

「国務長官、国防長官、そして首席《しゅせき》補佐官だ」

『申し訳ありませんが、岡田《おかだ》首席補佐官はご遠慮願いたい』

芳賀は声を潜《ひそ》めた。

二階堂は眉根を寄せる。首席補佐官の岡田は若いながら曽根国務長官に匹敵する切れ者で、補佐官たちをまとめる要《かなめ》でもある。

「何故だ？　首席補佐官は私の重要なブレインだ。彼にも聞いてもらいたい」

低い声で抗議する二階堂に、芳賀はため息交じりに言った。

『首席補佐官は我が国に機密情報を流しております。昨年、我が国の工作員が仕掛けたハニートラップに見事に掛かりましてな。いまでは家庭を守るために、国を切り売りしているのですよ』


大統領執務室の中、二階堂は愛用の椅子に深く腰掛けながら、マホガニー製の机の上に置かれた携帯電話を睨んでいた。机の奥には郡司国防長官が直立不動で控え、さらに奥には、しなだれかかるようにソファーに座った曽根国務長官が、あくびを噛み殺している。

「そろそろ指定された時間ですかね、大統領？」

曽根はわざとらしく目を擦《こす》りながら、腕時計に視線を落とした。

「ああ、そろそろだな」

二階堂は重々しく頷く。

二階堂は三十分後に再び連絡するように言って、いったん芳賀との電話を終え、すぐに曽根と郡司を呼び出した。芳賀の警告どおり、首席補佐官を呼ぶことはしなかった。

信頼する首席補佐官が密告者だとは信じたくはなかったが、たしかに最近、東に重要情報が漏れているという報告を、国家安全保障局から受けている。首席補佐官が情報を流していたとなれば、その説明がつく。

二階堂が首席補佐官の対処に考えを巡らせていると、机の上の携帯電話が『運命』の旋律を奏ではじめる。二階堂は着信ボタンを押すと、電話をスピーカーモードにした。

『皆さんお集まりですか？　大統領』

芳賀の声が部屋に響いた。

「ああ、私を含め三人ここにいる。首席補佐官は呼ばなかった」

首席補佐官の話題に二階堂が触れた時、曽根が不審そうに顔を覗き込んできたが、二階堂は気づかないふりをする。

『賢明なご判断、ありがとうございます。失礼ですが、どちらで電話を取られていますか？

他の者に聞かれる可能性はないでしょうか？』

「私の執務室だ。完全な防音構造になっている。声が外に漏れる心配はない。それとも、東はここに盗聴器でも仕掛けておいでかな」

『いえ、ご安心ください。そこなら安全です。盗聴の心配はありません。……そこなら』

含みを持たせた言葉を返され、二階堂の顔が歪む。これは一度、官邸の隅々まで盗聴器をチェックしなければ。

「こんな真夜中に書記長自らが直接、しかも我が国の緊急回線に連絡を入れられたのは、どのような訳ですか？　私のような老体にとって、夜更《よふ》かしは寿命を削るので控えるように医者に言われているのですが」

曽根がソファーから立ち上がり、二階堂の隣に近づきながら、嫌みが溶け込んで飽和した言葉を吐く。午前三時過ぎに叩き起こしたため、曽根の薄い白髪は寝癖で乱れていた。

『曽根長官ですね。申し訳ありません。緊急事態でして』

「それはそうでしょう。これで時候の挨拶でもされた日には、国際問題になる」

二階堂は「その辺にしとけよ」と囁きながら、曽根の肩に手を置いた。

「書記長、お話というのはどのようなことでしょうか？」

郡司が張りのある声を上げる。曽根とは対照的に、郡司は寝起きにもかかわらず、髪はきれいに整髪料で撫でつけられていて、表情にも疲労や眠気は欠片《かけら》も見てとれなかった。

『まことにお恥ずかしい話で、未だにお話ししてよいものか迷っているのですが……』

芳賀は歯切れ悪くつぶやく。

「クーデター……ですかな」曽根が独り言のようにぼそりと言った。

『何故……そう思われます』

芳賀の苦悩に満ちた声色が、曽根の予想が正しいことを物語っていた。二階堂は目を見張る。

「簡単なことです。東の最高指導者である書記長でしたら本来、こんな時間にこんな方法で連絡をとる必要などありません。人払いをして、安全な回線を用意させ、大統領を呼び出せばよろしいはずです。なのにまるで犯罪者のように、こそこそと連絡をしている。東にとって絶対権力者の書記長がなにを恐れているのでしょう？」

芳賀はなにも言わなかった。気にすることなく、曽根は喋り続ける。

「そこから考えられることは一つ。書記長がもはや絶対的な権力を有していない。つまりクーデターが起き、地位を追われたということです」

芳賀は沈黙を保ち続ける。二階堂にはスピーカー越しに、憔悴《しょうすい》しきった芳賀の顔が見えるような気がした。

「もともと、芳賀書記長はこれまでの書記長と異なり、軍部出身ではありません。経済大臣として崩壊状態にあった東の経済を立て直し、国民生活を劇的に改善させた功績により権力の座に上ってきた。それは同時に、いままで権力を握ってきた軍部にとってはおもしろくないことだったでしょう。クーデターの危険性は常に存在した。現在、世界同時不況と東日本大震災により、順調だった経済状態にも陰りが見えている。クーデターが起こる土壌はできあがっていると見るべきでしょう」

『……おっしゃるとおりです』

弱々しい声がスピーカーから響く。

二階堂は腕を組んで舌打ちする。たしかに芳賀が書記長に就任してから数回、東軍にクーデターの動きがあった。しかし、芳賀はそのたびに、老獪《ろうかい》にして卓越した政治的手腕によって武装蜂起《ほうき》を事前に押さえ込んできた。それなのになぜ今回に限って？

『大晦日の会談で私たちが話し合う内容、それが軍部に漏れ、強硬手段をとらせました。失礼ですが、そちら側から漏れたのです』

二階堂の頭の中を読んだかのように芳賀が言った。その声には、かすかに非難の色が滲んでいた。

「そんなことはあり得ません。我が国で来月の会談の内容を知っているのは、我々を含め数人に過ぎない。情報が漏れるはずがない」

郡司がよく響く低音の声で抗議する。

「……岡田だ」

二階堂は片手でぐしゃぐしゃと真っ白な髪を掻き毟った。

「首席補佐官？　彼がなにか？」

郡司は不思議そうに二階堂を見る。

「東の女にたらし込まれ、弱みを握られたらしい。奴が情報を流していると書記長は言っているんだ」

「そんなはずは……」

郡司が動揺を隠しきれない声で呻《うめ》いた。

『お疑いでしたら、どうかそちらでお調べください。すぐに調べがつくと思います。申し訳ありませんが、いま重要なことは、どこから情報が漏れたかではありません』

「たしかにここで責任をなすりつけ合うのが賢明とは思えませんな。大切なのは芳賀書記長が失脚したいま、我々の大望が振り出しに戻ってしまったということです」

曽根が平板《へいばん》な声でつぶやいた。

二階堂、芳賀、そして側近たち数人が密《ひそ》かに進めてきた『大望』。日本統一。

一ヶ月後に迫った大晦日、二階堂と芳賀はその具体的な方法について話し合い、それを全世界に向けて発表するつもりだった。しかし、芳賀が権力の座から落ち、病的に西を、民主主義を、資本主義を忌《い》み嫌う東日本の軍部が再び独裁を敷いたのなら、その夢は泡のように儚く消えてしまう。

『それは違います、曽根長官』

それまで力を失っていた芳賀の声に、わずかに張りが戻った。

『私はまだ失脚したわけではありません』

「失脚していない？　どういうことですか？」曽根は電話を見つめる。

『現在、私の命令系統を外れているのは陸軍のみです。海・空軍はまだ私の支配下に置かれています』

「それはどのような状況でしょうか？」

郡司は唇をへの字に歪める。国防長官の郡司にとって、軍の命令系統が乱れることは、他国のことであっても不快なようだった。

『陸軍の最高責任者である久保元帥《くぼげんすい》が、私の命令によらず軍を佐渡に侵攻させました。その後、撤退の命令を出しましたが、元帥は沈黙を保っております。我が国の陸軍は、海・空軍と比較し強大な戦力を保持しています。それ故《ゆえ》、久保を逮捕することもできない。状況を掌握《しょうあく》できずにいることで、私の影響力は明らかに低下しております。いままで押さえ込んできた不満が増大して、いつ海・空軍も反旗を翻すか分からない。いえ、すでに裏では陸軍と組んでいるのかもしれません。中央も私の側近数人以外は、久保につくか私につくか状況を見守っているような状態です。かなり久保に傾いてはいますが……』

芳賀の言葉は後半になるにつれ、弱々しくなっていった。

「つまり、形式的にはまだ書記長という地位にはいるが、もはや実権はないに等しいということですか」

曽根が淡々と事実を確認しながら、鼈甲《べっこう》の眼鏡《めがね》の位置を調節する。

「それで、久保元帥の要求はどんなことですかな？」

『……曽根長官にはかないませんな、なんでもお見通しだ』

ため息と苦笑が入り交じった声が電話から響く。

「なんの話だ、曽根さん。俺にも分かるように話せ」

タヌキ同士の化かし合いについていけなくなり、二階堂は顔を顰める。

「単純なことですよ。もはや、久保元帥が行動を起こせば、間違いなくクーデターは成功する。しかし実際は、軍を首都仙台《せんだい》に侵攻させる動きはない。これはクーデターによる混乱を回避するためと思われます。つまり、久保元帥は秘密裡に物事を進めようとしている。それならば当然、すでに書記長に何らかの圧力をかけてきているはずです」

外した眼鏡に息を吹きかけながら、曽根は淡々と述べた。

『久保の要求はまず、大晦日に予定している我々の会談の中止です。そして、東西日本友好共同事業の凍結、いままでに発表した共同声明の撤回についても圧力をかけてきています。最終的には私に書記長からの退陣と、軍部への権力委譲《いじょう》、つまり東日本社会労働党の書記長の座を求めてくるでしょう』

芳賀の声は怒りと屈辱で飽和していた。

「軍事的緊張を高め、軍部が力を強めるつもりだな」

二階堂は白髪の頭をがりがりと掻く。

大統領になってから必死に交渉し、進めてきた東西の友好路線。そこにいたるまでには、血の滲むような努力があった。それがいま、もろくも崩れ去ろうとしている。

「もしそれを呑んだら、十年前に逆戻りですな。作り上げるのは大変だが、壊すのは一瞬だ」

曽根は唇を歪める。

『もちろん応じるつもりはありません。国民も再び軍事政権に戻ることを望んではいません』

「本当にそれが可能ですか？」

曽根は冷めた目で携帯電話を見る。

『全力を尽くします……』

「書記長が再び軍を掌握できることを私も期待している。何か私たちにできることはないか？」

うちのタヌキと化かし合ってばかりいないで、早く要求を言えよ。二階堂は芳賀を促す。

『ありがとうございます。心苦しいお願いですが、軍の不満をこれ以上膨らませないために、こちらとしましては大晦日の会談の……延期をお願いしたいと思っております。明日にも外交ルートを通じまして正式にお願い申し上げるつもりです。ただ、どうかそれを私の本意だとは捉えないでいただきたい。そのために、この連絡を差し上げました』

なるほど。二階堂は芳賀がわざわざ危険な手段を使ってまで、自分に連絡してきた理由をやっと理解できた。

「……書記長、一つ確認しておきたいことがある」

二階堂は髭を撫でた。

「会談は延期であって中止ではないな？　東が再び安定すれば、すぐにでも開催できると思ってよろしいな？」

『もちろんです。大統領』

弱々しかった芳賀の声に一瞬だけ力が戻った。

「期待している。話は承知した。腹を割って話せてよかった」

『私もです。それでは大統領、失礼いたします』

その言葉を残すと、回線が切断され、ツーツーという寒々しい電子音だけがスピーカーから流れ出す。

二階堂は目を閉じると、重々しく口を開いた。

「曽根さん、郡司、軍事独裁政権が復活する前提で、東との全面戦争の可能性も含めて早急に対策を練ってくれ。すぐに関係閣僚を集めて、協議を開始しろ」

「了解です」

「承知いたしました」

曽根と郡司は表情を変えず、淡々と答えた。

第二章

1

2017年12月2日　4時35分
日本海山形沖　三十キロ洋上

深夜の日本海を吹きすさぶ風は、刃物のように冷たかった。

甲板《かんぱん》を照らす明かりによってかすかに浮かび上がる荒れた海を、彰人は食い入るように見る。気を抜くと、闇の中に浮かび上がる暗い水面に引き込まれていきそうだった。

山間の小学校での刺激的な夜から九日後。小型クルーザーの甲板に立ちながら、彰人は荒れた海を眺めていた。

一際強い風が甲板の上を走る。彰人は厚手のコートの前を合わせ、体を小さくした。

東京の郊外で起きた現金輸送車強盗は、東西全面戦争の危機という大ニュースに隠れ、大きな話題にはなっていなかった。報道を信じるなら、警察の捜査はうまく進んでいないらしい。実際、いまのところ彰人に警官が接触してくる気配はなかった。

「寒くないの？　寝とかないと、あとで疲れが出るわよ」

物思いに耽《ふけ》っていると、背後から声がかけられる。振り返ると、いつの間にかすぐ後ろにこのクルーザーの所有者、佐々木沙希が厚手のダウンジャケットに手袋、マフラーという完全装備で立っていた。細身の沙希の体が防寒具で二回りほど膨らんでいる。

ふと彰人は、ダウンジャケットの裾からセーラー服のスカートが覗いていることに気がついた。呼び出された港で会ってから、ずっとダウンジャケットを着たままだったので、いままで気が付かなかった。

「もしかして、その下にセーラー服着ているの」

「当たり前でしょ」

沙希は何故か誇らしげにボタンを外し、セーラー服を見せるが、寒かったのか、慌ててジャケットの前を合わせた。

「いや、別に今日は学校行くわけじゃないんだから、私服でもいいんじゃない？」

「なに言ってるの。女子高生がセーラー服着なくてどうするの。セーラー服は女子高生の戦闘服なのよ」

沙希は力強く言う。

「戦闘服って……、攻撃力でも上がったりするわけ？」

「当然、桁違《けたちが》いよ。セーラー服の女子高生って、世界中の男の憧れでしょ」

「そんなことないと思うけど……」

「それより、こんな寒いのにわざわざ甲板出て、なにをしているの？」

「なんだか、船の中に引っ込んでいるのが勿体《もったい》なくて。せっかくの景色なんだからさ」

彰人は寒さでかじかむ手に息を吹きかけた。

「景色？　なにもないじゃない」

沙希はバレリーナのように体を一回転させる。

「海があるじゃないか」

「まあ、そりゃあるけど。こんな荒れた海見て楽しいわけ？」

「楽しい……のかな。なんか落ち着くんだ」

「まあ、まだ時間はあるし、飽きるまで見ていていいよ。けど、飛び込んだりしないでね」

「飛び込むって、海へ？」

「まさか、私の胸に飛び込んできたりしないでしょ」

「そんな恐ろしいことしないよ」

彰人は肩をすくめる。

「君にはあっちに着いてからも、私のボディガードっていう大切な仕事があるんだからさ。

とりあえず今年中は元気でいてよね」

「今年中?」

「そう。予定通りなら、大晦日で計画は終わるはずだから」

「大晦日になにが起こるんだよ?」

彰人は気温以下の肌寒さを感じ、身を震わせる。

「ないしょ」

沙希は手袋をしている両手で口元を覆って、含み笑いを漏らした。

「で、死にたがりの酒井君は、一ヶ月間我慢できるかな」

「分かったよ。大晦日まで死んだりしないよ」

挑発的な言葉に、彰人は大きくかぶりを振る。

「そう、それじゃあ約束ね」

沙希は手袋を外し、立てた小指を突き出す。

うまく乗せられたような気がしながらも、彰人は沙希と小指を絡《から》め合った。

沙希は満足げに頷くと、「風邪引かないようにね」と言い残し、白い息を吐きながらクルーザーの中に入っていった。

沙希の後ろ姿を見送り、彰人は肩を落とす。沙希に撃たれて死ぬという抗《あらが》いがたい誘惑に負けて赤いミニに乗り込んでから、どんどんと深みにはまっている。アリジゴクの巣に落ちた蟻《あり》のようだ。

彰人は再び、どこまでも深く、暗い海に視線を戻す。

数週間前までの自分なら、吸い込まれるように、この海に身を投げようとしていたかもしれない。しかし何故かいまは、その衝動に襲われることはなかった。

船が進む方向に目を向ける。まだ闇しか見ることができないが、この先には沙希の言う「あっち」がある。

西日本人にとって、最も近く、それでいて最も遠い未知の国、東日本連邦皇国が。

彰人と沙希は、用賀少佐の部下三人とともに、金沢《かなざわ》港から日本海を北上していた。船に乗り込んでからというもの、何故東へ密入国をしなければいけないのか沙希に繰り返し訊ねた。しかし、そのたびにはぐらかされ、はっきりとした答えをもらうことはできなかった。

いや、何故東に密入国するのか以前に、どうやってするのか、それが問題だった。東に密入国するのは自殺行為、それは西日本の常識だ。

東の海岸近くの海は蜘蛛の巣のように密にレーダーが張り巡らされ、船舶の航行を厳しく監視している。その蜘蛛の巣に掛かった獲物は、西からのスパイと見なされ、問答無用で攻撃される。

別に殺されること自体に恐怖はないが、船ごとミンチにされるのは、あまり魅力的な命の落とし方とは思えなかった。

手に痛みをおぼえ、彰人は視線を落とす。指先が青白く変色していた。体を冷やし過ぎたらしい。

彰人が両手を擦り合わせていると、クルーザーの中から兵士たちが三人、甲板に出てきた。彼らに続いて沙希もあくびをしながら甲板に姿を現す。

「どうしたんだよ?」

彰人は沙希の側に移動して囁く。

「もうすぐ目的地なのよ」

「目的地って……」

彰人は甲板から周りを見渡す。しかし、陸地はおろか、船一艘《そう》も見つけることはできなかった。

「すぐに分かるって。すぐにね」

沙希は手袋に包まれた手で彰人の背中をぽんぽんと叩いた。

「来ます。揺れますのでお気をつけください」

兵士の一人が抑揚のない声を上げる。同時に、船が突き上げられるように大きく揺れた。

彰人は驚いて海面を見る。

すぐ側の海面が波打ち、その下からクルーザーよりもはるかに巨大な物体が姿を現していた。

生じた波でクルーザーが木の葉のように大きく揺れ、彰人は慌てて手すりを摑む。隣にいた沙希が体勢を崩したのを見て、彰人は反射的に手を伸ばしてその腕を摑んだ。

「ありがと、思ったより紳士じゃない」

沙希の軽口に返事をする余裕はなかった。彰人はあんぐりと口を開く。

「ク……ジラ？」

「なに言ってるの。潜水艦《せんすいかん》よ」

沙希に言われて初めて、彰人は目の前に突如現れた小山のような物体が、海底深く潜航する近代兵器であることに気がつく。

潜水艦のハッチが開き、中から東日本軍の軍服を着込んだ兵士が姿を見せた。彰人は反射的に沙希の前に立ちはだかる。

「さっきから格好いいじゃない。ちょっとはボディガードの自覚芽生えてきた？」

沙希の口調はあくまでも軽い。

「けど大丈夫、あれはハイヤーだから」

「ハイヤー？」

「そう。西日本は軍事衛星で東の港の出入りを常に監視しているんで、このクルーザーでそのまま港に入ることはできない。だから、ここでハイヤーに乗り換えるの」

潜水艦から梯子が渡され、甲板に次々に兵士が降りてきた。

「お待たせいたしました。佐々木沙希様」

クルーザーに乗ってきた東日本兵が、沙希の前で音を鳴らして踵をそろえ、敬礼する。

「ご乗船ください。久保元帥がお待ちです」

2

2017年12月2日　11時24分
東京都港《みなと》区《く》元麻布《もとあざぶ》

『東は即刻、佐渡から撤退しろー!』

『芳賀書記長は謝罪しろー!』

『東に宣戦布告をー!』

シュプレヒコールが鼓膜に叩きつけられる。森岡秀昭は耳の痛みに顔を顰《しか》めながら、自分も喉の奥から声を張り上げた。

口から迸《ほとばし》ったはずの叫び声は、他の怒声の中に溶けていく。本当に声が出ているのか、それとも数時間酷使《こくし》し続けた喉がつぶれてもはや声も出せなくなっているのか、自分でも分からなかった。

今年に入って数え切れないほど行っているデモ行進。東日本陸軍が佐渡に侵攻してからというもの、その参加者は目に見えて増えてきていた。秀昭は顔を上げ、数百メートル先にある目的地を見た。

東日本連邦皇国大使館。五年前、芳賀書記長と当時の二階堂国務長官の尽力により、東西日本の国交が回復した際に置かれたものだ。

『隊列を守って進んでください』

デモを監視している警官隊がスピーカーで声を上げる。

「うるせーよ、国の犬が！」

近くを歩いていた若い茶髪の男が、警察車両に向かって中指を立てた。秀昭は顔を顰める。

このデモは東の侵略行為に対する正規の抗議活動だ。前もってデモ行進の予定を警察に申請し、許可も得ている。秀昭自身がその申請書の作成を行っていた。

自分たちが法に則《のっと》って行動してこそ、相手の不法を責めることができる。それが所属するNPOの精神であり、秀昭自身のポリシーでもあった。しかしデモの規模拡大に伴い、そのポリシーを理解していない参加者が増えていた。

数百人に膨れあがったデモ隊は、大通りを蛞蝓《なめくじ》のようにゆっくりと進んでいく。通りの両脇にあるオフィスビルから、人々がなにか汚いものでも見るような視線を向けてきていた。

胸の奥がざわつく。

なんでお前たちは行動しないんだ？　なんで俺たちをそんな目で見られる？　東が行っている無法に対して怒りを感じないのか？

秀昭は舌打ちをした。見慣れた光景だというのに、今日はやけに苛立ってしまう。いや、今日だけではなく、十日ほど前の深夜に祖父と話をしてから、ずっと神経が毛羽立っていた。

秀昭の側にいた数人の若者が、少しでも早く大使館に近づこうとしたのか、路地に入り込もうとする。

『ルートから外れないようにしてください』

警察車両から注意が飛ぶ。

「何度もごちゃごちゃうるせーんだよ」

ついさっき中指を立てていた茶髪の男が、今度は手に持っていたプラカードを警察車両に向けて投げつけた。車両に届く前にプラカードはアスファルトの上に落ち、ばらばらになる。

周囲の空気が張り詰めた。

『物を投げないようにしてください。警察車両に対して物を投げる行為は……』

「ふざけんなよ、えらそうに」

茶髪の男は、今度は路上から小さな石を拾って、腕を振りかぶる。

「やめろ！」

石が投じられる寸前、秀昭は男に向かって飛びかかった。

二人は縺《もつ》れながら倒れる。

「なにしやがる、この野郎！」

秀昭の体の下で、茶髪の男が悪態をついた。

「馬鹿なことするな。デモを台無しにするつもりか」

「なんだよてめえ、サツに肩入れする気かよ。あいつら政府の犬どもを蹴散らかしてこそのデモだろ」

茶髪の男は秀昭を振り払って立ち上がった。

「違う、俺たちが戦わないといけないのは東だ。ここで警察に暴力を振るって法を犯せば、俺たちの正義が……」

「正義？　正義の味方ってか？　お子様は帰って特撮ヒーローでも見てりゃいいだろ」

茶髪の男が嘲笑する。恥辱《ちじょく》と憤怒で目の前が赤くなった気がした。気がついた時には、握り込んだ拳を茶髪の男の頰に打ち込んでいた。男は尻餅をつき、表情を歪ませて秀昭を見上げる。

「なんだよ。殴ることねえだろ」

秀昭は呆然と立ち尽くしながら、じんじんと痛みが走る自分の手を見つめた。

「俺のツレになにしやがるんだ」

背後から怒声が響いたかと思うと、脇腹に強い衝撃が走った。秀昭は勢いよくアスファルトに倒れる。咳込みながら顔を上げると、若い男に見下ろされていた。おそらく、茶髪の男の友人だろう。秀昭は背後から蹴り倒されたことに気づく。

男はさらに蹴りを叩き込もうと、足を振り上げる。

「やめろ！」

近くにいたNPOの仲間が、とっさに男の顔を殴った。それが引き金だった。秀昭の周囲で生じた小さな混乱は、波紋が水面を広がるように、デモ全体へと波及していった。いたる所で小競《こぜ》り合《あ》いがはじまり、その暴力の矛先はすぐにデモの外部へと向けられていった。

ガラスが割れる音が鼓膜を揺らす。音のした方向を見ると、デモに参加していた若者たちが、プラカードを振り回してコンビニエンスストアの自動ドアを叩き割り、なだれ込むように店内に侵入していた。止めようとした店員が押し倒され、蹴りの雨を浴びている。

暴動を止めようと、警察車両から警官が降りてくるが、暴徒化したデモ隊の人数の多さに押し戻されていた。

遠くからパトカーのサイレン音が聞こえてきた。一台や二台ではない。もうすぐ大量の機動隊員が応援に駆けつけ、鎮圧にあたるだろう。

「やめろよ……。違うだろ。……こんなんじゃねえだろ」

秀昭は座り込んだままつぶやく。しかしその声は、狂気が充満したこの空間では誰の耳にも届かなかった。

警官隊が空に向かって威嚇《いかく》射撃をはじめる。サイレンを響かせながら次々と警察車両がやってきて、ジュラルミンの盾を持った機動隊を吐き出していく。

屈強な機動隊員たちは暴徒と化したデモの参加者をなぎ倒し、次々と逮捕しはじめた。しかし、数百人を超える参加者は、アメーバが細胞分裂するように細かく分かれたかと思えば、再び融《と》け合い、機動隊への投石や、強奪を繰り返す。

周囲には怒号と悲鳴が満ち、阿鼻叫喚《あびきょうかん》の地獄絵図と化していた。

「森岡、大丈夫か？」

背中から声をかけられ、秀昭は振り返る。そこにはＮＰＯ代表で、秀昭より三歳年長の山辺健太《やまべけんた》が、手を差しのべて立っていた。

山辺は秀昭の手を引いて立ち上がらせる。

「ありがとうございます。代表こそお怪我《けが》はありませんか」

尊敬する男の悠然とした態度に、秀昭もわずかに落ち着きを取り戻す。

「ああ、俺は大丈夫だよ。それより、すごいことになったな。逮捕されないうちに逃げるぞ」

「逃げる？　けれどこのデモの責任者は俺たちで……」

秀昭は耳を疑う。

「こんな騒ぎになったら、もうそんなこと関係ない。逮捕されて、あんな馬鹿みたいに暴れる奴らの責任まで負わされたらたまらないだろ」

「はあ……」

秀昭は曖昧に返事をする。完全に納得したわけではないが、もはや自分たちにはどうすることもできないのはたしかだった。

山辺に促され、秀昭は路地に向かって走り出す。ビルとビルの間の狭い空間に逃げ込んだ秀昭は、横を走る山辺の顔を見て目を剝《む》いた。

「代表……どうしたんですか？」

「ん、どうしたって？」

「いえ、いま、代表が……笑っているように見えたもので」

山辺の口元は緩み、唇の両端が吊り上がっていた。

「笑いたくもなるさ、デモは大成功だろ」

「大成功って……」

秀昭は絶句する。非暴力を掲げる団体の趣旨からすれば、今回のデモは大きな汚点のはずだ。

「森岡、あれを見なよ」

山辺は未だに機動隊とデモ隊が激しくぶつかる大通りを指さす。そこには、いつの間に現れたのか、キー局の報道車が停車していた。

「俺たちのデモが全国放送される。これで、うちも全国的に名前が売れるぞ」

「名前が売れるって……。こんな暴動を起こして有名になっても意味ないじゃないですか！」

秀昭の怒声が路地裏に反響する。

「大丈夫だよ。すぐにテレビ局に声明を送るからさ。『今日騒ぎを起こしたのは無断でデモに参加していた者たちで、今回のような事態になったのは極めて遺憾である。我が団体はあくまで平和的な活動を目的にしている』ってな」

秀昭の抗議にも全く動じることなく、山辺は笑顔を浮かべ続ける。

「けれど、俺が……」

俺が手を出さなければ、こんなことにはならなかった。後悔が刃となって心を切りつける。

「気にすんなよ。これで寄付金も大量に集まってくる。俺たちの理想実現に一歩近づくんだ」

目を輝かせながら山辺はつぶやいた。

「……粋じゃねえよ」

無意識に、秀昭の喉からその言葉が滑り出る。

「ん、なにか言ったか？」

「いえ……なんでもないです」

秀昭は山辺に背を向けると、路地の奥へと歩いていく。

「粋じゃねえ」

再びつぶやいたその言葉が、口の中で苦く溶けていった。

3

2017年12月2日　13時27分
福島県郡山《こおりやま》市　東日本連邦皇国陸軍郡山基地

「初めまして、佐々木会長。お会いできて光栄です」

男は革張りの椅子から立ち上がると、ブルドッグのように頰の肉が弛《たる》んだ顔に満面の笑みを浮かべ、右手を差し出した。

「こちらこそ光栄です、久保元帥」

沙希は白い手を優雅に伸ばし、男の分厚い手を握る。

そのやり取りを傍目で見ながら、彰人は背筋が冷えていく気がした。二人とも顔では笑みを浮かべているが、その目は獲物を狙う肉食獣のように危険な色を湛《たた》えている。

彰人は目だけ動かして広い部屋を見渡す。床には柔らかい絨毯《じゅうたん》が敷かれ、至る所に高級そうな家具や調度品が置かれている。

クルーザーから潜水艦に乗り換えて軍港に到着した沙希と彰人は、そこから軍用車で長時間かけて、この建物まで連れてこられた。車の窓にはスモークフィルムが貼られていたため、いま自分がどこにいるのか全く分からない。

彰人は視線を感じ、体を硬くする。久保元帥と呼ばれた男が、羽虫でも見るような目で彰人を見ていた。

固太りした体を褐色の軍服で覆い、襟元には無数の徽章《きしょう》をつけているこの男の名を、彰人は何度もニュースで聞いたことがあった。東日本陸軍元帥、久保正隆《まさたか》。

十五年以上前から東日本陸軍のトップに君臨し、十年前には芳賀と東日本社会労働党書記長の座を激しく争った男。東における軍国主義の象徴とも称され、西日本に最も警戒されている人物だった。ネットでの噂では、陸軍のトップに上り詰める以前は、ＥＡＳＡＴの指揮官として、西日本に対するテロ活動の指揮を執《と》っていたとさえ言われている。

「それで、この男は誰ですか？　私は会長とだけお話しするつもりでしたが」

「私の補佐をしています。私の右腕ですよ」

悪びれることもなく沙希は嘘を吐いた。

「それにしては若いですな」

久保は疑わしげに目を細める。

「私も若いですよ。若いからといって能力がないわけじゃない」

「若いということは、経験がないということですよ、会長」

「経験がないからこそ、こんなとんでもない作戦を思いつくんです」

沙希は不敵に笑う。久保は皮肉っぽく分厚い唇を歪めた。

「これは一本とられましたな。さすがは四葉の会長だ。よろしい、その少年も同席して結構です。どうぞそちらにお座りください」

久保は二人にソファーをすすめると、葉巻を咥《くわ》え、火をつける。

「青森産の最高級の葉巻です。会長もいかがですか？　西ではなかなか手に入らない代物《しろもの》だ」

「いえ結構。西では煙草と酒は二十歳からなんです」

「ああ、それは失礼した。けれど心配することはない。あなたが煙草の味が分かる頃には東も西もなくなっている。そして、四葉グループは国の事業を一手に引き受けて、世界最大の財閥になっているでしょう」

「それは楽しみですね。さて、そろそろ計画の話にうつりましょう」

沙希は久保の軽口に、にこりともせず言った。

なんだ？　将来、四葉グループを優遇してもらうために、沙希はこんな馬鹿げたことをしているのか？　彰人は胃の辺りにむかつきをおぼえた。

「そうですな。それでは」

久保が合図をすると、兵士の一人が机の上に大きな紙を広げた。机の大部分を巨大な日本地図が覆う。その地図の上側、東日本側にいくつも赤い点状の印が貼り付けられていた。

「現在のところ、私はすでに東日本連邦皇国陸軍のほぼ全戦力を掌握しており、自由に動かせる状態です。赤点は陸軍の部隊を示しています。もはや中央からの命令は彼らに届くことはありません」

久保は胸を自慢げにそらす。

「空・海軍はどうなっていますか。それといざという時に、一部の陸軍将校が芳賀書記長につく可能性はありませんか？」

沙希は地図を見つめたまま、険《けわ》しい表情で尋ねる。

東日本には赤点の他に、青点と白点が貼り付いていた。青点は海岸線や海上に集中しているところを見ると、海軍を示し、白点が空軍を示しているのだろう。

「軍部は芳賀に対して強い憤《いきどお》りを持っております。金勘定しかできない商売人風情が我が国の最高指導者など、許されることではない。太平洋戦争のあと、西日本の蛮族《ばんぞく》どもからこの国を守ってきたのは、我らが軍部だ。軍部こそこの国を率いていくべきなのだ」

久保は拳を振り上げ、熱弁をふるいはじめる。目の前にいる協力者が、その「蛮族」に当たることにすら気づいていない様子だった。

「元帥、いまはそのような話をしている場合ではありません。落ち着いていただけますか」

沙希は素っ気なく言う。

「ああ、これは失礼。まあ、いま言ったように、軍部には中央に対する不満が蓄積している。それは空・海軍も例外ではない。両軍の元帥にも、我が陸軍が蜂起した際には協力する約束をとりつけた。そして、陸軍の団結に関しては全く問題ない。各部隊、私に絶対の忠誠を誓っている。私こそが宮内卿から、つまりは皇室から直々に陸軍総指揮官の任を受けた元帥なのだから」

一時は勢いを失った久保だったが、再び興奮気味に拳を握る。

「なるほど、宮内卿から直々に……。それではとても失礼な質問ですが、元帥が武装蜂起した際、宮内卿がなにか行動を起こされる可能性はありませんか？」

沙希は顎を引く。

「宮内卿が？　そんなことはありえません。宮内卿は皇室の代弁者として存在しています。そして、皇室の方々は俗世《ぞくせ》のことには決して口出しなどされません」

久保の言葉は嘲笑に近い響きを帯びていた。彰人は歴史の授業で何度も習った内容を思い出す。

終戦直前、東京に対する四発目の原爆を恐れた軍部は、昭和天皇を東京から仙台に避難させた。

終戦を迎え、米ソ間の交渉により日本が二つに分割された際、昭和天皇は仙台にいた。皇室という存在をどのように扱うか、それは日本国民ではなく、東日本を支配したソビエト連邦の指導者たちによって決められた。

共産主義国家の実現のためには、強いカリスマ性を持つ人物が必要であることを彼らは知っていた。すぐにアメリカとの世界の覇権《はけん》を争う戦いがはじまることを予測していた彼らに、カリスマが現れるのを待つ時間はなく、共産主義でありながら皇室を認めるという矛盾を内包した方法こそが、最も効率的であるという結論に達した。

かくしてソビエト連邦と、皇室を残したい東日本上層部との間で利害が一致し、宮内省内に宮内卿と呼ばれるポストが新たに作られた。宮内卿は皇室の意思を国民に伝える代弁者と位置づけられ、名目上その地位は東日本社会労働党書記長よりも上位に置かれた。社会労働党書記長も東日本陸・海・空軍の各元帥も、宮内卿の任命によって就任するという形となった。

そうして戦後、東日本社会労働党及び東日本軍は、宮内卿の地位に傀儡《かいらい》を置くことで、皇室のお墨付きのもとで国家運営に当たっているという名分を得て、貧困にあえぐ国民の反発を抑え込んできた。

「さて、今度はそちらの計画についてお話し願えますかな」

歴史の知識を反芻《はんすう》していた彰人は、久保の粘着質《ねんちゃくしつ》な声で我に返る。

「会長はあの兵器をいつ使うつもりですか。もちろん東京に撃ち込むのでしょう？　いやしかし、さすがは四葉だ。我々があれほど苦労しても手に入らなかった核を、いとも簡単に手に入れるとは。いや、感服しました」

久保の狂気を孕《はら》んだ笑顔を見て、彰人は身震いする。

「東京を焼け野原にして、それに乗じて東日本軍が侵攻する。それが私の計画だと？」

「当然。それが最も効果的だ」

「浅はかです」

沙希は一言の下に久保の意見を切って捨てた。

「なんだと！」

一瞬にして久保の顔が赤みを増す。わざとらしい慇懃《いんぎん》な態度が剝がれ、その下に隠れていた粗野《そや》な本性が現れた。

「浅はかだといったんです」

沙希は動じることなく、同じ言葉を繰り返した。

「人数では下回っていても、西軍の戦力は東軍をはるかに凌駕《りょうが》します。西日本空軍の主力戦闘機のＦ－15と、五年前に米国から導入された最新鋭のＦ－22Ｊに東日本空軍では手も足も出ない。制空権を握られたうえで、西日本が米国と共同開発した自慢のＦ－２による対地ミサイル攻撃により、東日本軍は致命的なダメージを受けます」

「首都が壊滅すれば指揮系統も崩壊する。戦闘機など飛ばん」

「西の指揮系統は緊急時、十五人まで大統領権限の継承順が決まっています。大統領が死ねば副大統領、副大統領が死ねば衆《しゅう》議《ぎ》院《いん》議長。十五人全員を殺害しない限り、Ｆ－２２ＪもＦ－２も飛びます」

「核爆発の混乱と同時に、我が軍のスカッドミサイルを発射することができる。ミサイル全てを使えば、西の空軍基地のほとんどを叩くことができる。戦術部もそう分析している！」

久保は机に拳を叩きつける。

「残念ながら、大量のｐａｃ－２、ｐａｃ－３を配備したペトリオット対ミサイル防衛網《もう》で大半が撃ち落とされます。そして、たとえ爆撃ができたとしても、まだ海軍がある。太平洋、日本海に配備されているイージス艦のミサイルは、東日本全域を十分に攻撃可能です。そしてなにより……」

そこで沙希は思わせぶりに言葉を切り、一呼吸置いた。

「米軍がいます」

久保の表情筋が硬化した。何か言おうと口を開くが、葉巻のヤニで黄ばんだ歯が覗くだけで、言葉が出てこない。そんな久保を尻目に沙希は追い打ちをかけていく。

「冷戦が終わったいまも、西日本は対共産圏の最前線であることは変わりありません。東京が核攻撃され、東日本軍が国境を破れば、安全保障条約に基づき米軍は行動を起こします。足の裏についた米粒のように邪魔だった東日本を攻撃する大義が得られた。しかも先制核攻撃をしたとなったら、さすがにロシア、中国も東日本の肩を持つわけにはいかない。アメリカは喜び勇んで東を占領していくでしょう。岩国《いわくに》の海兵隊がまず攻め入り、ついで横須賀《よこすか》、横田《よこた》、厚木《あつぎ》、座間《ざま》の陸・海・空軍も攻撃をはじめる。特に空軍は、撃墜不能と言われる最強の爆撃機B－2が横田に配備されています。核を使用した時点で、東日本という国が地図から消えるのは確実です」

年端もいかない小娘に論破され、久保は奥歯を軋《きし》ませる。

「それなら、どうしようというんだ！　ロシアからの核の購入を持ち掛けてきたのはお前だ！　私の蜂起の情報を聞きつけたお前が、統一後の四葉グループの優遇を求めて近づいてきたんだ！　お前にそそのかされなかったなら、私は国内の制圧だけに力を注いで、西への挑発など、佐渡侵攻などしなかった！」

「落ち着いてください、元帥。私は『東が核を使ったら』と言ったんです」

「……どういうことだ？」

久保はいぶかしげに訊ねる。沙希の表情がゆっくりと笑顔へと変わっていった。氷のような冷たい笑顔へと。

「逆に西が使えば、こちらに大義名分ができます」

「西が核を使うとは？　どういうことですかな？」

冷静を取り戻したのか、久保に慇懃な態度が戻ってくる。

「言葉通りですよ、元帥。いまの時代、核の使用など国際社会が許しません。なら……西に核を使わせればいい」

「面白そうな話だ。詳しく聞きたいですね」

久保は身を乗り出し、ギラギラと脂《あぶら》ぎった視線を沙希に送る。

「それより元帥。噂では芳賀書記長に圧力をかけて、大晦日に予定されていた東西首脳会談を中止させたと聞きましたが」

「ああ、それがどうかしましたか？」

話を逸らされ拍子抜けしたのか、久保は早口で言う。

「会談は開かせてください。絶対に」

「なにを言っているんだ。あいつらがなにを話し合うつもりだったと思う。東西日本の統一だ。しかも、資本主義に汚れた西の体制を基本にしていく方針だ。東が西に吸収され、隷属《れいぞく》するに等しい。そんな屈辱を許すぐらいなら、我が国民は玉砕《ぎょくさい》を選ぶ」

声を張る久保を見て、彰人は奥歯を軋ませる。玉砕を選ぶのは久保でも、実際に命を落とすのは民間人なのだ。

「そんなこと関係ありません」

沙希の鋭い声が響いた。

「関係ないとはなんだ。もし芳賀と二階堂に共同宣言でも出された日には……」

「いいんですよ。話なんかできないんですから」

久保の憤怒の籠もった台詞《セリフ》を遮ると、沙希は人差し指を顔の前で立てた。久保は顎を引き、沙希の顔を睨《ね》め上げる。

「会長、もったいぶるのはよしましょう。そろそろ会長の描いている青写真を見せていただけませんか。あなたはあの『核』で、一体なにをしようとしているのですか？」

沙希は艶《つや》やかな唇を舐めると口を開いた。

「大晦日、首脳会談が行われる新潟に核を落とすんですよ。……西からね」

4

2017年12月3日　11時56分
宮城県仙台市　青葉山《あおばやま》公園

「元気ないね、どうしたの？」

フランクフルトを頬張りながら沙希が訊ねてくる。

「なんでもない」

頭を抱えるようにベンチに腰掛けたまま、彰人は弱々しく答えた。

「なんでもないってことないでしょ、そんな真っ青な顔色してさ。お腹すいたの？　これ食べる？」

沙希は半分ほどかじったフランクフルトを差し出してくる。

「いらないよ」

彰人はかぶりを振る。できれば沙希と言葉を交わしたくはなかった。

グループの利益のために東に協力し、あまつさえあの恐ろしい兵器を使おうとしている。

彰人には正気の沙汰とは思えなかった。

耐え難い嫌悪感を、隣に座る少女に感じる。ここが東日本でなかったら、すぐにでもこの場から立ち去っているだろう。しかし、いま沙希と別れれば二度と西日本に戻れないことは確実だった。自らの命を絶つにしても、東で死ぬのは感情的に避けたかった。そのため、彰人は仕方がなく、まだ沙希と行動をともにしていた。

「美味《おい》しいのに。西とはちょっと味付けが違うよ。食べてみなって。少し薄味だけどその分、素材の味が」

「いらないって言ってるだろ」

彰人の振り払った手が軽く沙希の手に当たり、割り箸ごとフランクフルトが地面に落ちた。

「勿体ないなあ」

沙希はフランクフルトを拾うと、側にあった水道で洗った。砂を落とした肉の塊を再び口に持っていく。

「……汚いよ」

「大丈夫よ。洗ったし」

「金持ちなんだろ、食べたきゃ新しく買えばいいじゃないか」

「……まだ金持ちにあんまり慣れてないのよね」

沙希は残り少なくなったフランクフルトを口に押し込んだ。

どういうことか訊ねようと彰人は口を開くが、沙希はいつの間にか彰人から視線を外し、正面を見ていた。彰人は顔を上げ、眼前にそびえ立つ巨大な城を眺める。

仙台城、慶長《けいちょう》年間に伊達政宗《だてまさむね》によって築造されたその城は、太平洋戦争の戦火で一度は焼失したが、その後復元され、雄大な姿を見せている。

東日本の首都、仙台。その中心部にある青葉山公園に彰人たちはいた。

昨日、久保元帥との会談を終えた沙希は、軍が指定したホテルに泊まるように言う久保の勧めを「東日本の情緒を味わいたい」と断ると、郡山市内で小さな旅館に二つ部屋を取り、そこに彰人を連れて泊まった。

そして翌日、まだ日も昇らないうちに彰人を叩き起こすと、暗闇に紛れるように旅館をあとにして、電車を使ってこの青葉山公園を訪れていた。

ここまで来る途中、沙希は何度も神経質に背後を振り返り、尾行されていないことを確認していた。

「なあ、本当によかったのかよ？　勝手にここまで来て」

密入国者の自分たちが、こんな人通りの多い場所でのんびりとベンチに座っていていいのだろうか？　彰人はどうにも落ち着かなかった。

「大丈夫、大丈夫。今日の午後に東軍と待ち合わせしてあるから。ちゃんと西に帰れるよ」

「そういうことじゃなくて。僕たち密入国者だろ。こんな所にいて見つかったりしたら……」

「大丈夫だって。堂々としてればいいの。外見から西日本人だなんて分からないんだから。死ぬことが怖くないくせして、変なところで意気地《いくじ》ないね」

「放っておいてくれよ。たしかに僕は死にたがりの変人かもしれないけど、それ以外は常識人なんだよ」

「死ぬ気なら、別に逮捕されることなんか怖くないじゃない」

「……それとこれとは別なんだよ」

彰人は言い訳するように、ごにょごにょと口の中で言葉を転がす。沙希の言っていることは正論だが、そう簡単に割り切れるものではなかった。

「そういうもん？」

「で、ここになんの用があるんだよ？　まさか本当に観光に来たわけじゃないんだろ？」

「ここは東日本で一番有名な観光地だよ。一度は皇居《こうきょ》を見ておきたいじゃない」

「皇居ね。僕は別に東の皇室になんか興味ないけどね」

彰人はこめかみを掻く。

「東の皇室じゃないよ。日本の皇室。ある意味、日本の象徴よ。東西関係なくね」

「『象徴』……ね。よく分からないよ、僕には。それじゃあ、本気で観光に来たのかよ？」

「ん、そうね。観光もしたかったけど、ちょっと会いたい人がいるの」

「会いたい人？」

表情がこわばる。昨日会った久保元帥のいかつい顔が脳裏を横切った。

「違うって。今度は軍の関係者じゃないよ。もっと個人的な知り合い」

「個人的なって、前にも東に来たことがあるの？」

「まさか。そんな簡単に行き来できる国じゃないでしょ。そうね、なんて言うか……メル友、かな」

「メル友？」

軽薄な響きに、彰人は眉根を寄せる。

「そう、いろいろなつてを使って連絡を取ったの。結構大変だったんだから」

「あの……佐々木沙希さんでしょうか？」

遠慮がちな声がかけられ、二人は振り返った。背後には目深《まぶか》に帽子をかぶり、眼鏡をかけた老人が立っていた。年齢は七十前後といったところだろうか。細身の体に質のよさそうなジャケットを羽織っている。その表情はどこか自信なさげで弱々しく見えた。彰人は警戒して軽く腰を浮かす。

「大丈夫。この人と待ち合わせしていたの。初めまして」

沙希は彰人の肩を押さえて座らせると、老人に気さくに手を伸ばす。

「初めまして。お会いできて光栄です」

老人はその手を握り、恭しく頭を下げた。

「こちらこそ嬉しいです。どうぞこちらにお座りになってください」

「失礼します」

おずおずと男はベンチに腰掛ける。狭いベンチで、セーラー服の少女を挟んで男二人が座るという異様な光景に、時折、通行人が好奇の視線を投げかけてきた。

「まさか、本当に国境を越えられるとは。連絡をいただいても、こうして直接お目に掛かるまでは半信半疑でした」

老人は沙希の顔をまじまじと見る。

「約束はしっかり守りますよ。そちらこそよく出てこられましたね」

「残念ながら、それほど難しいことではないんですよ。私がいなくなっても気づくのは周りの数人です。私の仕事など、それほどの価値しかないんです」

自嘲気味な笑い声が、老人の口から漏れる。

「そんなことないですよ。あなたの仕事はとても重要なものです」

沙希は柔らかい笑みを浮かべる。

二人の会話の意味がよく分からず、彰人は蚊帳《かや》の外に置かれたような気持ちになっていた。

老人が一体どのような人物なのかも、沙希がなぜわざわざ会っているのかも分からない。

「ところで、そちらの方はどなたでしょうか？」

老人は彰人を見ながら訊ねてくる。

「酒井彰人君。私の同級生兼、一応ボディガードです」

沙希も久保の時とはうって変わり、ありのままに彰人を紹介する。

「そうでしたか。沙希さんのご学友ですか。ご挨拶が遅れました。初めまして」

老人は立ち上がり、彰人に手を伸ばす。その表情には警戒の欠片も見えず、彰人は毒気を抜かれながらその手を握った。

「東日本の印象はいかがでしょうか？」

彰人の手を離し再びベンチに腰掛けると、男はなんの前置きもなく訊ねてきた。

「私はかなり情報が入ってきていますからね。そういうことは典型的な西日本人の酒井君に訊いた方がいいんじゃないですか」

すました顔の沙希に話を振られ、彰人は言葉に詰まる。彰人のイメージする東日本は、市民が軍の圧政に怯《おび》え、貧困にあえいでいるものだった。しかし、今日ここに来るまでに見た街並み、そしてこの青葉山公園を歩く人々を見ても、西日本と大きな違いはなかった。

「そうですね。正直言って、思ったより遥かに……まともだと思いました。もっと、なんというか……、暗くて、悲惨な国を想像していました。すみません」

言葉を選びながら彰人は感想を述べる。

「いえ、謝る必要はないですよ。酒井さんのイメージは必ずしも間違ってはいません。ほんの二十年ぐらい前までは、まさにそのような悲惨な社会でした」

老人は悲しげに表情を歪める。

「二十年……」

「はい。ソビエト連邦の崩壊とともに、それまで絶大な力を持ち、独裁政権を敷いていた軍の力が、巨大な後ろ盾を失って少しずつ弱まっていきました。自由経済を取り入れ、経済発展を推し進めていった文人が軍部に代わり力をつけていき、この国を先導するようになりました。それにより国民の生活は劇的に改善したのです」

「その代表が芳賀書記長ですよね」

沙希が言葉を挟む。

「その通りです。大臣時代を通して十八年、芳賀書記長は東日本を大きく変えてくださった。彼こそ東日本のゴルバチョフになるべき人物だ。それを失脚させる動きがあるとは、軍部はまた同じ過ちを繰り返すつもりなのか！」

老人は拳を握りしめ、顔を紅潮させた。その大人しそうな顔に似合わない態度に、彰人は目を丸くする。

「ああ、……失礼。少し興奮してしまいました。申し訳ありません」

彰人の表情に気づいたのか、恥ずかしげに眼鏡の位置を直すと、老人は頭を深々と下げた。

「いえ、そんな……」

「ただ、現在は経済状況がかなり厳しいとも聞きますけど」

少し風が強くなってきた。沙希は長い髪を後頭部で縛り、ポニーテールを作った。

「はい。二〇一一年にあった東日本大震災が、この国に深い爪痕を残しました。ここは首都ですから、人々の生活の質もそれほど悪化していません。けれど地方の状況はかなり苦しい。それにより、政府への不満が高まっているのはたしかです。この状態があと数年続けば、餓《が》死者《しや》が出るかもしれません。しかし、もし軍が再び実権を握るようなことがあれば、確実に何十万という国民が飢《う》えることになります」

老人は唇を舌で舐め、言葉を続けた。

「国民が最も望んでいることは、西日本と友好関係を深め、この国の経済を圧迫している軍事費を削減していき、経済的に発展することです。それができるのは軍ではなく、芳賀書記長をはじめとした現在の政府だけだ。しかし芳賀書記長の立場は日に日に悪くなっている。これは大変深刻な事態です」

「そうですね。私もそう思います」

沙希は相槌《あいづち》を打つ。

芳賀を殺そうとしているくせに白々しい、彰人の頬が引きつった。

「ところで沙希さん。メールでお聞きした件ですが、……本当に実行されるつもりなんでしようか？」

老人は声を潜める。

「当然です。そうじゃなければ、わざわざ国境を越えてはきません。というか、もうすでに計画ははじまっています」

「……そうですか」

老人は雲一つない空に目を向けた。

「一度坂を転がりだした石は、もう止まりません。それで……協力してくださいますか？」

沙希は水晶のように澄んだ瞳を老人に向ける。

老人は眩しそうに目を細めて沙希の顔を見た。

「私になにができるでしょうか？　私にはなんの力もない」

「あなたは力がないと思い込んでいるだけです。そしてここで動かなければ、本当に力を失ってしまう。……永遠に」

老人は深い苦悩の表情を浮かべて黙り込む。数十秒後、彼は躊躇《ためら》いがちに口を開いた。

「……すみません。私にはできません」

力ない言葉が老人の口から零《こぼ》れる。沙希の表情がふっと緩んだ。

「いいんですよ。ここに来てくださっただけでも嬉しいです。ありがとうございました」

沙希はベンチから立ち上がると、老人に手を差し出す。老人はその手を俯いたまま力なく握った。

「それでは失礼します。お会いできて光栄でした。私と会ったことは忘れてください。それじゃあ酒井君、行くよ」

沙希は身を翻して歩きはじめる。彰人は慌ててその背中を追った。

「いいのかよ？　あの人、放っておいて。すごく落ち込んでいたけど」

「いいの。残念だけど、彼は協力してくれない。なら、できるだけ私と接触したことは隠しておいた方がいい。私にとっても、彼にとっても」

彰人は振り返り、まだ俯いてベンチに腰掛けている老人を見る。何故か心の隅に引っかかるものがあった。以前どこかで、あの老人を見たことがある気がする。しかし、それがいつのことだか分からなかった。

「さっきの話からすると、あの人って東の民主化運動家かなにか？」

そういえば、最後まで名前を名乗ってくれなかったな……。

「んー、まあそんなところかな」

沙希は曖昧な答えを返す。

「なんの協力をしてもらうつもりだったんだよ？　民主化運動家なら、軍に協力している沙希は敵みたいなもんだろ」

「あれ？　もしかして君、私が本当に久保元帥に全面協力していると思っていたりする？」

悪戯っぽく沙希は微笑んだ。

「なに言ってるんだよ。だって久保に……」

「あんな危険人物と同じ思想のわけないでしょ。それに第一、私は四葉グループの事業になんて全然興味ないの。私には私の考えがある。誰にも曲げられない私だけの理想が」

沙希は冬晴れの空を見上げた。

「理想……」

彰人は、眩しそうに顔に手をかざす沙希の横顔を見つめる。

「それじゃあ、もうちょっと観光してから、東軍との待ち合わせ場所に行こうか」

沙希は楽しげに、スカートのポケットから東日本の観光ガイドブックを取り出した。

5

2017年12月8日　19時47分
東京都西東京市　酒井彰人自宅

明かりを消した部屋の中、彰人はベッドに横たわり、天井を見上げていた。完全なる静寂が部屋を満たす。

東日本から戻って五日目。普段通りの日常が戻っていた。朝起きて食事をし、学校で授業を受け、家に帰って本を読みながら寝るまでの時間を過ごす。

なにかのために時間を使うのではなく、時間を消費することが目的となっているような毎日。彰人は東での出来事が全て夢であったようにさえ思えていた。

暗闇に慣れた目で天井の染みを見つめる。両親が死んでから、よくこうして天井を見るようになった。全身の筋肉から力を抜き、闇の中に一人横たわっていると、なぜか心が落ち着いた。

「佐々木沙希……」

唇をほとんど動かすことなくつぶやく。部屋の空気がかすかに揺れ、鼓膜をくすぐった。

彰人は目を閉じる。

瞼の裏に、どこか陰のある笑顔を浮かべた少女の姿が浮かび上がってきた。

同級生、日本有数の富豪、……テロリスト。

そのどれもが、沙希の本質を示してはいない気がした。

彼女がなにを考え、なにをしようとしているのか。彰人には全く分からなかった。

……核。山間の廃校で見た、巨大な兵器の姿がどうしても頭から離れなかった。沙希は本当にあれを使うつもりなのか？

全身に震えが走る。子供の頃から何度も、原子爆弾により焼き払われた広島、長崎、新潟の映像を見せられた。

炭《すみ》と化した人間の死体。体中の皮膚が火傷《やけど》で爛《ただ》れながら、苦痛の泣き声を上げて彷徨う子供。放射線を浴び、癌《がん》を発症して苦しむ人々。それらの光景は、心の奥底に『恐怖』そのものとして刷り込まれていた。

沙希はこの日本で、ふたたびあの仮初《かりそ》めの太陽を燃え上がらせようとしている。このまま見過ごしていていいのだろうか？　いまなら止められるのではないか？

沙希とともに東に渡った直後は、あまりにも異常な体験に現実感が失われ、どこか足元がふわふわとした心地がしていた。しかし日常が戻ってくるにつれ、沙希の計画に対する危機感が胸の中で成長し続けていた。

警察に連絡したとしても、容易には信じてくれはしないだろう。けれど、もしかしたら、あの兵器が新潟の空を焼くことを阻止できるかもしれない。

彰人の視界にスマートフォンが入ってくる。

なぜ沙希は、僕に計画を教えたりしたのだろう？　僕なら絶対に裏切らないとでも思ったのだろうか？

彰人は枕元に置かれたスマートフォンを手に取る。視界から遠近感が消え失せていき、液晶画面が迫ってくるような錯覚《さっかく》に襲われる。ただベッドの上で座っているだけだというのに、全力疾走のあとのように呼吸が乱れていった。

彰人は震える指で番号を押しはじめた。『110』、と。

気の抜けた電子音がスマートフォンから響く。口の中がカラカラに乾いていく。

『はい警察です。どうしましたか？』

すぐに回線が繋がり、電話から男性の声が聞こえてきた。

「あの、……ちょっと伝えたいことがありまして」

乾燥した舌はうまく動かず、声がかすれる。

『伝えたいこと？　なにか犯罪に関することでしょうか？』

「はい。あの……、ちょっと信じられないようなことなんですけど……」

核が国内に運び込まれて、大晦日に使用されようとしている。どうすればこんなことを信じてもらえるというのだろう。彰人は言葉に詰まる。

『どうされました？　どんな小さな情報でもかまいません。気軽に話してください』

電話の男は、彰人の不安を取り除こうとするかのように、柔らかい声で言う。

口の中を湿らせたいが、唾液《だえき》がまったく湧いてこなかった。

「あの、核が……」

脳裏で少女の姿が弾《はじ》けた。シニカルな笑顔を浮かべながら、階段室の上から見下ろしてくる少女の姿が。

『もしもし?』電話から声が響く。

「すみません。……なんでもありません、僕の勘違いでした」

彰人は力なくつぶやく。

『勘違いですか。事件が起こったわけではないんですね?』

「……はい。すみませんでした」

『それでいいんですよ。酒井さん』

男の声の調子が一変する。低く落ちついたものへと。彰人は切りかけていたスマートフォンを再び耳に当てた。

「いま……なんて。なんで僕の名前を?」

『あなたに対して、なにもケアしていないと思っていましたか? 申し訳ありませんが、電話は全て盗聴させていただいていますし、もちろん監視もついています』

さも当然のように、電話の相手は言う。

「お前は誰だよ! なんでこんなことを?」

怒鳴《どな》り声が喉に引っかかり、彰人は激しく咳き込んだ。

『お分かりでしょう。私は沙希様の部下です』

「沙希の……」

彰人は慌てて室内を見渡す。いまこの瞬間も誰かに監視されているかもしれない。

『部屋の監視を心配していらっしゃるのですか？　ご安心ください。室内の盗聴や盗撮は行っていません。最低限のプライバシーは守られています』

それこそ彰人の姿を監視しているようなタイミングで男は言った。

「うるさい！　ふざけるな！　一体どうやって……」

『落ち着いてください。日本スカイタワー計画を見ていただければご理解いただけると思いますが、四葉グループは西日本における通信事業の中核を担っております。通信を盗聴するぐらい容易なことです。もちろん、犯罪行為では……』

相手が話している途中で回線を切ると、彰人はスマートフォンを壁に向かって投げつけた。壁に跳ね返ったスマートフォンは乾いた音を立てて、フローリングの上を転がった。彰人は壁を殴りつける。拳頭に痺《しび》れるような痛みが走った。

これほどの怒りを感じたのは、十八年の人生で初めてだった。

なぜこんなに腹が立つんだ？　盗聴ぐらい、よく考えれば当然のことなのに……。

これから起こるであろう大惨事を止められなかったから？　プライバシーを土足で踏みにじられたから？　自分があまりにも非力な存在であることに気がつかされたから？

どれもが怒りの一因ではあったが、一番の理由ではなかった。

彰人は浅く息を吐き、焼けつく脳細胞を冷ましながら、自分の胸の中を探っていく。すぐに答えは見つかった。屈辱的な答えが。

沙希が自分を信頼してくれていなかった。それが悔しかった。

燃え上がっていた激情が、冷水でもかけられたかのように冷め、代わりに激しい脱力感に襲われる。

彰人はベッドの端に腰掛けると、力なく頭を垂れた。

しばらくそうしていると、部屋の中に明るい音楽が満ちた。彰人はゆるゆると顔を上げる。

投げ捨てたスマートフォンが、床の上で軽妙なポップミュージックを奏でていた。

あんなに勢いよく投げつけたのに、頑丈だな。彰人は這うようにスマートフォンに近づくと、フローリングから拾い上げる。液晶画面を見て頬が引きつった。

『佐々木沙希』。そこにはいま、最も話したくない人物の名が浮かび上がっていた。彰人は画面を眺め続ける。

一分以上動かなかった。音楽が途絶える気配はない。彰人は目を固く閉じると、通話ボタンに触れた。

『一分四十二秒』

「え？」

『だから、一分四十二秒。酒井君が電話を取るまでにかかった時間。ぐずぐずしてないでもう少し早く出てよ』

「……うるさい」

必死に感情を抑えながら、彰人は声を絞り出す。

『あれ？　もしかして、なんか怒ってる？』

意外そうな声に、燻《くすぶ》っていた怒りが再び燃え上がる。

「当たり前だろ！」

『なに？　監視してたこと、怒ってるの？　しょうがないじゃない、こんな大きな計画なんだから、念には念を入れないと。最初は部屋にカメラまで仕掛けようって話になっていたのを、私が止めたんだよ。だからさ……』

「ふざけるな！」

彰人は感情に任せて回線を切り、スマートフォンを床に放ると、顔面からベッドに倒れ込んだ。血管の中を水銀が流れているかのように体が重い。もう指先を動かす気力すら残っていなかった。

フローリングの床に置かれたスマートフォンから再び着信音が流れる。相手は沙希だろうか？

それとも他の誰かか？

どうでもいい。彰人は動かなかった。できることならこのまま消えてしまいたかった。

久々に『死』に対する狂おしいほどの欲求が湧き上がる。

少し。もう少し時間が経ち、この全身を浸している倦怠感《けんたいかん》が軽くなったら、今度こそやり遂げよう。

彰人は決意を固める。もはや沙希との約束に縛られる必要などない。核がどこに落ちようが、国が消滅しようが、自分には関係ない。

着信音が消える。静寂が部屋に満ちた。

疲れた、少し休もう。

どれぐらい経っただろう？　彰人は顔を上げる。おそらくは数十分というところか。まだ肌に纏《まと》わりつくような疲労感は残っているが、体を動かせるほどには回復していた。のろのろとベッドから立ち上がり、机の抽斗《ひきだし》から太いビニール製のロープを取り出した。その端を結んで、大きな円状にすると、彰人は簞笥《たんす》の取っ手にかける。

ロープで作った円の中に頭を通し、顎の下に引っかける。このまま倒れ込めば、ロープが頸動脈《けいどうみゃく》を押しつぶし、脳への血流を遮断して、ものの数分で全てを終わらせてくれるだろう。

首吊りは糞尿を垂れ流す可能性があると聞いて避けていたが、もはやそんなことは気にならなかった。一刻も早くやるべきことをして、自分という存在を消してしまいたかった。

彰人は大きく息を吐く。

倒れ込もうとしたとき、インターフォンの音が響いた。ピンポーンというどこか間の抜けた音に、決心が萎んでいく。

誰だよ、こんなときに。

彰人は居留守を決め込もうとする。しかし、インターフォンは餌をねだる雛鳥《ひなどり》のようにやかましく囀《さえず》り続ける。最後には直接扉を叩いているのか、ドンドンという重い音まで響いてきた。

「なんなんだよ!」

舌打ちをしてロープから頭を抜くと、彰人は大股で玄関へと向かった。

ドアの外の相手をたしかめることもせず、彰人は乱暴に扉を開いた。扉の外を見て、相手を確認しなかったことを後悔する。セーラー服の上からコートを羽織った沙希が立っていた。

「やっ、こんばんは」

沙希は軽く手を上げる。

「……まだなんか用があるのかよ?」

戸惑いつつ、彰人は声を低くする。

「あのね、電話のあとよく考えてみたの」

沙希の表情から笑顔が消え、悲しげに薄い唇が歪む。

「あなたにすごく失礼なことしてた。ごめんなさい」

沙希は突然、つむじが見えるほど深く頭を下げた。

「いまさら謝られたって……」

彰人は口ごもる。沙希に謝罪されただけで、胸に巣くっていたどす黒い感情がみるみる溶けていくことに戸惑いながら。

「ねえ、ちょっと上がっていい？」

顔を上げた沙希の表情は、いつの間にか楽しげなものに戻っていた。彰人の答えを聞くこともせず、靴を脱いでずかずかと部屋に上がり込もうとする。

「え、ちょっと待って……」

「大丈夫、別にHな本があったって見て見ぬふりするからさ」

沙希は色っぽくウインクをした。

さっきの殊勝な態度はなんだったんだ……。毒気を抜かれた彰人は、ため息交じりに「どうぞ」と道を開ける。

「思ったより整理されているじゃない。というか……物が少ない部屋ね」

コートを脱ぎつつ部屋に上がり込んだ沙希は、物珍しそうに室内を見回す。

「一ヶ月前に死ぬ予定だったからね。余計な物は始末したんだよ」

「どうりで生活感がないわけだ」

沙希はベッドの上に腰掛けた。短いスカートの裾から白い太ももが覗き、彰人は慌てて目をそらす。

なんで今日もセーラー服なんだよ？　単に服を選ぶのが面倒なだけなんじゃないか？

「あれ？」

沙希が声を上げる。その視線は箪笥に掛けられたロープに注がれていた。

「そのロープって……」

「……そうだよ、首を吊ろうとしていたんだ。また君に邪魔された」

「私との約束はどうなるわけ？　今年中は死なないんでしょ」

「勝手なこと言うなよ。そんなのもう無効だ。僕は自分の好きなようにする」

「謝ったじゃない。そのことはもう水に流してくれない、だめ？」

沙希は両手を合わせると、コケティッシュに首を傾けた。

「謝って済む問題じゃないだろ。君は僕を……信頼してくれなかった」

彰人は喉の奥から声を絞り出す。

「そうだね……ごめん。酒井君の気持ち、全然考えてなかった……」

沙希は哀しげに顔を伏せる。その態度を前にして、彰人の胸に痛みが走った。

「できれば、まだボディガード続けて欲しいけど……無理ならもう頼まないよ。とりあえず電話の盗聴もやめるし、監視もしない。だから自殺しようが、通報しようが君の自由」

「……そんなこと言って。もし本当に通報したらどうするつもりなんだよ？」

「その時は、その時。もし、それで計画が失敗するようなら、それが運命だったたってことなんだと思う。さっき色々考えて決めたの」

沙希は微笑みながら、長い黒髪を掻き上げた。

「運命って……」

「それとも、ここでバイト代払った方がいいのかな？」

そう言いながらも、沙希が拳銃を取り出すことはなかった。それが逆に、その言葉が本気であることを伝えていた。

この場で沙希に撃たれて命を落とす。彰人の背骨に妖しい震えが走った。

その提案を受けて、全ての煩わしい事柄にピリオドを打ってしまいたい。狂おしいほどの欲求が湧き上がってくる。

「なんで……そんなに僕にこだわるんだよ。僕なんて単なる死にたがりの、壊れた高校生だ。君ならもっと頼りになる、プロのボディガードだって雇えるだろ？」

彰人は何度も訊ねようとして、その度にためらってきた質問を口にする。決断までの時間を稼ぐために。

「最初はただ、君の顔をちょっと見ておきたかったんだよね。けれど、実際に顔を合わせてみて、かなり興味が出てきた」

顔を見ておきたかった？　学校内で話題になっている変人に、ちょっと興味が湧いたということか？　疑問をおぼえるが、彰人は黙って話を聞く。

沙希は言葉を探すように、数秒視線を彷徨わせたあと、言葉を続けた。

「酒井君はさ、そうだな、なんというか……ニュートラルなんだよ」

「ニュートラル？」

「そう、君の思想は『死』に対してニュートラル、だから意見が感情でぶれない。完全な傍《ぼう》観者《かんしゃ》でいられる」

「悪いけど、なにを言っているか分からない」

彰人は眉間に皺を寄せる。禅問答をしているような気分だった。

「例えば君なら、一人を殺すことで、十人の死ぬはずの人が助かるとしたら、どうする。殺す、殺さない」

「……たぶん、殺さない」

彰人は数秒間、頭の中でシミュレーションを行った後に答えた。

「それは何故？」

「一人死のうが、十人死のうが本質的にはなにも変わらない。どうせいつか人間は死ぬじゃないか」

「そう、君はそう考える。普通の人は『殺さない』んじゃなくて、『殺せない』。けれど君は積極的に『殺さない』」

禅問答が続く。

「それじゃあ、そのシチュエーションで一人を殺した人を、君は非難する？」

「いや、しないね。その人は多くの人の命を助けたかったんだろ。それはある意味、正しい行動だと思う」

今度は即答した。沙希は我が意を得たりといった顔で頷く。

「たぶん、君と同じ答えをする人も多い。けれど即答できる人なんていない。みんなが非難できないと言いながら、その実、胸の奥では感情が非難する。殺人という禁忌《きんき》を犯したって」

「そんなもんかな？」

彰人にはよく分からなかった。

「そういうものなの。君がそれを理解できないのは、死ぬことを特別視していないから。君みたいに死ぬことを日常の一部として捉えられる人はほとんどいない」

「僕が変態だって言いたいなら、そんなに念を押さなくてもいいよ。僕自身が誰よりよく知っているから」

「違うって。たぶん君の方が正しいんだよ。どんな人でもいつかは死ぬ。いつ死んでもおかしくない。普通の人はその事実を知っていながら、それこそ死にものぐるいで、そこから目を逸らしている。けど本当は、死ぬことは特別なことじゃない。まあ君みたいに積極的すぎるのもどうかと思うけどね」

沙希は喋り疲れたのか、小さく息を吐く。その横顔を眺めながら、彰人はなにも言えずにいた。

殺風景な部屋の中で、二人のかすかな呼吸音だけが、融け合いながら空気を揺らしていた。

「君は、……僕になにをして欲しいんだよ？」

「そうね、私の計画を全部見て、そして評価して欲しいかな」

「僕に？　どうして？」

「さっきから言っているでしょ。君はぶれない。『死』を特別扱いしない。だから君なら中立に評価できると思う」

「それは、人が死んだとしても、気にしないで評価をすることができるってこと？」

「……そうね。端的に言えばそういうことになるかな」

「君の計画では……どれだけ人が死ぬんだ？」

沙希のかすかに茶色を帯びた瞳を、彰人は覗き込む。

「……内緒。酒井君はたくさん人が死ぬなら、計画をやめるべきだと思う？　その犠牲の上に何か新しいものができるとしても」

問いを返してきた沙希の目は澄んでいて、底が見えないほど深かった。

「いや……思わない。計画を実行するべきだとも思わないけれど、やめるべきだとも思わない」

「ね、やっぱり君は中立、どこまでもニュートラルな、希有《けう》な存在なの。だから……」

沙希は柔らかい視線を彰人に投げかけた。

「もし計画を全部見た君が、私は間違っていて、私が死ぬべきだと評価したら、その時は殺していいよ。私を。抵抗はしない。酒井君が死ぬべきだと思ったなら、私は多分死ぬべきなんだと思う。私はその点で君を信用している。誰よりも」

「……」

彰人はなにも言えなかった。再び部屋の空気が沈黙で飽和していく。今度は沙希の方が先に言葉を発した。

「どうする？　私は強制するつもりはないよ。君が拒否するなら、それでいい。さっき言ったように監視もやめさせるし……」

沙希はポケットから拳銃を取り出した。

「もしご希望なら、この場でいままでのバイト代を払ってあげる。まだバイトは終わっていないけど、慰謝料ってことで」

沙希は撃鉄《げきてつ》を起こし、彰人の眉間に銃口を向けた。沙希の言葉は彰人の耳に甘く響いた。その申し出を受けてしまいたいという衝動がこみ上げる。

「……まだ、仕事は終わってないのに、バイト代はもらえない。依頼されたことは、最後まで引き受けるよ」

いまにも「撃ってくれ」と言い出しそうな舌を、彰人は力ずくで動かした。

「そう、じゃあよろしく。これで監視の話はもう許してくれるわけね。ありがと」

沙希は勢いよくベッドから立ち上がると、「次は三日後の夜ね。迎えに来るから」と玄関に向かう。

彰人があっけにとられていると、顔の横に掲げた手の指をひらひらと動かし、沙希は玄関扉の外に姿を消した。

なんだったんだ、いまのは？

またうまく丸め込まれた気がする。沙希の方が、何枚も役者が上だった。しかし、なぜか悪い気分はしなかった。

口角を上げながら、彰人は覚悟を決める。沙希の計画を最後まで見届けることを。

それこそが、自分の最後の役目なのかもしれない。

沙希は僕を信用するといった。なら僕もそれに応えよう。

僕には計画を止める力はない。けれど僕だけが沙希の計画の全てを見て、それを評価することができる。

彰人は簞笥に近づくと、かけられたままのロープを手に取る。輪になったロープを手の中で丸め、部屋の隅に置かれたゴミ箱へと放った。球状になったロープは放物線を描きながら、ゴミ箱へと吸い込まれていった。

6

2017年12月10日 14時34分
東京都港区内幸町《うちさいわいちょう》 西日本第一ホテル

柔らかなソファーに腰掛けながら、森岡秀昭はせわしなく室内を見渡す。

鮮やかな色合いの絨毯。大理石のテーブル。壁に掛けられた油絵の風景画。アンティーク調の花瓶。部屋の中にあるもの一つ一つが高級感を漂わせながらも、存在を主張しすぎることなく調和を保っている。しかし、秀昭の周囲に立っている数人のスーツ姿の男たちが、調度品が醸し出す高尚な雰囲気を破壊していた。

「落ち着けよ。みっともない」

隣に座る山辺が声を掛けてくるが、彼自身もさっきから落ち着きなく貧乏ゆすりをしている。

東京、内幸町に立つ、西日本を代表する高級ホテルの最上階。一泊数十万はするであろうスイートルームの一室で秀昭たちは人を待っていた。

正体の分からない人物を。

東日本大使館前でのデモ暴徒化の後、死者こそ出なかったものの、数十人もの負傷者を出したということで、団体には多くの抗議が入った。しかし、それと比例して応援も増え、寄付金もかつてないほどまで増加した。

そして、デモの暴徒化から五日後、秀昭が代表の山辺と次回の抗議活動について話し合っていた時、女性事務員が息を切らせて会議室に飛び込んできた。

「会議中だぞ」

山辺は不機嫌に言い放った。

「すみません。寄付にいらした方が、代表にお会いしたいとおっしゃっています」

「忙しいんだ。いちいち会っていられない」

面倒くさそうに吐き捨てる山辺に、事務員は無言で分厚い封筒を渡した。怪訝《けげん》な表情で封筒の中を覗き込んだ瞬間、山辺の目が大きく見開かれた。

「これは……」

ぎこちない動きで山辺が封筒の中身を取り出すのを見て、秀昭は息を呑んだ。その手には札束が握られていた。手に収まりきらないほどの札束が。

「その方の寄付金です」

事務員がそう言うと、山辺と秀昭は慌てて部屋を飛び出した。

金を持ってきたのは、鋭い目をした体格のいい男だった。

「依頼主の代理で来た。一千万ある。足りなければまだ支援する用意があるそうだ。そのときはここに連絡をしろ」

男は抑揚のない声で言い、電話番号が書かれたメモを山辺に渡した。山辺と秀昭は男から寄付者の正体を聞き出そうとしたが、男は「匿名《とくめい》をご希望だ」とだけ言い残し、去っていった。

それから二日後、男は再び一千万円を事務所に持ってきた。三十人にも満たない団体は突然現れたパトロンによって潤い、大量のビラを刷り、年末年始の抗議活動の予定を立てていった。

そして三回目に男が事務所に訪れた際、彼は言った。「依頼主がこの団体の代表と会って話をしたいと言っている。その話し合いによっては、さらなる援助を検討するだろう」と。その申し出を喜々として受け入れた山辺は秀昭を連れ、男が指定したこのホテルの部屋を訪れていた。

ホテルの部屋には、金を運んできた男を含む、数人のスーツ姿の男が待っていた。男たちが『依頼主』と呼ぶ人物はまだ到着していない。秀昭は居心地の悪い思いをしながら、三十分以上ソファーの上に腰掛けている。

男の一人の携帯電話が鳴った。

「いらっしゃった。いまから上がってくる」

電話で一言二言話すと、男は秀昭と山辺に言う。山辺の貧乏ゆすりがさらに激しくなった。

数分して部屋の扉が開き、扉の奥から二人の男が姿を見せた。

「首席……補佐官？」

秀昭は目を見開く。部屋に入ってきた男は、何度もテレビ画面の中で見た人物だった。

岡田浩太《こうた》大統領首席補佐官。政府きっての政策通で、二階堂政権を陰で支える実力者だった。

「初めまして。山辺さんですね」

岡田はソファーに近づくと、手を差し出した。山辺は慌てて立ち上がり、スーツの裾でごしごしと手を拭いてからその手を握った。

「どうぞ、お座りください」

岡田はテーブルを挟んで対面のソファーに腰掛けた。

秀昭の眉根が寄る。岡田の態度にどこか違和感をおぼえた。テレビの画面越しに見る岡田はいつも自信に満ち溢れていた。しかし目の前にいる男は、やけに落ち着きがなく見える。まるでなにかに怯えているかのように。

秀昭はふと、岡田の後ろに立つ男に視線を移した。岡田とともに部屋に入ってきた男だった。一八〇センチほどの長身、広い肩幅、右のこめかみから頬にかけて大きな傷が刻まれている男。

おそらくはSPなのだろう。しかしその全身から醸し出される雰囲気は、SPというよりも軍人に近い気がした。

「お目にかかれて光栄です、首席補佐官」

山辺はうわずった声を上げる。

「挨拶は結構です。すぐに本題に入りましょう」

岡田がどこかぎこちない口調で言うと、部屋に控えていた男の一人が大きなボストンバッグを運んできて、テーブルの上に置いた。

「これは？」

山辺が訊ねると、岡田がボストンバッグのファスナーを開いた。

「おおっ!?」

山辺と秀昭の口から驚きの声が漏れた。バッグの中にはぎっしりと札束が詰め込まれていた。

「三億あります。これをあなた方に提供したい」岡田が言う。

「こんなに……、こんなにいいんですか？」

札束の山を凝視しながら、山辺がつぶやいた。

「もちろん、ただお渡しするわけではありません。これを使って、あなた方にお願いしたいことがあります」

「お願い？」

山辺は上目遣いに、岡田を見る。

「そうです。あなた方は、東軍の侵攻に対して強硬な姿勢で臨むことを主張していますね」

「ええ、その通りです。東軍の行動は戦争行為に他なりません。徹底的に対抗するべきだ。我が国が本気になれば、東軍などひとたまりもない。違いますか、補佐官。汚れた東軍をたたきのめし、抑圧された東の国民を救うべきなんだ」

胸に手を当て、山辺は演説するかのように言う。

「そもそも、東日本軍の指令を下すのが、形式上とはいえ宮内卿になっていることがおかしい。それゆえ東軍は、自分たちのことを皇室に認められた皇軍だと名乗っているらしいですが、滑稽《こっけい》ですよ。宮内卿は傀儡で、実質的な権力は東日本社会労働党にあるんですから。なにが皇軍だ」

そのとき、部屋の雰囲気が変わった。みるみる空気が張り詰めていく。岡田は恐怖の表情を浮かべると、振り返って後ろに立つ傷の男を見た。

傷の男は表情を変えることなく立っている。しかしその双眸《そうぼう》に、怒りの炎が燃え上がっているように秀昭には見えた。

「あなたの思想はよく知っています。とりあえず大晦日、同じような思想のグループを集め、新潟でできる限り大規模なデモを行っていただきたいのです」

額の汗を拭いながら、岡田は身を乗り出す。

「デモを？　我々の仲間を集めて？　大晦日、新潟で何かあるのですか？」

山辺が首を捻る傍らで、秀昭は大晦日の組織の予定を思い起こす。

たしか夕方から東京の大統領官邸前で抗議集会のはずだ。新潟に行く計画はない。政府発表の公式行事予定の中にも、大晦日の新潟で何かが行われる予定はなかったはずだ。

岡田は「実は……」と声を潜めて話し出す。

「長岡市にある『関所』、日本国家友好会館において、非公式に東西首脳会談が行われる予定です。二階堂大統領と芳賀書記長が将来の東西統一について話をするのです」

「本当ですか⁉」

山辺の声が裏返る。

「はい。ただ、くれぐれも内密にお願いいたします。我々といたしましてはその話し合いを、西の体制に東を吸収するような形で推し進めたいのです。二階堂大統領も我々の圧倒的な軍事力を背景に、芳賀書記長に圧力を掛けていくつもりです」

岡田の話を聞きながら、秀昭は鼻の付け根にしわを寄せる。二階堂が東西統一に力を入れているのは知っている。しかしそれは芳賀との話し合いを前提としたもので、岡田が言うような軍事的な圧力によるものではなかったはずだ。だからこそ自分たちは、弱腰だと二階堂を非難しているのだ。

大晦日の会談について説明する岡田の口調は抑揚がなく、まるで大根役者が台本を棒読みしているようだった。

何かおかしい。秀昭が不吉な予感をおぼえる隣で、山辺は顔を紅潮させていた。

「そうですか。それはすばらしい。それでこそ我々の大統領だ」

「その協議を行う際、東に圧力を掛けるためにも、長岡で大規模なデモを起こしていただきたい。そうすれば西日本国民の怒りがどれほどのものか、芳賀書記長に見せつけることができ、いっそう有利に交渉を進めることができるはずです」

「承知いたしました。全力を尽くしてデモを起こします。東の奴らに我々の団結力を見せつけてやります」

迷う素振りも見せず、山辺は拳を握りしめる。興奮する上司を横目に見ながら、秀昭はおずおずと口を開いた。

「あの……、この三億円はどこからのものなのでしょうか？」

「はい？」

予想外の質問だったのか、岡田は目をしばたたかせる。

「いえ、いくら首席補佐官とはいえ、ポケットマネーで三億も出せるとは思えなかったもので。このお金はどのような性質のものですか？」

「それは……」

岡田は言葉に詰まる。

「森岡、やめろよ」

山辺が肘で秀昭の脇腹をつついた。しかし秀昭は舌の動きを止められなかった。

「これほどの大金ということは、普通に考えれば国の金ですよね。それを首席補佐官自らが持っていらしたということは、大統領もこのことを了承していらっしゃると考えてよろしいんですか？」

「あ、ああ、そう思っていただいて結構だ」

しどろもどろになりながら、岡田は答える。

秀昭の胸の内に生まれた小さな疑惑は、どんどんと膨らんでいく。

たとえ本当に大統領が関わっているとしても、補佐官がそれを認めることなどありえない。政府自らがデモを扇動《せんどう》する。そんなことが明るみに出れば、政権に大きなダメージになる。補佐官なら自らの意思だと言い張るべきだ。たとえそれが明らかな虚偽《きょぎ》だとしても。

「もういいだろ、森岡。申し訳ありません、失礼なことを言って。首席補佐官のご期待に沿える働きを必ずいたします」

金を取り上げられてはたまらないとでも思ったのか、山辺は立ち上がり、会談を切り上げようとする。

「そうですか。期待しております。金は彼らが車まで運びます。くれぐれも銀行に預けようなどとはしないでください。事務所か自宅において厳重に管理していただきたい」

岡田は安堵の表情を浮かべて椅子から腰を浮かすと、山辺に右手を差し出した。

「分かっています」

山辺はその手を力強く握る。

長い握手だった。山辺の手を握ったまま、岡田が部屋の隅に一瞬視線を送ったことに秀昭は気がつく。そこでは、男の一人が小さなバッグに手を入れていた。バッグの縁に蛍光灯の光が反射した。

鏡？　いや、レンズか？　秀昭は目をこらす。

「森岡、行くぞ」

「……はい」

握手を終えた山辺に促された秀昭は、出口へと向かう。底なし沼に一歩足を踏み入れたような、不吉な予感をおぼえながら。

7

２０１７年12月11日　1時08分
神奈川県横須賀市

汽笛と波音が複雑に混ざり合い、心地よい音色を奏でていた。目の前には、数十台の巨大なトレーラーが連なって並んでいた。彰人は白い息を吐きながら、その中に停まっている、見覚えのある一台を見上げていた。

いまは荷台が青いシートで厳重に覆われているが、その下にはあの巨大な『煙突』が隠されているはずだ。

横須賀にある港。巨大な倉庫が多く立ち並ぶ一角に、彰人は沙希に連れられてきていた。体が震える。この震えが寒さのせいなのか、それとも目の前にある巨大な『煙突』に対する恐怖によるものなのか、彰人自身にも分からなかった。彰人は身を翻すと、沙希たちがいる倉庫へと戻っていく。

コンテナが高く積まれた倉庫には、沙希の他に十人ほどの男たちがいた。彼らは素早く振り返りながら、スーツの懐に手を忍ばす。

全員、ビジネススーツを着込んでいるが、鍛え込まれた体のシルエットと、醸し出している危険な雰囲気が、彼らが堅気《かたぎ》の者ではないことを如実に物語っていた。

彰人は苦笑しながら小さく両手を上げる。男たちはほとんど表情を動かすことなく懐から手を出した。

サラリーマンに変装するつもりなら、すぐに銃を抜こうとする癖を直せよな。彰人は心の中で毒づいた。

倉庫の中心に置かれた机の上には地図が広げられ、その側で沙希と顔に大きな傷がある男がなにやら話していた。

彰人は顔を横に振った。沙希は彰人に気がつくと、手招きしてくる。

計画の詳細を聞いても仕方がない。自分は傍観者なのだから。詳しく話を聞いたりすれば、また通報したいという衝動に駆られるかもしれない。

沙希は肩をすくめると、再び用賀と話しはじめる。

「放送局」「首席補佐官」「証拠写真」「占拠」

なにやらきな臭い単語が耳を掠めていくが、彰人は意識を向けないようにして、外から聞こえる波音に集中する。一定のリズムで聞こえてくる柔らかい音が眠気を誘った。

暇をもてあました彰人は、倉庫の中を歩き回る。隅に置かれた机の上に、マシンガンや手榴弾《しゅりゅうだん》などがきれいに並べてあった。机に近づいた彰人は、まじまじと武器を眺める。

ふと、男の一人がスーツの懐に手を忍ばせながら、殺気の籠もった目で睨んでいることに気づき、彰人は苦笑を浮かべる。

マシンガンなんか欲しくはないよ。

机から離れた彰人は倉庫の壁にもたれかかって、あくびを嚙み殺した。そのとき、波音に雑音が混じった。彰人ははっと顔を上げる。車のエンジン音。しかも、一台や二台じゃない。

倉庫の上部にある小さい窓から明かりが差し込んだ。

『こちらは国家安全保障局だ。あなたに外患誘致罪《がいかんゆうちざい》の容疑で逮捕状が出ている。すぐに投降《とうこう》しろ』

拡声器によって増幅されひび割れた声が外から聞こえてきた。彰人は慌てて沙希の側へと駆け寄った。形だけとはいえ、自分はボディガードなのだ。

男たちは表情を変えることなく、机の上に置かれていたマシンガンや手榴弾を素早く手に取ると、コンテナの陰に隠れるように散開した。

手を上げた用賀が口を開く。

「だめ!」

用賀が指令を発する前に、沙希の鋭い声が響いた。

「あいつらは私を逮捕したいだけ。あなたたちは隠れて。空《から》のコンテナがあるはずだから」

「……西の政府職員など、すぐに殲滅《せんめつ》できる」

低く籠もった声で用賀はつぶやく。

「ここで騒ぎを大きくしてどうするの。いま大切なのは、トレーラーの積み荷でしょ。あれが押収されて、東の軍人が関与しているって分かったらどうなると思っているの。計画は全て水の泡。その上で大量破壊兵器の使用を企てたって、東は国際社会から制裁を受けるわよ」

「……あなたが逮捕されれば、奴らは引き上げるというのか？」

用賀は顎を引いて、沙希に刃物のように鋭い視線を向ける。沙希は動じることなく頷いた。

「あなたたちは数日前からこの倉庫に潜んでいた。もし国家安全保障局が私を尾行してここまで来たなら、あなたたちには気づいていないかも」

「……希望的観測でしかない」

「それでも分《ぶ》の悪い賭けじゃないでしょ。私を逮捕してあいつらが消えたら、あなたたちがあの『花火』を回収して、計画を実行してよ」

「逮捕されたあなたが、全て自白するかもしれない」

「喋ったら確実に死刑になるのに、口を割るわけないでしょ。この国には司法取引なんてないのよ。大丈夫、あいつらだって四葉の会長の私に無茶な取り調べはできないはず。大晦日までは最高の弁護士を付けてなんとか黙秘《もくひ》するから、ちゃんと計画を実行して。そしたら統一した日本を支配した久保元帥が、私に恩赦《おんしゃ》を与えてくれるでしょ。それ以外に私が助かる道はないのよ！」

用賀は無表情のまま考え込む。沙希は苛立たしげにかぶりを振った。

「必要なことは全部伝えたでしょ。計画の詳細も、発射のパスワードも。ここまでやってもまだ四葉グループの力が必要なの？　天下のＥＡＳＡＴがガキの使いみたいに」

沙希の挑発的な言葉に、用賀の表情がわずかにこわばった。

「……いいだろう。しかし、もし奴らが私たちを見つけたら、殲滅する。それでいいな」

「ええ」

沙希が頷くと、用賀は手を上げて、指を複雑に動かす。自動小銃を構えていた男たちが素早く移動し、用賀とともに近くのコンテナの中へと姿を消した。それを見届けて一息つくと、沙希は彰人に顔を向けた。

「ところで、君はついてきてくれる？」

少し斜《しゃ》に構えると、沙希は小悪魔的な笑みを浮かべた。

「どこまでもお供しますよ、お嬢さん」

内心の緊張を押し殺しつつ、芝居じみた台詞を吐くと、彰人は沙希とともに出口へと向かっていく。

倉庫の扉を開くと、隙間から車のヘッドライトの強烈な光が侵入してきた。目が眩《くら》み、彰人は顔の前に手をかざした。

「両手を頭より上に上げて出てこい」

逆光でシルエットしか見えない男が、野太い声を上げた。言われたとおり二人は高々と両手を掲げたまま、ゆっくりと倉庫から出ていく。十人を超える男たちが二人を取り囲んだ。

「佐々木沙希だな」

男たちの中でも一際体格のいい中年の男が近づいてきた。針金のように太い髭《ひげ》が口の周りを覆っている。沙希は小さく頷く。

「外患誘致罪の容疑で逮捕する。あなたには黙秘権がある。あなたが喋った内容は有利不利に関《かか》わらず……」

髭面の男は沙希の細い手首に手錠を嚙ませると、大声で権利を述べはじめた。同時に彰人は近づいてきた二人の男に引きずり倒され、両手を後ろにねじり上げられる。関節がみしみしと悲鳴を上げた。

なんか、扱いに差がありすぎじゃないかな？　後ろ手に手錠を掛けられながら、彰人は顔を顰める。

「立て」

男たちに両脇を抱えられ、彰人は引きずられていく。黒いバンの後部扉が開けられ、乱暴に中に押し込まれた。

「そこに座れ」

先に車内に入っていた髭面の男が、腹の奥に響くような声で命令する。男の隣では手錠を掛けられた沙希が大人しく座っていた。

彰人は沙希と向かいの席に腰掛ける。彰人を挟み込むように二人の男が席に着いた。狭い空間に五人も詰め込まれ、空気が薄くなったように感じる。髭面の男が鉄格子で区切られた運転席に合図を送る。それと同時にエンジンが唸るように音をたて、バンが動き出した。

彰人は車内を観察する。窓には黒いフィルターが貼り付けられて外が見えなくなっているうえ、鉄格子まではめ込まれている。

これで終わりか……。

彰人は目を閉じ、小さく息を吐いた。逃げることは不可能だろう。東のテロリストたちも、ミサイルとその発射コードを手に入れたいま、危険を冒してまで沙希を助け出そうとはしないはずだ。

外患誘致罪が刑法で最も重い罪の一つであることは、彰人も知っていた。有罪になれば死刑以外の判決はない。しかも相手は悪名高い国家安全保障局。戦前の特高《とっこう》の流れを汲んだ組織で、東日本の秘密工作員の摘発を主な任務としている。スパイに対してはどんな強硬な手段も躊躇なく行うという噂だった。

いくら日本有数の財閥の会長といえど、沙希が大晦日までに自由の身になることはないだろう。

沙希が計画を遂行《すいこう》できない以上、傍観者である自分の役目も終わった。

あっけないな。まあ、現実なんてこんなものか。彰人は俯いている沙希に視線を向ける。

このまま逮捕され死刑になるのだろうか？　それとも本当に東が日本を支配するのだろうか？　どちらにしても沙希が関わらないなら、自分には関係ないことだ。

残念ながら、もはや沙希からバイト代はもらえそうになかった。彰人は失望する。死刑になるのはいいにしても、長い裁判や刑務所暮らしはまっぴらだ。約束の大晦日が過ぎたら、どうにか自分で命にピリオドを打つことにしよう。

心を決めると、彰人は沙希から目を逸らす。

彼女を見ると何故か、固めたはずの決心が火に炙《あぶ》られた蠟のように融けていく気がした。

バンががたがたと大きく揺れ、彰人は顔を顰めた。不自然な形で固定された腕の付け根が痛む。

まだ着かないのかよ？　彰人は不吉な予感をおぼえはじめていた。すでに数時間は、こうして車に押し込められている。途中二時間ほど、ほとんど停車しない時間があったので、おそらくは高速道路を使ったのだろう。一体どこに向かっているんだ？

我慢の限界に達した彰人が髭の男に声を掛けようとした瞬間、バンが停車した。後部扉が開く。

「降りろ」

髭面の男が低い声で命令した。言われたとおりに外へと出た彰人の口から、「え？」という声が漏れる。

目の前に立っているのは、古いホラー映画にでも出てきそうな巨大な寂れた洋館だった。周囲には鬱蒼とした森が広がっている。

「なんだよ？　これ」

彰人は呆然とつぶやく。てっきり、地方にある国家安全保障局の施設にでも搬送されていると思っていた。しかし、ここはどう見ても政府関係の施設ではない。

「行くぞ」

二人の男が彰人の両腕を摑んだ。

「ちょっと待ってください。ここはどこなんですか？」

彰人は体をよじるが、男たちは無言のまま歩くように促す。

振り返ると、バンから降りた沙希が髭面の巨漢に促され、重い足取りで歩きはじめていた。俯いているので表情は見えなかったが、その細い肩は小さく震えていた。胸の中に鉛を詰められたような心地になる。いかに気丈に振る舞っていても、まだ高校生の少女なのだ。こんな異常な状況に怯えるのは当然だ。

男の一人が洋館の扉に手を掛ける。大きく軋みながら、ゆっくりと扉が開いていった。背中を押され、彰人は洋館の中へと足を踏み入れた。

「なっ？」

彰人は口を開いて立ち尽くす。そこには、荒れ果て古びた外見の洋館にはあまりにも似つかわしくない光景が広がっていた。

無数に並べられた机とノートパソコン。二十人を超える男たちがモニターを眺めながら、手元のキーボードを操作している。天井から吊り下げられた映画館のスクリーンほどもありそうな巨大な液晶画面には、日本列島の地図が映し出され、その至る所に白い点が点滅していた。

彰人はかつてテレビで見た、ロケット打ち上げの管制室を思い出す。

どう見てもここは、正規の政府施設などではない。国家安全保障局という隠密性の高い組織がこのような場所にテロリストを連れてくる理由など、一つしか思いつかなかった。非合法な取り調べを行うため。

『拷問』という単語が頭を掠める。

全身の汗腺から氷のように冷たい汗が染み出してくる。自分はいざとなれば舌でも噛み切ればいい。しかし沙希は……。

どうする？　どうすればいい？　彰人は隣に立つ男たちを見る。東のテロリストたちほどではないが、堂々たる体格は十分に迫力があった。拘束されている状態でどうにかできる相手ではない。

いま、僕にできることは……。

彰人は手錠で固定された手で自らの腰に触れた。ジャケットの生地《きじ》を通して、ポケットの中の硬い感触が伝わってくる。

これを使うしかないのか。彰人は首だけ振り返り、後ろを歩く沙希を見た。

沙希は相変わらず俯いたままだった。小さな肩はいまも震えている。彰人が覚悟を決め、ポケットに手を忍ばせたとき、彰人は目を疑った。

絹のような黒髪の隙間から覗いた沙希の口元、そこに笑みが浮かんでいるように見えた。小さかった肩の震えが次第に大きくなり、沙希の全身へと広がっていく。

彰人が唖然としている前で、沙希は体をくの字に曲げると、手錠で拘束された手で腹を抱え、大きな笑い声を上げはじめた。

あまりの恐怖に精神が崩壊してしまった。彰人はそう思った。しかし次に二人を取り囲んでいた男たちが取った行動で、彰人の混乱はさらに深くなる。

「お疲れ様でした」

髭面の男が鍵を取り出すと、まだ苦しそうに笑い声を上げる沙希の手を取り、恭しく手錠を外した。

「乱暴にして悪かったね」

隣にいた男が彰人の手錠も外しはじめた。数時間ぶりに自由になった手に痺れが走る。彰人はこわばった肩を回しながら、必死に状況把握に努める。

ゆっくりと、なにが起こっているのかが脳に浸透してきた。それにつれ、恐怖や焦燥、不安が薄くなり、変わって安堵と怒りが湧き上がってきた。

「騙《だま》したな!」

「ようやく分かった? 安心したでしょ」

沙希は笑いすぎで涙が浮かぶ目を拭う。

「なんでこんなことを!?」

「ごめんごめん。けど、こうして用賀少佐たちの前から消えておく必要があったのよ。計画の本番に移行していくためにね」

「本番? なんのことだよ。だって……」

次から次に浮かんだ疑問が口から溢れ出し、舌が回らなくなる。

「すみません、酒井様。騙すような形になってしまい。ただ、あの場合どうしても演技であることを感づかれるわけにはいかなかったのです。どうぞご理解ください」

髭面の男が深々と頭を下げた。あまりにも慇懃な態度に、彰人は思わず、「気にしないでください」と口走りそうになる。

「私は沙希様の執事を務めております佐藤《さとう》と申します。どうぞよろしくお願いいたします」

髭面の男は名乗ると、再び頭を下げる。

「……しつじ？」

彰人の頭の中では、まず『羊』という単語が浮かび、そのあと少しおいてから『執事』へと変換されていった。

珍獣を見るような目を、思わず佐藤と名乗った男に向けてしまう。執事という人種は、イギリス辺りでしか生息していないものだと思っていた。しかし、外見はともかく、演技をやめた佐藤の態度はたしかに、映画の中でしか見たことのない『執事』そのものだった。

ふと彰人は違和感をおぼえ、軽く頭を振る。この佐藤という男とどこかで会っている気がした。

「お気づきになりませんか？」

佐藤は悪戯っぽい笑顔を浮かべた。意味が分からず彰人は「は？」とつぶやく。

「酒井様が通報なさったとき、電話に出たのが私です。その節は失礼いたしました」

三度、佐藤は深々と頭を下げた。

あのときの……。不愉快な記憶が蘇り、彰人の唇がへの字に歪む。

「あのことは許してくれたんでしょ、そんな顔しないでよ。そんなことより……」

沙希は言葉を切ると、身軽に傍らにあった机の上に飛び乗った。

「ようこそ、私の秘密基地へ」

沙希は胸を張ってよく通る声で言うと、帽子から鳩を出したマジシャンのように、大仰《おおぎょう》に両手を広げた。


「いつまで膨れてるの」

腕を組んでソファーに深く座る彰人の肩を、近づいてきた沙希が乱暴に叩く。

「……痛いよ」

「さっきから謝ってるじゃない。機嫌直してよ。しょうがないでしょ、ＥＡＳＡＴの奴らを騙すためには、あれくらい迫真の演技しなくちゃ」

「前もって教えていてくれればよかったじゃないか」

「だって君、結構単純なとこあるから、演技とか下手そうなんだもん。それに……」

沙希は「くくくっ」と忍び笑いを漏らす。

「ここに連れてこられたときの君の顔、最高に面白かった」

反論する気力さえ失せた彰人は、沙希から視線を外して唇を尖らせる。

「ああ、ごめん、ごめん。冗談だよ」

「それで、ここはなんなんだよ?」

「だから言ったじゃない。マイ・シークレット・ベース。秘密基地」

沙希は歌うように上機嫌に言う。

「秘密基地って……。ここにいる人たちは誰なわけ?」

「私の仲間。この計画を最初から支えてきてくれた……同志ってところかな」

「同志? それじゃあEASATは?」

「彼らは単なる計画のコマよ。あんな脳味噌まで筋肉にされちゃった洗脳集団の仲間になるわけないでしょ」

「そのコマに……核を渡したのかよ」

核という言葉が喉の奥に引っかかり、うまく発音できなかった。

「あれもコマの一つ。大きな計画の一ピース」

「一ピースって、あいつらは本気であれを使うかもしれないぞ」

「『使うかもしれない』じゃなくて、間違いなく使うわよ。そうじゃないとこっちが困る」

「困るって……」彰人は絶句する。

「まあ、いいじゃない。それよりあれ見てよ、綺麗だと思わない?」

沙希は天井から吊り下げられた巨大なモニターを指さし、満足げに目を細める。

黒く描かれた日本列島に無数に散らばる光点は、たしかに夜空に浮かぶ星のようで、プラネタリウムでも見上げている気分になる。

「あの光っているのはなんなんだよ?」

「兵隊さん」沙希は即答した。

「兵隊?　あんな所に軍の施設なんてあったっけ?」

彰人は首を傾げる。

東京をはじめとして、名古屋《なごや》、大阪、京都、神戸《こうべ》、博多《はかた》、さらには東日本領内である仙台、盛岡《もりおか》、青森、札幌《さっぽろ》など、東西日本の大都市に光点は集中していた。そんなところに軍施設があるとは思えない。

「君が言っているのは国軍のことでしょ。ノンノン。そうじゃなくてこの点はね、私の軍隊」

沙希は彰人の顔の前で人差し指を左右に振る。

「君の……軍隊」

彰人はモニターを見ながらつぶやく。

「まさか、あんなに私設の兵隊がいるって言うのかよ」

いくら四葉グループの会長だとしても、このモニターに映るほど大量の兵を組織できるはずがない。しかも光点は東日本にも存在している。東の領内に私設の軍を置くなんて不可能だ。

「うーん、ちょっと違うな。酒井君が言ってるのは、用賀少佐みたいな兵士でしょ。あそこに映っているのは、そんなヤワな奴らじゃない」

「ヤワ？」

あの屈強なＥＡＳＡＴの兵士たちをヤワと切り捨てた沙希の言葉を理解できず、彰人は聞き返す。

「そう、あんなのまだまだヤワよ。ちょっとこっち来て」

沙希は彰人の手を取って歩きはじめた。柔らかい感触に、彰人は一瞬ドキリとする。

沙希は部屋を突っ切ると、そこにある小さな扉を開いた。地下へと続く急な階段が現れる。沙希は彰人の手を引いたまま、薄暗い階段を下っていく。

「わざわざ手を繋がなくていいよ」

彰人は手を振り払う。なぜか頬に少し熱を感じた。沙希は階段の下から上目遣いに意味ありげな笑みを浮かべる。

「……なんだよ？」

「別にぃ。それじゃあ足元に気をつけてついてきてね」

「子供扱いするなよな」

かなり長い階段を下りきると、小さな踊り場になっていて、取っ手もない金属製の扉が行く手を遮っていた。沙希は扉の脇にある小さな操作盤にパスワードらしき数字を打ち込んだ。

扉が横にスライドしていく。

「これって……」

奥に広がっていた光景を見て、彰人は目を見張る。そこはガラスに囲まれた小さな部屋になっていて、その奥に広い空間が広がっていた。

一階が『司令室』なら、この地下に広がる施設は『研究室』だった。

厚いガラスの奥には、白衣を着た者や、果てはウイルスパニック映画でしか見たことのないような、全身を覆い尽くす防護服を着ている者さえもいる。

テロリストとウイルス……。不吉な組み合わせに身を震わせながら。彰人はガラスに張り付くように中を覗き込む。

「一応強化ガラスだけど、あんまり押さないでね。割れたら大変だから」

「あれは?」

彰人の指さした先では、白衣を着た男が慎重な手つきで、筒状の物体に白い粉を流し込んでいた。

沙希は顎を引くと、ゆっくりと口角を上げる。

「あれはEASATに渡したミサイルより強力な武器。この国をめちゃくちゃにするための最終兵器よ」

8

２０１７年12月14日　18時31分
東京都千代田区永田町　大統領官邸

二階堂が会議室に入ると、中にいた全員が一斉に立ち上がり、背筋を伸ばした。二階堂は室内を見渡す。

副大統領、国防長官、国務長官、国家情報長官、国家安全保障局局長、陸・海・空軍参謀《さんぼう》総長、安全保障担当補佐官たち。西日本の安全保障を担う面々が、殺気にも似た緊張感を漂わせ二階堂を見つめていた。

見慣れた顔の中に数人、二階堂の知らない者も混ざっている。

「みんな座れ。早く報告を」

二階堂は手を振って全員を座らせると、自らも椅子に腰掛ける。

「それでは、事件の概要について、坂口《さかぐち》局長から説明していただきます」

この会議の司会役となっている沢村《さわむら》大統領補佐官が、やや上ずった声を上げる。指名された坂口国家安全保障局局長が立ち上がり、手元の資料をせわしなく捲りはじめた。

「岡田首席補佐官は体調を崩されたらしいですな？」

隣の席に座る曽根が、含みのある口調で耳打ちしてきた。

「ああ、疲労が溜まっているようなんで入院させた。それでは公務はできないだろうから、昨日解任した」

「こちらが情報漏洩《ろうえい》に気づいていることはばれましたかな？」

「さあな。そちらの方は国家安全保障局に任せてある。ある程度証拠がそろったところで、しっかり絞り上げてくれるだろ」

「しかし沢村補佐官、緊張していますな。まあ、いきなり首席補佐官の代理とあっては仕方がないですが」

「あんたはもう少し緊張しろよ。しゃれにならない事態だぞ」

二階堂は小さく舌を鳴らす。

「よろしいですか？　大統領」

坂口が声をかけてくる。

「ああ、報告を頼む」

二階堂はばつの悪い思いをしながら、咳払いをした。

「一昨日、大統領官邸に届いた郵便物の中に不審物が見つかりました。小さな小包で、表面にバイオハザードマークが記してあったため、危険物の可能性があると判断し、警視庁に報告いたしました。スキャンにより爆発物の可能性はないということで開封したところ、極めて厳重に密封された容器に入った白い粉末状の物質とともに、犯行声明ともとれる便箋が入っていました」

坂口は顎をしゃくって、会議室の隅に座っている職員に合図を送る。職員は手元にあるキーボードに素早く指を這わせていく。部屋の照明が落とされ、会議室の正面に白いスクリーンが下りてきた。

「映します」

職員の言葉とともに、スクリーンに一枚の紙が映し出された。そこには、簡素な文章がプリントされてあった。

『改造型天然痘ウイルスにつき慎重に取り扱うこと
我々はこのウイルスを大量に所持し
すでに日本各所に配置している
遠隔操作により常に散布が可能である
この警告が事実であると証明するため
12月14日午後7時にウイルスの一部を散布する

我々の力を確認していただいたのち

二階堂大統領に要求を伝える

　　　　　　　　クローバ』

「今日の十九時だと？」

二階堂は腕時計に視線を落とす。

「あと三十分もない。何故こんなに報告が遅くなった？」

「当初は悪質な悪戯であると考えておりました。まさか本当に天然痘ウイルスなどとは

……」

坂口は言葉を濁した。

「しかし、本物だったんだな」

二階堂はドスの利いた声で言う。

「それに関しましては、西日本感染症研究所所長の滝沢氏に説明していただきたいと思い

ます」

沢村補佐官が声を上げると、分厚い眼鏡を掛けた老人が立ち上がる。二階堂の知らない男

だった。皺の寄ったスーツを着て、ネクタイは曲がっている。普段はスーツではなく、白衣

を着ている人種なのだろう。

「私の古い友人なんですよ」

曽根が耳打ちしてくる。二階堂は無視して、所長の話に集中する。

「え──、一昨日、当研究所に搬送された物質は、レベル4研究室にて検査が行われました。電子顕微鏡によるウイルス本体の検査とともに、電気泳動によるDNA型の検査を行いました。電子顕微鏡による写真がこれです」

滝沢の説明とともに、スクリーンに球状の物質が映し出される。その穴だらけの鞠のような形を見て、二階堂ははらわたをヤスリで擦られたような不快感をおぼえた。

「その結果、物質中に大量のウイルスを発見、その形状、DNA型より天然痘ウイルスである可能性が極めて高いという結論に至りました」

会議室の空気が大きく揺れた。

「天然痘はたしか、根絶されたんじゃなかったのか?」

二階堂は早口で訊ねる。坂口がこわばった表情で頷いた。

「予防接種の普及により、天然痘ウイルスは自然界では絶滅したと言われております。現在はアメリカのCDCと、ロシアのVECTORのレベル4研究所にのみ保管されています。ただ、ソビエト連邦崩壊の混乱に乗じて、ロシアの研究所に保管されてあった一部が、ブラックマーケットに流れたという噂がありました。……確認は取れていませんでしたが」

「これで確認できたってわけだな」二階堂は大きく舌打ちをする。「それで、天然痘ウイルスとはどれくらい危険なものなんだ？」

「天然痘はポックスウイルス科オルソポックスウイルス属に属するＤＮＡウイルスで……」

滝沢所長はまるで教科書でも読むかのように淡々と語りはじめた。

「先生、申し訳ないが、専門的な知識は必要ない。素人の私たちにも分かりやすく説明していただけないか」

「これは失礼しました、大統領。えー、天然痘は感染すると一から二週間の潜伏期間をおいて、高熱、全身の痛みにより発病いたします。いったんは解熱《げねつ》しますが、全身に発疹《はっしん》が出現し、再び高熱に見舞われます。その後、発疹は化膿化《かのうか》し、膿疱《のうほう》となります。この膿疱への変化は皮膚だけではなく、内臓系も冒し、かなりの高率で肺障害による呼吸不全、敗血症《はいけつしょう》、脳炎《のうえん》等で死亡します」

スクリーンには、全身を黒い膿疱で覆い尽くされた遺体が映し出された。全身を火で炙られたかのような痛々しい姿に二階堂の顔が歪む。

「治療法は……ないのか？」

「感染してから四日以内でしたら、種痘《しゅとう》の接種が有効です。発病した場合は対症療法《たいしょうりょうほう》が中心となります。歴史上の致死率《ちしりつ》は平均四十パーセント前後ですが、現在の医療レベルではもう少し低くなると思われます。あくまで一般的な天然痘の場合ですが……」

滝沢の口調が歯切れ悪くなる。

「一般的な、とはどういうことだ？」

「今回検査したウイルスのＤＮＡの一部に、人為的に書き換えていると思われる形跡がありました」

二階堂の背中に冷たい震えが走る。

「それは、改造されているということですかな？」

曽根が滝沢に訊ねる。

「おそらくは……。どんな改造かは分かりません。考えられることは、感染力を強力にする、人以外の動物にも感染するようにする、毒性を強くするなど、様々です」

「……もし、そんな強化されたウイルスがばら撒《ま》かれたら、この国はどうなるんだ？」

二階堂は喉の奥から声を絞り出す。

「ウイルスの特性がまだ分からない時点では、はっきりしたことを申し上げることはできませんが」

滝沢は二階堂を正面から見据えた。

「天然痘により存亡の危機に陥《おちい》った国は、歴史上いくつも存在します」

部屋の中が鉛のような重い沈黙で満たされる。その雰囲気を無理矢理打ち消すかのように、司会を務める沢村補佐官が声を上げた。

「……それでは、犯人の捜査につきましては、真鍋《まなべ》長官よりご説明いたします」

真鍋国家情報長官は立ち上がると、パソコンの画面を見ながら説明をはじめた。

「各情報機関と連絡を取り、捜査に当たっていますが、現在までの所、『クローバ』と名乗るテロ集団はデータベースに存在しておりません。ただ、生物兵器の製造には大規模な施設を必要とすることにより、おのずと犯人は絞られてくることと思われます」

「東のテロリストの可能性は？」

二階堂は最も危惧していることを訊ねる。

「まだ相手の要求もはっきりしていないので、何とも申せませんが。私見では十分にあり得ると思われます」

真鍋が重々しく頷くと、坂口が立ち上がって口を開いた。

「東と協力関係にあるテロ組織の内偵は、常に行っています。これほどの作戦を遂行したとなれば、何らかの動きがあるはずです。すぐに絞り込めるでしょう。被害が広がる前に逮捕できるはずです」

安全保障に関わる高官たちの力強い言葉に、会議室の空気がかすかに軽くなる。

「宴《えん》もたけなわですが、皆さん、あと数十秒で十九時ですよ」

曽根の発した一言で再び会議室は静まり返り、壁に掛けられた時計に全員の視線が引き寄せられた。静寂の中、針が進む音だけが空気を震わせる。

秒針が数字盤の頂点を通過した。

突然、二階堂のスーツの内ポケットから重厚なメロディーが鳴り響いた。ベートーベン交響曲第五番『運命』。

素早く懐から携帯電話を取り出した二階堂は、着信ボタンを押した。

『こんばんは』

響いてきた若い女の声に、二階堂は眉を顰《ひそ》める。

「君は誰だ？　この回線は……」

『非常用の特別緊急回線ですね。分かっています。そしていまから伝えることは、特別に緊急を要することなんです』

「……君は、一体誰だ？」

二階堂は同じ質問を繰り返す。

『初めまして、二階堂大統領。こちら「クローバ」です』

女は高らかにそう宣言した。


「クローバ？　天然痘を送ってきた集団か？」

二階堂は眉間に深いしわを刻む。

『いま、緊急の安全保障会議をしていますね、大統領』

二階堂の問いに答えず、女は言った。

「なぜそれを……？ それに、どうしてこの回線の番号を知っている？」

『そんなことより、よろしければスピーカーモードにして、そこにいる皆さんにも私の話を聞かせてあげていただけませんか。これから大切なことを伝えますので。ああ、逆探知はどうぞご随意に』

二階堂は舌打ちをしながら、スピーカー機能をオンにし、補佐官に手振りで逆探知を命じた。

「スピーカーにした。話とはなんだ？」

二階堂は苛立ちを押し殺して訊ねる。

『感謝いたします、大統領。それでは安全保障会議にご出席の皆様にお伝えいたします。至急、総合化学生物研究センター甲府研究所を封鎖してください』

「なにを言って……」

『いまから一分二十秒ほど前に、甲府研究所の空調設備の中に仕掛けた装置を作動させました。すでに天然痘ウイルスは施設内に散布されています。早急に封鎖しないとパンデミックを起こす可能性があります』

女は淡々と言う。一瞬、時が止まったかのように、会議室内の者たちが固まる。

「すぐに対処しろ！」

刹那《せつな》の金縛りから解放された二階堂が鋭く言う。数人の高官が、顔を青くして慌てて携帯電話を取り出し、会議室から走り出た。

「一体なにが目的なんだ？」

二階堂は拳を握りしめ、携帯電話を睨みつける。

『要求に関しましては、後日お伝えいたします』

「後日とはいつだ？　なぜいま言わない？」

『私が要求を出したいのは、あなたにだけではないんです、大統領』

「私にだけじゃない？」

『大晦日、年が変わる少し前。私たちは首脳会談中のあなたと芳賀書記長に対して、要求を伝えます』

「……なぜ会談のことを知っている？　いや、それより会談は……」

『大丈夫ですよ、会談は行われます。芳賀書記長からそのような申し出がなされるでしょう。東もパンデミックは恐ろしいでしょうから』

「どういうことだ？　お前は東のテロリストではないのか？」

そこまで言ったところで、二階堂は自分の質問がいかに馬鹿げたものかに気づき顔を顰める。東日本のテロリストが正直に自分の正体を明かすわけがない。

『東のテロリスト？　私たちが？』

女は笑い声を漏らす。

『私たちは「日本の各所」にウイルスを仕掛けたと伝えたはずです。「西日本の各所」ではありません』

「まさか、東にも!?」

『そのとおりです。一時間前に東日本の軍事施設にウイルスを散布し、芳賀書記長に大晦日の会談を開くことを要求いたしました。回答はまだいただいておりませんが、おそらくは要求を呑んでいただけるでしょう』

「一体……なにを……?」

西と東、この両国に同時に攻撃を加えるテロリストなど、理論的には存在しないはずだった。頭痛をおぼえて二階堂は呻く。

『大統領、私たちが仕掛けたウイルスが甲府の一つだけでなく、大量にあることを証明するために、後ほど、ウイルス散布装置を設置した場所をいくつかお教えいたします。今日のところはこれで失礼いたします、お話しできて光栄でした』

女は一方的に告げると、回線は遮断された。二階堂はテーブルに拳を叩きつける。

「逆探知……失敗しました。ネットの回線を利用しており、海外のサーバーを複数経由していて、追跡は極めて困難だということです」

補佐官の一人がおずおずと告げた。

「そうか、分かった」

二階堂は奥歯を軋ませる。

「甲府研究所ですか、それはなんともまた……」

滝沢が、独り言のようにつぶやいた。

「滝沢先生、甲府の研究所になにか思い当たることでも？」

二階堂は老科学者に視線を送る。

「いえ、あそこにはレベル4研究室が存在します。西日本で天然痘ウイルスを扱えるのは、レベル4研究室を備えている甲府研究所と、私の所属する感染症研究所だけです。甲府が封鎖されたとしたら、うちで全ての調査を行うことになりますね。それも、さっきの女の計算のうちなのでしょうか……」

「まあ、散布されたのが研究所であったことは、不幸中の幸いでしたな」

曽根が滝沢所長の言葉を引き継ぐように言う。

「どういうことだ？」

どうにも老人たちの言うことはまどろっこしい。二階堂は苛立ちを押し殺して訊ねる。

「研究所でしたら、危険物が漏れたということで、『テロ』ではなく『事故』と発表できます。パニックを防ぐことができる。封鎖も容易ですし、最悪の事態は防げます。しかしその一方で、研究所の機能は失われ、ウイルスの調査は遅れてしまう」

「相手はそこまで計算しているというのか?」

「ええ、おそらくは」

曽根は外した眼鏡に息を吹きかけながら、二階堂を上目遣いに見る。

「相手が誰にしろ、強敵ですね」

9

2017年12月15日　23時59分
東京都千代田区永田町　大統領官邸

あと十数秒で日付が変わろうかという深夜。大統領執務室の中では、三人の男が机の上に置かれた携帯電話を無言で眺めていた。

着信音が鳴る。曽根と郡司が重々しく頷くのを確認して、二階堂は通話ボタンに手を伸ばした。

『夜分失礼いたします、大統領。芳賀です』

スピーカー機能をオンにした電話から、東日本の最高指導者の声が流れてきた。

約二週間前と同様に、芳賀から緊急回線を通じて連絡があったのは、数時間前、二階堂が補佐官から、ある報告を受けた直後だった。補佐官はすでに執務室を後にして、部屋には二階堂だけしかいなかった。しかしその時、二階堂には芳賀と話をする余裕がなかった。その数分前に補佐官が伝えたアメリカの情報機関からの情報が、冷静さを根こそぎ奪い去っていた。

「ロシアの核ミサイルがブラックマーケットで取引され、その取引相手が日本人の可能性があるとのことです」

補佐官は青ざめた表情でそう報告した。

アメリカからの情報では、まだ東日本に核が運び込まれた形跡はないということだが、それでも胃液が食道を逆流してきそうだった。

混乱したままで芳賀と話をすることを嫌った二階堂は、深夜に時間をとることを約束し、その場で話をすることを避けた。

「二階堂だ。前回と同じように、国務、国防長官も同席している」

二階堂は電話に向かって落ち着いた声で言う。核のことは頭の隅にこびりついているが、いまは芳賀との話に集中する必要があった。まだ東日本国内に運び込まれていないなら、対処にいくらか時間的余裕がある。それよりもまずは、ウイルステロへの対応に全力を尽くすべきだ。

『こちらは私一人です。盗聴の心配はございません』

「それで書記長、話したいこととは？　当然、公式には話せないことなのだろう？」

『大統領も見当はついておられるのではないですか？』

腹の中を探るように芳賀は言う。

「大晦日の会談のことだな？」

二階堂は単刀直入に言う。タヌキと腹の探り合いなど、愚にもつかないことをするつもりはなかった。

ほんの半日ほど前、東日本大使館から、大晦日に東西首脳会談を行いたいという申請が、正式に官邸に寄せられた。その情報を聞いた瞬間、二階堂の耳には、『大丈夫ですよ、会談は行われます』と言った女の声が蘇った。

『はい、大晦日に関してです。こちらの状況も変わりまして、どうか予定どおりの開催をお願いしたいのです』

「状況がどのように変わったのですか？」

ソファーに腰掛けていた曽根が声を上げる。

『それに関しましては、そちらもご存じではないのでしょうか？』

またかよ。タヌキ同士の化かし合いがはじまったのを見て、二階堂は辟易《へきえき》する。この二人が絡むと、お互いが主導権を握ろうとして、話がどんどん複雑になっていく。二階堂にはそのようなやり取りが無駄としか思えなかった。それに、なにより腹が立つのは、芳賀と曽根が腹の探り合いを楽しんでいる節があることだ。

「芳賀書記長、まどろこっしい話はなしにして、腹を割って話そう。あなたもおかしな組織に脅迫《きようはく》された、違うか？」

芳賀になにか言い返そうとしていた曽根を遮って、二階堂は言う。楽しみを邪魔された曽根は、恨みがましい表情を浮かべて口をつぐんだ。

『……その通りです、大統領。そちらもでしょうか？』

「ああ、私たちも脅迫されている。改造された天然痘だな？」

『はい。大晦日に大統領と会談しなければ、全国に散布すると脅迫されています』

芳賀は疲れ切った声で答えた。

「失礼いたします、書記長。郡司です。久保元帥は会談に対し反応いたしましたでしょうか」

直立不動で話を聞いていた郡司が慇懃に訊ねる。

『久保の方から私に連絡があったのです。……会談を許可すると』

芳賀の言葉が震える。最高指導者であるはずの芳賀が、一将校に許可をもらう。それがどれほど屈辱的なことなのか、二階堂には想像もつかなかった。

「なぜ、久保元帥は態度を変えたのでしょうか？　失礼ですが、国境に主力部隊を移しつつある貴国の陸軍の現状を見ますと、我が国に対する対決姿勢に変わりはないように見受けられます」

郡司は芳賀の声の変化に構うことなく質問を続ける。

『ウイルスが陸軍の施設で散布されました。十五年ほど前まで化学兵器などの研究をしていた施設です。おかげで外部に漏れることはなかったのですが……』

「つまり、軍も脅迫されているということでしょうか？」

『おそらくは……』

芳賀は確信が持てないのか、頼りない声を出す。

『ウイルスの散布装置は我が国の全土で見つかっています。それをネタに脅されたとしたら、いかに久保といえど、従うしかないのでしょう』

二階堂は腕を組んだまま頷く。最初の連絡から数時間後、『クローバ』から二度目の連絡が入り、自動音声で東京、大阪、名古屋、博多など主要都市のショッピングモールなど数カ所、ウイルス散布装置を仕掛けた場所を伝えてきた。情報どおり、それらの場所からは遠隔操作で作動させることができる小型の散布装置が発見された。

二階堂は鈍《にぶ》い頭痛をおぼえて顔を顰める。考えれば考えるほど、このウイルスをばら撒いている組織の目的が分からない。

「首脳会談をさせて、一体なにを要求するつもりなんでしょうねぇ」

二階堂の心の声を代弁するように、曽根がつぶやく。

『大統領』

思い詰めた声が電話から流れてきた。

『大晦日の会談、受けていただけますか？』

芳賀に比べれば政治家としてのキャリアは短いが、その言葉の意味をはき違えるほど、二階堂は鈍くはなかった。芳賀も自分と同じ可能性を考えている。クローバと名乗るテロ集団の目的が、東西の首脳を一カ所に集め、まとめて暗殺することだという可能性。

二階堂は腕を組む。

「当然、受けよう」

政治とは自己犠牲だ。西日本の最高意思決定者である自分は、最も自己犠牲を求められて当然だ。それが二階堂のポリシーだった。多くの国民が人質となっている以上、危険だから逃げるなどという選択肢は存在しない。

『感謝いたします』

芳賀も同様の決意を含有《がんゆう》した口調で言う。

『できることなら、それまでに犯人が逮捕され、もともと予定していた議題を話し合いたいものです』

「私もそう希望している」

『それでは……、失礼いたします』

「失礼する。書記長」

二階堂は携帯電話に手を伸ばし、通話を終える。まだ頭の芯には重い頭痛が残っているが、同時に開き直りに近い清々《すがすが》しさもおぼえていた。

「聞いたとおりだ。大晦日、俺は新潟に行くことになった。お前たちはどうする？」

二階堂は振り返り、側近二人に声をかけた。大晦日に一体なにが起こるのか、予想すらつかない。ただどんな事態であっても、自分の両腕とも言える二人の側近がいれば政治家として、そして国の最高責任者として最善の判断を下せる自信があった。

「当然、ついていきますよ。老い先短い命ですからね」

「ご一緒いたします。退役しましたが、私はいまでも軍人のつもりです。上官とともに死ぬ義務があります」

二人とも一瞬の躊躇も見せず即答する。

「そうか」

二階堂は椅子の背もたれに体重を掛けると、皮肉っぽく微笑んだ。

「ここは『ありがとう』とか言って、我々の友情に涙する場面じゃないですか？」

曽根が茶化す。

「大晦日が終わったら、三人で飲みに行くか？」

「奢《おご》りでしたらぜひ?」

「ワリカンに決まってるだろ」

10

2017年12月17日　14時28分
東京都港区　正葉《せいよう》医科大学付属病院

一体どこで間違えてしまったのだろう?

岡田浩太は不自然に白い天井を見上げながら自問する。左腕から伸びるチューブを通って、点滴液《てんてきえき》が静脈に吸い込まれていく。二階堂大統領の首席補佐官として政権の中枢《ちゅうすう》を担ってきた自分が、いまはその任を解かれ、病院で横になっている。

体調が優れなかったのはたしかだ。ストレスのせいで胃の痛みが続いていた。しかし、入院するほどのものではなかった。それを大統領に、「体調が悪そうだ。年明けまで入院して休め」と、半ば強引にこの病院に入院させられた。

大統領は自分を疑っている。いや、それどころか、自分の売国行為について確実な情報を持っているかもしれない。岡田は頭を抱える。

全ては去年、女性記者が個人的にインタビューを申し込んできたことからはじまった。小さな出版社に勤めているというその記者は、髪を明るく染め、胸元の大きく開いた服を着た、快活に喋る女性だった。

一目で岡田は彼女に魅惑された。記者はまさに岡田の理想とする——あくまで不貞《ふてい》の相手としてだが——、女性像そのものだった。それが岡田の嗜好《しこう》を調べ尽くした東の差し金だと気がつくのは、ずっと後のことだった。

女性記者からの積極的なアプローチもあって、出会ってからわずか一週間後には、彼女と肉体関係を持ち、その後も度々密会を繰り返した。五十歳を超え、妻との関係もほとんどなくなっていた岡田は、女の若くみずみずしい体にのめり込んだ。三ヶ月もすると女に完全に心を許し、ピロートークで国家機密を自慢げに話すようになった。

そして突然、甘美な夢の時間は悪夢へと変わった。

ある日、岡田は女からの呼び出しに意気揚々と都内の高級ホテルへと向かった。しかし、ネクタイを緩めながら入った部屋の中には、愛しい女の代わりに、数人の屈強な男が待っていた。男たちは、女との行為の映像や、国家機密を女に喋っている音声を岡田に突きつけて言った。「輝かしい人生を続けたいなら、自分たちに協力しろ」と。

女との関係に舞い上がっていた岡田は、その瞬間に自分が東のハニートラップという蜘蛛《くも》の巣にかかった獲物であることに気づいた。

もし不倫だけだったなら、男たちの要求を突っぱねたかもしれない。一人娘はすでに成人し、去年嫁に行った。妻は仕事人間の自分にとっくに愛想を尽かしている。しかし、国家機密を流したのは致命的だった。そのことが公《おおやけ》になれば首席補佐官を解任されるどころか、間違いなく実刑を食らうことになる。

少年時代から神童と呼ばれ、帝都《ていと》大学、国務省、大統領補佐官、大統領首席補佐官とエリートコースを駆け上ってきた岡田にとって、刑務所へと堕ちることは、『死』と同意義に感じられた。

かくして、自分が騙されていたことを知った日から約一週間後、岡田は罪悪感に押しつぶされそうになりながら、繁華街の片隅の路地で、機密情報を東の工作員に渡した。あくまで、東に渡ってもそれほど支障のない情報だけを選んで。

封筒に入った機密情報を確認した工作員は、「報酬だ」と一言だけ言うと、岡田に小さな紙を手渡した。その紙には一流ホテルの名前と部屋番号が書かれていた。

工作員と別れ繁華街を彷徨いながら、岡田はその部屋を訪れるべきか葛藤した。その部屋になにが待っているのか、想像もつかなかった。ただ、利用価値のある自分に、東が危害を加える可能性は低いということも分かっていた。

岡田はおぼつかない足取りで、いつの間にか紙に書かれたホテルの部屋へと向かっていた。

ホテルの部屋のインターフォンを鳴らすと、すぐに扉が開いた。

「久しぶり」

そこには、自分を罠にはめた女が下着姿で妖艶に微笑んでいた。女の顔を見た瞬間、岡田の胸に激しい怒りが湧き上がった。

「よくも俺を……」

怒鳴り声を上げようとした岡田の唇は、綿飴《わたあめ》のように柔らかい女の唇で塞《ふさ》がれた。それ自体が一つの生物のように複雑に動く舌が口腔内に侵入した。煮えたぎっていた怒りが官能の波に洗い流され、なにも考えられなくなっているうちに、岡田はベッドへと押し倒された。

その日以来、脅迫というムチと愛人というアメにより、岡田は完全に支配され、東に求められるがままに重要な情報を流し続けるようになった。

自分が流さなかったとしても、誰か他の者が罠にはめられ、同じように国を切り売りするはずだ。そう考えることで迷いもかなり薄れ、最後に残った罪悪感も女の体を貪《むさぼ》ることで消し去っていた。

そんな異常な毎日が日常と化していた一週間前、東は初めて情報以外の要求をしてきた。それは、内幸町のホテルで政治活動家の青年に大金を渡し、デモを依頼するというものだった。拒否などできるはずもなく、岡田は言われた通りにその役目を果たした。それ以来、熱帯夜の湿気のように、肌にじんわりと不安が纏わりついていた。

何か恐ろしいことに巻き込まれてしまったのではないか？　首席補佐官は解任されたが、そこまで上り詰める間に構築したネットワークまで消え去ったわけではなかった。東で芳賀が失脚の危機にあり、東陸軍が攻勢を強めていることも知っているし、国内で大規模なテロの危険が高まっているという情報も得ている。

岡田は、これまでの人生を成功へと導いてきた脳細胞を働かせる。持っている情報を考え合わせると、一週間前の出来事が大きな意味を持っている気がしてならなかった。

緩慢《かんまん》に落ちる点滴を見ながら、岡田はいま自分が取るべき行動を冷静に計算する。大統領の態度から考えて、自分には国家機密漏洩の疑惑が持たれている。今後、本格的に捜査されれば、すぐにその事実は明らかにされるだろう。それに、首席補佐官を解任された自分は東にとって利用価値がほとんどなくなったはずだ。このままでは口を封じられる可能性すらある。

大統領に連絡を取り、全てを話すべきだ。脳髄《のうずい》がそう結論を出す。

全てを告白した上で恩赦を求める。それが最も適切な行動だ。大統領は長年の友人だ。有用な情報を提供できれば、恩赦を認めてくれる可能性は十分にある。東の工作員たちの特徴、資金を提供した活動家の素性《すじょう》、提供できる情報はいくらでもあった。

岡田は枕元に置かれた電話を眺める。それに手を伸ばし、大統領に回線を繋いでもらうだけでいい。

しかし、電話に伸ばしかけた手は、見えない壁にぶつかったように停止した。

ここで電話をかければ、たしかに懲役は免れるかもしれない。しかし同時に、これまで積み重ねてきたものを、全て投げ捨てることになる。

どうにかキャリアを失わずにいたい。それがいかに非現実的なことであるかを理解しながらも、願わずにはいられなかった。岡田は伸ばした手を引く。

いますぐでなくてもいい。もう少し考えよう。もう少しだけ……。

岡田は再び真っ白な天井を見つめる。

「失礼します」

扉が開き、病室に白衣を纏った男が入ってきた。

回診か……。岡田は大きなため息をつく。大して体調が悪い訳でもないのに、午前と午後の二回、主治医が回診に来て丁寧に診察していく。入院着を身に着け、点滴を落とされ、さらに医師に診察されると、自分が重病人になったような気がしてくる。

「元気そうだな」

ベッドの傍らまで近づいた白衣の男が、ぼそりとつぶやいた。その声を聞いた岡田は、驚いて男の顔を見る。その顔には見覚えがあった。

何度も自分を脅迫した男たちの一人。東の工作員。

男がなぜここにやってきたのかを理解した瞬間、悲鳴が喉をせり上がってきた。しかし、叫び声が病室の空気を震わせる寸前、男の手が蛇のように伸び、岡田の口を塞ぐ。悲鳴は口腔内で霧散《むさん》した。

四肢をばたつかせるが、男の手は万力のように岡田の顔に食い込み、体をベッドに張り付けにした。男は空《あ》いている方の手を白衣のポケットに忍ばせると、中から注射器を取り出した。岡田の顔が恐怖で歪む。

男は器用に注射器についた針を片手で外すと、点滴チューブの側管に接続し、その中身を押し込んでいく。チューブを通って透明な液体が、岡田の腕の静脈へと注ぎ込まれていった。数秒の間を置いて、岡田は目を見開いた。心臓を直接握りつぶされているかのような苦痛が襲ってくる。喉から迸っていた悲鳴が苦痛の声へと変わる。しかしその声も男の分厚い掌で押しつぶされ、外に漏れることはなかった。

まるで劇の幕が下りるかのように、視界が上方から暗くなっていく。胸に感じていた苦痛もいつの間にか消えていた。

意識が闇の中に落下する寸前、岡田の頭に浮かんだのは人生の走馬燈《そうまとう》でも、娘の顔でもなく、自分を騙した女の陶器のごとく白く滑《なめ》らかな裸体だった。

11

2017年12月20日　2時17分
東京都千代田区永田町　大統領官邸

「状況説明を！」

会議室のドアを開けると同時に、二階堂は声を張り上げる。

深夜に緊急招集された国家安全保障会議のメンバーたちは、その大部分が髭も剃っておらず、頭に寝癖がついたままの者もいて、いかに突然呼び出されたかを物語っていた。

二階堂自身も午前一時過ぎまで仕事に追われていたため、ほとんど睡眠をとっておらず、頭が重かった。

数日前、岡田前首席補佐官が病院で急死した件が、二階堂の神経を磨《す》り減らしていた。まだなんの証拠も出ていないが、岡田の死が東の工作員による暗殺であることはほぼ間違いない。仕方なかったとはいえ、友人でもあった岡田を結果的に死なせてしまったこと、そして東の工作員たちの情報を得る術を失ってしまったことを悔いていた。

「みんなそろっているか？」

二階堂は寝癖で逆立《さかだ》っているトレードマークの白髪を片手で梳《す》きながら、会議室を見渡した。

「曽根国務長官がまだ到着しておりません」

補佐官の一人が言う。

「なにやってるんだ、あのじいさんは」

毒づきながらも、二階堂の口調はきついものではなかった。生物テロが起こり、大晦日の首脳会談開催も決まってからというもの、大統領官邸は戦場と化していた。

パニックを避けるため、テロの情報を伝える者を限定し、その限られた人数でテロへの対応と大晦日の会談の準備に当たっていた。特に外交の最高責任者であり、そのうえ国家安全保障会議のメンバーでもある曽根は、最も多忙を極める者の一人だ。七十歳を超えた体が疲労で蝕《むしば》まれたとしても、誰も責めることはできない。

「それでは報告いたします。昨日……」

坂口国家安全保障局局長が立ち上がり、説明をはじめる。

「遅れました」

坂口の話の腰を折るように扉が開き、曽根が飛び込んできた。

なんだよ、元気じゃねえか。張りのある声を聞いて、二階堂は心配したことを後悔する。

「よろしいですか？　曽根長官」

坂口はじろりと曽根に視線を送る。

「ああ、失礼しました。どうぞ続けてください、坂口局長」

曽根は屈託無く笑いながら、額の汗を拭う。

「数時間前、国家安全保障局が今回の生物テログループの拠点と思われる場所を特定いたしました」

坂口の報告に会議室はざわめいた。

「どうやって分かった？」

二階堂は椅子から腰を浮かす。

「テログループからの情報および、これまで偶然に発見されましたウイルス散布装置の発見場所周辺を、ナンバープレート追跡装置に掛け、現場に共通している車両がないかを調べました。大量の情報を処理しなくてはならないため、時間は掛かりましたが、四つの現場において同一のワゴン車が確認されました」

「分かった。技術的な説明はいい。アジトはどこだ？　そこで間違いないのか？」

二階堂の口調が熱を帯びる。坂口は顎を引くと、室内の高官たちを見回した。

「そのワゴン車が戻っていった地方が大まかに特定できました。長野と群馬の県境で、軽井《かるい》沢《ざわ》に近い位置です。その近隣にある集落は人口も少ない農村地帯なのですが、村はずれの山奥に、戦前、英国の外交官が使用していた巨大な洋館があることが分かりました。おそらく、そこが本拠地と思われます」

「その根拠は?」

二階堂は興奮を必死に抑えながら訊ねる。

「洋館は一年前、それまでの所有者から、東京にある不動産会社に高値で売却されています。しかし、その会社を調べたところ、全く実態のないダミー会社でした」

会議室に熱気が満ちていく。坂口は淡々と話を続けた。

「また、調査したところ、大量の物品がその洋館に運び込まれているところが、近隣の住民によって目撃されています。その中には宇宙服のようなものもあったという証言があります。おそらくはウイルスに対する防護服でしょう。洋館にてウイルスを増殖させていた可能性が高いと思われます。報告は以上です」

坂口が席に着く。会議室が静まりかえった。

「……襲撃の用意はできているか?」

二階堂は会議室を見回す。

「現在国家安全保障局の強襲《きょうしゅう》部隊が現場より十キロの位置に待機しております。ご命令あればいつでも行動に移せます」

頷く坂口に一瞥をくれると、二階堂は目を閉じた。

「郡司、軍の用意は？」

「海兵隊特殊空挺《くうてい》部隊及び化学防護隊が、松本駐屯地《まつもとちゆうとんち》で命令を待っております。命令を受け次第、CH－47チヌークにて現場に向かい、パラシュートで上空からの襲撃可能な状態です」

「……坂口局長。我々が襲撃した際、全国にある天然痘ウイルスが遠隔操作で撒かれる可能性はあるか？」

二階堂は深呼吸をし、熱くなっている心の温度を下げようとする。大切なことはテロリストたちを逮捕することでも、殺すことでもない。国民をウイルステロの脅威から守ることだ。

「作戦時、周辺に強力なジャミングをかければ、洋館からの遠隔操作を防ぐことは可能だと思われます。ただ……」

坂口は言い澱み、唇を舐めた。

「もし、テロ組織の細胞が各地に散らばっていたとしたら、報復行為に出る可能性があります」

「ウイルスがばら撒かれた場合の被害予想はどうなっている」

二階堂は声が震えないよう、喉に力を込める。自分が動揺すれば、その動揺は水面に走る波紋のように会議室全体に広がっていくだろう。

坂口は手元にあったパソコンを操作する。パソコンと接続されたプロジェクターが、スクリーンに西日本の地図を映し出した。

「現在までに散布装置が発見された場所を考えると、我が国の全土、特に都市部を中心に装置が置かれていると思われます。その大部分が作動したと想定した場合……」

坂口はパソコンのボタンを押した。地図上の西日本各地に、小さな薄い赤色の円が発生し、みるみる大きな円へと成長する。円と円が融合した箇所は濃い赤色へ変化していった。それとともに、画面の右上に映し出された数字が桁を増していく。その数字がなにを意味するのか、二階堂には想像することすら恐ろしかった。やがて西日本全土が深紅《しんく》に塗りつぶされたところで、坂口は再び口を開いた。

「半年以内に五百万から千五百万人が死亡すると思われます」

会議室の至る所から呻き声が上がる。西日本の人口は約八千万人、その十から二十パーセントの人々が死亡する計算になる。

「て、天然痘が大流行した頃とは、医療レベルも衛生環境も格段に進歩しているのではないですか。それに対テロのマニュアルも完備されている。本当にそんなに死亡者が出るのですか？」

補佐官の一人が過呼吸でも起こしたのか、息苦しそうに喘《あえ》ぎながら言った。

「現在、種痘ワクチン及び治療薬の生産、輸入を全力で行っていますが、残念ながら全く不十分な状況です。もはや自然界に存在しないはずのウイルスが同時多発的に発生するなどという事態は、世界中誰も想定していませんでした。また、あまりに大量の患者が同時に発生する可能性が高いので、医療施設もまともに機能しないでしょう」

坂口が低く押し殺した声で言った。

二階堂は真っ赤に染められた西日本地図から視線を外すことができなかった。視界全てが紅色に染まっていくような気がする。

「しかも」

坂口は力なく首を振りながら付け加える。

「これは、従来の天然痘ウイルスの場合です。今回のウイルスは遺伝子的に改造した形跡がある。西日本感染症研究所から正式な連絡はまだありませんが、もし感染率、毒性などが高まっていた場合、被害は予想を遥かに上回る可能性があります」

二階堂は体が浮き上がっているような感覚をおぼえた。想像を絶する被害予想に現実感が消え去り、激しい眩暈《めまい》が襲いかかってくる。

「つまり、ばら撒かれた時点でこの国は滅亡というわけですな。まあこの国だけで済むか分かりませんが。どうします、大統領？」

曽根が頭を掻きながら、珍しく鋭い声で二階堂に訊ねてきた。二階堂は一気に現実に引き戻される。

「あなたがこの国の大統領です。どうぞご命令を」

普段からは考えられないほど恭しく曽根は頭を垂れた。

二階堂は唇を薄く犬歯《けんし》に引っかけると、一息に嚙み切った。鋭い痛みと、錆《さび》のような苦みが、失われていた現実感を取り戻してくれる。霞が掛かっていた思考が晴れていく。二階堂は口の中に溜まった血を床に吐き捨てた。

「郡司、軍に命令を伝えろ。……攻撃だ！」

二階堂は腹の底から声を出した。

「承知いたしました！」

郡司は間髪を容れず答えると、机の前に備え付けられた電話を取り上げる。

「よろしいのですか？」

坂口局長がかすれ声で言う。

「もう装置は備え付けられている。奴らが撤くつもりがあるなら、今回見逃しても、大晦日会談を行ったとしても、いつかは撤く。逆にもともと撤くつもりがないなら、ここで攻撃しても撤かないはずだ」

この機を逃すわけにはいかない。二階堂は胸の中で自分に言い聞かせる。

「たしかに、そういう考え方もありますな」

普段と同じ口調に戻った曽根がつぶやいた。

「責任は俺が取る。なにか問題があるか？」

二階堂は声を張った。国民はこの選択を望むのだろうか？　俺は正しい選択をしているのだろうか？　胸郭《きようかく》の中で小さく灯った疑念のかけらは、這うように胸の中を広がり、じりじりと心を焼いていく。

「文句などありませんよ。あなたはこの国の国民により直接選ばれたのです。ですから胸を張ってください。あなたの選択こそ西日本国民の意思なのですから」

曽根は祖父が孫に向けるような笑顔を浮かべた。

このタヌキ親父が、ガキ扱いしやがって。二階堂の片頰の筋肉が引きつる。

「大統領、命令の最終許可をお願いいたします」

郡司が受話器を耳に当てたまま言う。

「許可する。洋館を攻撃せよ。全員は殺すな。どんな方法を用いてもいい。どこにウイルスを仕掛けたのか聞き出すんだ」

今度は言葉に不純物が混ざることはなかった。二階堂は命令を下す。

「大統領が許可された。至急行動に移れ。繰り返す大統領が許可された」

郡司は受話器に向かって命令を伝える。

賽《さい》は投げられた。二階堂は大きく息を吐く。

「ただいま、チヌークが松本駐屯地を出発いたしました。十三分後に攻撃開始予定です」

郡司の報告に二階堂は小さく頷く。

「洋館の画像は映せるか？」

「人工衛星で監視を行っております。スクリーンに映像映します」

坂口が部下の男に目配せをする。男がパソコンを操作すると、スクリーン画面が真っ赤に染まった西日本地図が、天空から日本列島を映した画像へと切り替わる。画像は急速にズームしていき、長野県の山間部を映し出した。

二年前、西日本がH２ロケットによって打ち上げた偵察衛星「あさがお」。その性能は世界でも最高の水準だ。スクリーンの中心に洋館の屋根が大きく映し出される。会議室にある全ての目がその映像に注がれた。

時間が粘度を増し、流れが遅くなっていく。

「攻撃まで十分」

郡司が腕時計を見ながら言う。

あと十分で西日本の命運が決まる。二階堂は前のめりになり、食い入るようにスクリーンを凝視する。

次の瞬間、唐突に洋館が爆発した。数瞬前まで建物があった場所が、爆炎によって覆い尽くされる。

「なっ⁉」

二階堂は椅子から立ち上がる。

「なにが起こった⁉　誰がやった？」

答える者はいなかった。誰もが呆然とスクリーンを見つめている。

「誰か答えろ！　なにが起こったんだ？　軍がミサイルを撃ち込んだのか？」

「いえ、ミサイルは使用しておりません！」

郡司も動揺を隠しきれない声で叫んだ。

炎が消え去っていき、黒く焼かれたがれきの山が映し出される。

「では、何故いきなり爆発した⁉」

二階堂の問いに、安全保障会議のメンバーたちはお互いに顔を見合わせるだけだった。

「……証拠隠滅、ではありませんか？」

ぼそりとつぶやいた曽根に、会議室中の視線が集まる。

「証拠隠滅だと？」

二階堂は睨みつけるように曽根を見る。

「我々が攻撃を加えることを知って、屋敷を焼き払い、証拠を消し去った。そうだとすると、テロリストはすでに遠くに逃げ去っているでしょうな」

「馬鹿なこと言うな。屋敷の情報はこの部屋にいる者以外には、一部の情報機関と攻撃に関わった兵士たちしか知らないんだぞ。情報機関か軍に内通者がいるって言うのか？」

二階堂は拳を机に叩きつける。

曽根は俯いて上目遣いに会議室の全体を見渡すと、二階堂にしか聞こえないように小声で囁いた。

「もしくは、この会議室の中に……」

12

2017年12月20日　2時41分
上信越《じょうしんえつ》自動車道　北部湯《ほくぶゆ》の丸《まる》IC付近

遠くから響いた山鳴りが内臓を震わせる。高速道路を走るSUVの中から彰人は外を見た。

一時間ほど前、深夜に沙希に叩き起こされた彰人は、十日間を過ごした洋館から長い地下道を通じて脱出し、車で移動していた。

「いまの爆音ってもしかして……」

なんの説明もなく、引きずられるように連れてこられたので、なにが起こっているのか分からなかった。

「そう、さっきまでいた洋館が爆発したの。結構気に入っていたんだけど、しょうがないわね」

　隣に座っていた沙希があくび交じりに言う。

「なんで爆発なんて……？　攻撃されたのか？」

「見つかって攻撃されそうだから、先手を打って燃やしちゃったの。あの中には大切な情報がてんこ盛りだから、きっちり証拠隠滅しとかなきゃね」

　沙希は細い首をこきこきと鳴らした。

「見つかったって、誰に？」

「政府に決まってるじゃない。さすが国家安全保障局。こんな簡単に見つかるとは思ってなかった。危なかったわね」

「本当に見つかったのかよ？　別になにも変わったことなんか……」

　彰人の言葉に答えるかのように、ヘリのローター音が頭上から響いてきた。彰人は車の窓から上空を覗き見る。ローターが前後についたヘリコプターが、滑るように暗い空を移動していた。

「警察じゃなくて軍か……。まあ当然と言えば当然ね」

「軍隊……」

「そう、西日本海兵隊のCH－47チヌーク。あの中には特殊部隊が満載のはず。気づいていなかったら、十分後には私たち、あらかた殺されていたわね。保険掛けといてよかった」

「保険？」

「そう、保険。命に関わる保険だから、ある意味、生命保険よね。政府の中にも『お友達』をつくっておいたの」

「マジかよ……」

政府内にまで協力者が……。彰人は言葉が見つからなかった。

「こんな時間に起こされたから、眠くなっちゃった。悪いけど運転よろしくね、佐藤さん。着いたら教えて」

「承知いたしました。どうぞお休みください」

運転席に座る佐藤が、恭しく言う。

「着いたらって、これからどこへ行くんだよ？」

彰人は窓の外を眺めたまま訊ねるが、返事はなかった。見ると、沙希は背もたれに体重を掛けて目を閉じ、小さく寝息を立てていた。

「眠らせてあげてください。疲れているんですよ。まだ十八歳なのに、こんな大変なことをして」

運転席からミラー越しに沙希を見る佐藤の眼差《まなざ》しは、娘を見る父親のようだった。

「……はい」

沙希の寝顔は驚くほど幼く見え、この少女が国を巻き込むテロを起こしているとはとても思えなかった。

「酒井様も少し眠られたらいかがでしょうか。疲れていらっしゃるでしょう。目的地まではかなりかかりますので」

たしかに瞼が重かった。非日常的な環境に長期間置かれたことによる疲労が、全身を冒している。

「目的地ってどこなんですか？」

彰人は目をこする。

「日本一高い場所ですよ」

バックミラーの中で、佐藤はその髭面に似合わない、悪戯っぽい笑みを浮かべた。

13

２０１７年12月24日　22時24分
群馬県　尾瀬国立公園　日本スカイタワー

「そんなところで、なにしてるの？」

背後から声をかけられ、非常階段に腰掛けた彰人は振り返る。ダウンジャケットの襟元を合わせ、白い息を吐きながら、小さな紙箱を持った沙希が見下ろしていた。

「もこもこだね」

沙希の格好を見て、彰人は唇の端を上げる。ボリュームのあるダウンジャケットを着たその姿は、掛け布団にくるまっているようだ。

「仕方ないでしょ。ここの気温、何度だと思っているの。氷点下十度を下回っているのよ」

寒さのせいか、沙希の言葉にいつもの勢いがない。よく聞くと歯と歯がぶつかる音が聞こえてくる。どうやら、かなり寒さに弱いらしい。そういえば、クルーザーで日本海を進んだ時もほとんど船の中に籠もっていた。

「冬だからって、なんでこんなに寒いわけ？　北海道ってわけじゃないのに！」

沙希はとうとう軽くヒステリーを起こしはじめた。

「しょうがないだろ。たしかに北海道ほど緯度《いど》は高くないけど、そのかわり高度がものすごく高いんだから」

彰人は呆《あき》れながら、視線を正面に戻す。そこには日本列島が広がっていた。

群馬県と福島県を隔てる『壁』を跨いでそびえ立つ、日本スカイタワー。そのほぼ最上部、地上から約千メートルの高度にある展望台の非常口を出たところに二人はいた。もともと高地に建設されたこの巨大な電波塔の最上部は、海抜《かいばつ》三千メートルに達する。気をつけないと、高山病になりかねない高度だ。当然、気温も地表とは大きな差があった。

「結局なにを見てたの？」

沙希は彰人の隣に腰掛けた。少しは寒さに慣れてきたのか、その口調から苛立ちは薄れている。

「なにって……、日本かな？」

この高度からは、まるで日本の端から端まで見渡せるような気分になる。視界を遮るものはなにもなく、いくつもの都市の発する光が、ちりばめられた宝石のように輝いて見えた。

「たしかに綺麗よね」

沙希の頬は、気温のせいか桃色に染まっていた。

「で、なにか用だった？　まさか僕がここから飛び降りるとでも思ったのかな？」

「飛び降りる気だったの？」

「しないよ、そんなこと。約束は守るって言ってるだろ」

皮肉に真顔で問い返され、彰人は不満げに顔を歪める。

「まあ、せっかくのクリスマスイブだし、ケーキでも食べないかと思ってさ」

沙希は持っていた紙箱を開く。その中には、粉雪でも振りかけたような真っ白なケーキが二つ入っていた。

「ああ……そういえばクリスマスか」

彰人はようやく今日が十二月二十四日であることに気がついた。街に出ればいまごろ、至る所にクリスマスツリーが立ち、街全体がクリスマスソングを歌っているのだろう。しかし、二週間近く洋館とこのスカイタワーで俗世間から隔離された生活をしていたため、今日がクリスマスイブであることを完全に失念していた。

沙希は手袋を脱いで素手でケーキを摑むと、口に運んでかぶりついた。

「行儀悪いな、フォークぐらい使いなよ」

彰人もケーキに手を伸ばす。

「酒井君だって、鷲《わし》づかみじゃん」

「僕はいいんだよ、男だから」

「なにそれ、性差別？」

「別にそういうわけじゃないけどさ。なんとなく似合わないから。君なら小さい頃からマナーの教育とか受けてきたんだろ」

「マナー？　私が？」

沙希は笑いながら、見せつけるようにクリームのついた指先を舐めた。

「だって、四葉の会長になるような家系なんだから……」

「……家系ね」

沙希の顔から波が引くように表情が消えていった。なにやら地雷を踏んでしまった予感に、彰人は表情をこわばらせる。

「……私ね、ずっと貧乏だったのよね」

沙希は伸ばした足をぱたぱたと動かした。

「貧乏？」

彰人は訊き返す。たしか、東日本に行ったときもそんなことを言っていた。しかし、その単語は沙希から最も遠くにあるもののはずだ。沙希ほどの資産を持っている者はこの日本には、いや世界中をさがしたとしてもそれほどいないだろう。

「そう、まあ食うに困るってほどではなかったけど、母と二人で小さなアパートで質素な生活してたの。中学生までね」

「だって、君の家系って……」

「私の母は正妻じゃなかったから。大学の同級生だった父と母が駆け落ち同然で同棲《どうせい》をはじめて、そこで生まれたのが私。けど、父は四葉の御曹司《おんぞうし》だったわけ。当然すぐ見つかって、父親、つまり私の祖父には逆らえない気弱な父は無情にも、ちょっとの手切れ金で私たちを捨てて消えていきましたとさ」

沙希は他人事のように淡々と語る。

「そんな……ひどいな。なんで……」

なんと言っていいか分からず、彰人は言葉を濁す。

「祖父が母のことを気に入らなかったのよ。というか、母の家系のことかな」

「お母さんの家系？」

「そう、うちの母方の祖父母は……『東落《ひがしお》ち』だったの。祖母は私のお母さんを妊娠した状態で『壁』を越えて、すぐに命を落とした。四葉の会長にとっては、息子が『東落ち』の娘と子供を作るなんて、恥だとしか思えなかったみたいね」

沙希は皮肉っぽくつぶやき、暗い空を見上げる。

戦後日本は『壁』によって二つに分断された。それにより、家族の東西離散《りさん》も数多く起こったらしい。小学生の頃に亡くなった祖母が、東北に疎開《そかい》していた妹と生き別れたと、哀しそうに話してくれたことを彰人は思い出す。

まだ『壁』が現在ほどの高さもなかった戦後。西日本にいる家族に会うため、東の軍事政権の圧政に耐えかねて、食料不足で食べ物を求めてなどの様々な理由で、『壁』を越えて東から西への亡命を試みる者が続出した。その大部分は東日本の国境警備隊に逮捕、または射殺されたが、一部の幸運な者たちが西日本への亡命に成功した。しかし、亡命者たちがすぐに幸せになれるほど現実は甘くはなかった。

冷戦が本格化し、東西関係が触れれば破裂しそうなほど悪化していた時代、『東落ち』と呼ばれた亡命者たちは差別と偏見に晒され、社会の最下層で生活することを強いられた。

時代が変わり、人権意識が高まるにつれ、差別は少なくなっていった。しかし、それでも

『東落ち』に対する潜在的な差別意識が、西日本人の深層意識から消え去ったわけではなかった。特に東西間での日常的な小競り合いを経験していた高齢者の心の中には、『東落ち』に対する嫌悪感が根強く残っていることが多い。

「一応、父にも罪悪感はあったらしくて、最低限の生活費は送ってくれてたみたい。けど、御曹司とはいえ、グループの実権は完全に祖父が握ってたから、私たちに会いに来ることもしないで、最終的には祖父が決めた相手と結婚した」

言葉に感情を交ぜず、沙希は淡々と言う。

「それならどうして、沙希が四葉の会長になっているんだよ？」

話の流れからすると、『東落ち』の血を引く沙希が、四葉に関わることはできそうにない。

「三年ほど前に、父が自殺したの」

平坦だった沙希の声に、かすかな揺らぎが生じる。彰人は目を剝いた。

「弱い人だったんでしょうね。四葉を背負う重圧に負けたのか、それとも祖父の操り人形みたいな人生に嫌気がさしたのか。どっちにしろ、父は逃げ出しちゃったわけ。……この世界からね」

父親を責める沙希の言葉が、死にたがりの自分を揶揄しているように感じ、彰人は居心地の悪さをおぼえる。

「それで、君が会長を継ぐことになったんだ……」

「祖父は塩をかけられた蛞蝓みたいに萎《しお》れちゃったのよ。自分の跡を継がせるつもりで育ててきた一人息子に死なれてね。四葉は代々、佐々木家の直系が継いできた。けれど祖父には父以外に子供はいなくて、父と本妻の間にも子供はいなかった。佐々木家の直系で残っているのは……」

「君だけってわけだ」

「そう。『東落ち』の血が混じっていたとしても、直系を絶やすわけにはいかない。変なこだわりよね。そんなわけで祖父は私を呼び寄せて、自分が死んだあと四葉の会長にしようとしたの。まったく、迷惑ったりゃありゃしないわよ」

沙希は白い息とともに吐き捨てた。

「迷惑？」

「そりゃそうでしょ。私たちのこと虫けらみたいに扱ったくせにさ。母は私が中学生の時に死んで、私は施設で過ごしていたのよ。そんな原因つくった人がいきなり手のひら返して、『跡を継いでくれ』なんて言ってもさ……。しかも、こんな小娘が四葉の会長になるなんて、他の親戚が簡単に納得するわけない。いろいろ嫌がらせも受けたし、下手すれば暗殺される危険性まであったのよ」

台詞に反して、沙希の表情は楽しげですらあった。このバイタリティに溢れた少女は、力強くその苦境を乗り越えてきたのだろう。そして、そのカリスマ性で、佐藤をはじめとする仲間たちを集めていった。

「いろいろ……大変だったんだな」

「見かけより苦労しているの。だから、ケーキぐらい素手で食べてもいいでしょ」

沙希は口にケーキを押し込む。唇についたクリームを満足そうに舐めると、沙希は目を細めて、遠くに瞬《また》く都市の光を見る。

「私ね、お金なんて衣食住に困らないくらいあれば十分だと思ってたの。多すぎたって使い切れないしさ。実際、祖父が死んで大金持ちになったけど、どうやってお金を使えばいいかなんてよく分からなかった。染みついた貧乏性って、なかなか取れないのよね」

沙希は寒そうに両手を擦り合わせる。

「いいじゃないか、無理して金を使わなくたって。質素なのは美徳だと思うけど」

「けどね、金持ちになってよかったこともある。お金がなければこんな計画思いつきもしなかったしね」

「計画って、今回のテロのこと？」

「そう。考えてみれば人生で初めての無駄遣いかも。そう考えると爽快よね。初めての無駄遣いが数百億円、私が自由に使える財産の大部分だっていうんだから」

沙希は唇をすぼめ、息を吹いた。冷たい空気で凍《い》てついた息は、純白の霧となって舞い上がる。

「なあ……テロをやめることはできないの？」

隣に座る沙希の横顔を見ながら、彰人はつぶやいた。

「なに言ってるの？　いまさら怖《お》じ気《け》づいたわけ？」

「そういうわけじゃなくて……。ただ、君が本当に日本をぐちゃぐちゃにしたがっていると は思えなくて」

『東落ち』の血を引き、父親に捨てられた沙希の人生は過酷なものだっただろう。世の全てを憎悪の対象としてもおかしくはない。しかし彰人には、沙希が本当にこの日本に、自分が住む世界に復讐したがっているとは思えなかった。

自分の隣に座る少女が、核と生物兵器でこの日本を地獄に変えようとしている。数週間、彼女と行動をともにしてきた彰人には、それが信じられなかった。

「私がなにを考えているか、酒井君には分かるの？」

沙希の口調に非難の色はなく、どちらかというとからかうような響きがあった。

「少なくとも、君が自分の恨みを晴らすために、この国をめちゃくちゃにするような奴じゃないってことぐらい、分かっているつもりだけど」

「それは買いかぶりじゃない？　私はあの『花火』を東に渡したのよ。それに日本中にあの改造ウイルスも仕掛けた」

「……それでも、君が私怨《しえん》でこんなことをしているとは僕は思わない」

「そう。なんか買いかぶってもらって申し訳ないんだけど、やっぱり私は私怨……復讐のためにやっているの。怒りと恨みが私のモチベーションなのは間違いない。こんなこと言ったら、酒井君はがっかりするかな？　それとも、私をここから突き落として、テロを止めようとする？」

沙希は挑発的な視線を彰人に向ける。

「いや……、ただ本当に君がこの計画を実行したいのか知りたかっただけさ。僕は……傍観者だよ。君の計画の全てを見て、僕なりの感想を言うだけ」

彰人はそこで一呼吸置くと、沙希の瞳を見つめる。

「そして君に殺してもらうだけの存在さ」

「……私が望んでいるかどうかなんて、もう関係ない。計画は坂道を転がりはじめているんだから」

「それは、止められないの？」

「止められないし、止める気もない。仕込みはほとんど終わって、私の手を離れている。後は一週間後を待つだけ」

沙希は天を仰いだ。

一週間後、大晦日。本当に新潟で核の花が咲くのだろうか？　日本各地に仕掛けられた改造ウイルスはばら撒かれるのだろうか？　東軍が西に侵攻してくるのだろうか？　西日本という国は、来年も存在しているのだろうか？

一週間後、いったい僕はこの天空からなにを目撃するのだろう？

「……雪ね」

大晦日の夜に思いをはせる彰人の耳元で、沙希が囁くように言った。

「えっ？」

「ほら、雪が降ってる」

沙希は空に向かって手を伸ばす。真っ白な雪がスカイタワーの窓から漏れる光をきらきらと乱反射しながら舞い降りてきた。その美しさに、彰人は目を奪われる。

「……きれいだな」

「ええ」

頷いた沙希の掌の上に舞い落ちた氷の結晶が、魔法のように消え去る。

「メリーホワイトクリスマス」

沙希は白い息を吐きながら微笑んだ。

第三章

1

2017年12月31日　21時12分
新潟県長岡市　鋸山《のこぎりやま》山中

「見ろよ、森岡。この人数、すごいぞ」

秀昭の隣で、山辺が興奮した声を上げる。

「ええ」

頷きながら、秀昭も興奮で頬が紅潮していくのを感じる。

小さな山の中腹に位置するこの駐車場から、眼下に見える日本国家友好会館、通称『関所』。その西日本側を膨大な人数のデモ隊が取り囲んでいた。少なく見積もっても数千人はいるだろう。時間が経つにつれ人数が膨れ上がっていくその姿は、巨大な単細胞生物が成長をしているように見えた。数千人が上げるシュプレヒコールが山々に木霊《こだま》する。

デモ隊の大部分は東に対する強硬対応を求めるグループだが、どこから聞きつけたのか、東に友好的なグループも集まっていた。強硬派と友好派が衝突を起こし、『関所』の周りは混沌とした様相を呈している。いまはまだ警察の介入によって秩序が保たれているが、それもいつまでもつのか怪しい雲行きだ。

山辺と秀昭は一時間ほど前に群衆から抜け出し、この人気のない駐車場に来ていた。

「けど、いいんですか？　代表がこのデモの発起人ですよね」

秀昭は両手に息を吹きかける。息が白く凍った。

「大丈夫だって。副代表に後のことは任せてきたし、他の会の幹部も大勢いる。年が明ける瞬間にさえ先頭に立っていれば、格好はつくだろ。それよりまず、岡田首席補佐官に礼を言う方が大切だ」

山辺は西日本各地に散らばっていた対東強硬派の運動家たちに今日のデモを伝え、協力を仰いだ。いままでは共闘をよしとしなかったグループさえも、今回のデモには多くが参加を表明した。

大晦日の夜に、緊張状態にある両国の首脳が直接会談するという極秘情報のインパクトもあるのだろう。しかし秀昭は、山辺が各組織の幹部たちに、岡田からもらった金を配ったのではないかと疑っていた。あの金は山辺が個人的に管理し、どのように使用したのかは誰も知らない。それどころか、山辺とともに金の受け渡しに立ち会った秀昭以外に、金の存在を知る者すら組織の中にはいなかった。

この人は、あの金を今後どのように使うつもりなのだろう？　隣に立つ山辺を見ながら、秀昭は興奮が少しずつ冷めていくのを感じていた。

「ところで、本当に待ち合わせ場所はここでいいんですか？」

秀昭は十台分ほどの駐車スペースのある駐車場を見回す。

「ああ、間違いない。三日前にここで待ち合わせだって、補佐官の秘書から連絡があった」

「けれど、なんでこんな山の中の寂しい駐車場なんかで……」

「補佐官は俺たちを支援していることを知られたくないいんだよ。だから、わざわざこんな所に呼ぶのさ」

「はぁ……」

秀昭はどうにも腑に落ちなかった。関係を隠していたいなら、なぜ呼び出したりするのだ？　デモを起こすという目的は達したのだから、もう会う必要などないはずだ。得体の知れない不安が体の中に広がっていく。

「そろそろ時間だな」

山辺が腕時計に視線を落とす。その時、シュプレヒコールに混じって、エンジン音が聞こえてきた。見ると、巨大なバンが、狭い山道を窮屈そうに登ってきていた。

バンは駐車場に入ってくると、二人の前で停車する。大スポンサーが出てくることを予想した山辺は、媚《こ》びを含んだ笑顔を浮かべた。バンの助手席と後部のドアが勢いよく開き、中からスーツ姿の男たちが飛び出してきた。山辺と秀昭は男たちに取り囲まれる。その中に岡田の姿はなかった。

男の一人が秀昭たちに近づいてくる。内幸町のホテルで金を受け取った際、岡田のすぐ後ろにいた顔に傷のある男だった。

「あの……岡田補佐官は」

男たちの迫力に軽くのけぞりながら、山辺が訊ねる。

「あの男はもういない」

傷の男は平板な声で言った。

「もういないって、どういうことですか？　どこか違う場所に……」

「岡田は死んだ。西の政府は隠しているがな」

「……えっ⁉」

「お前は黙ってついてくればいい」

傷の男は懐からリボルバー式の拳銃を取り出すと、山辺の頭に突きつけた。

バンの後部扉が開く。

「出ろ」

後ろ手に縛られた秀昭の背中を、男の一人が無造作に押した。

秀昭は転びそうになりながら車外に出る。背中側できつく縛られた手がずきずきと痛む。後ろでは同じように縛られた山辺が車から降ろされている。

ここはどこなんだ？　秀昭は辺りを見回す。バンに乗せられていた時間は三十分にも満たなかった。関所からは大きく離れてはいないはずだ。秀昭の予想を証明するかのように、遥か遠くからシュプレヒコールがかすかに聞こえた。

顔を上げると十メートルほど離れた場所に、小さなログハウスがあった。二人の男が秀昭の腕を無造作に摑む。秀昭は痛みに顔を歪めた。

「歩け」

男の一人が低い声で言う。抵抗などできるはずもなく、秀昭はログハウスへ引きずられていく。

視界の端に巨大な影が飛び込んできた。数十メートル離れた場所に停められた巨大なトレーラー。その荷台には巨大な煙突のようなものが備え付けられている。

全身の産毛《うぶげ》が逆立つ。一年の兵役をすでに終えている秀昭には、その筒の形が、かつて見た対空《たいくう》ミサイルの発射砲にそっくりに見えた。しかしトレーラーに載せられているその筒は、秀昭が見たことのある、戦闘機すら撃墜できる発射砲より遥かに巨大だった。

その砲口《ほうこう》がシュプレヒコールの聞こえてくる方向を向いていることに気がつき、秀昭の体は細かく震えだす。

「なんだよ、あれは?」

引きずられながら秀昭は叫ぶ。男たちは無言のままログハウスの扉を開き、秀昭を荷物のように中に投げ込んだ。

倒れた秀昭は室内を見回して目を大きくした。家族での週末旅行にでも使われそうな木訥《ぼくとつ》とした外見に反して、ログハウスの内装は殺伐《さつばつ》としたものだった。

壁という壁には、地図や建築物の設計図などが所狭しと貼り付けられ、机の上には無数のコンピューターや無線機が置かれている。その光景は軍の司令室を彷彿《ほうふつ》させた。

傷の男が秀昭と山辺のコートのポケットをまさぐり、財布を取り出す。一瞬、山辺が口を開きかけるが、傷の男の刃物のような視線に射すくめられ、慌てて口を閉じた。

傷の男が目で合図すると、男たちが秀昭と山辺を小屋の中心にある支柱に太い縄で縛りつけはじめる。その手際のよさは、男たちがこの手の行為に慣れていることを示していた。支柱に張り付けにされた秀昭は身をよじろうとするが、手首を縛りつけた荒縄のせいで、ほとんど動くことができなかった。

「安心しろ。一瞬で全てが終わる」

傷の男は部屋の隅に置かれていた頑丈そうな金庫を開けた。その中身を見て、秀昭は呻く。大量の紙幣が金庫の中に詰められていた。傷の男は秀昭と山辺の財布を無造作に金庫の中に放り、扉を閉める。重い音が室内に木霊した。

金庫の中には自分たちの身分証明書と大金が詰まっている。一体なんのために？　不吉な予感が膨らんでいく。

パソコンを操作していた男が傷の男に近づき、小声で囁いた。単語が断片的に秀昭の耳を掠めていく。

「少佐、お急ぎ……予報では……方面の風が強く……早急に出発……死の灰の被害が……」

秀昭の体が大きく震える。

「死の……灰？」

かすれ声でつぶやきながら、秀昭は振り返り、扉の外に見える巨大な筒を見る。それがなんであるか、脳細胞がゆっくりと、絶望的な回答を紡ぎ上げていく。

「か……く？」

つぶやいた秀昭に、傷の男が視線を向ける。男の爬虫類のような温度を感じさせない視線が、予想が正しいことを確信させる。絶望と恐怖が心を腐らせていく。

「うわあああー！」

秀昭は激しく手足をばたつかせた。しかし荒縄は緩むどころか、さらに深く手首の皮膚に食い込んでいく。秀昭の喉からは絶叫が迸り続ける。

「森岡、どうしたんだよ？　やめろよ」

山辺が怯えた声を出した。

「核です！　あれは核なんです！　こいつらきっと、関所に……」

男の一人が秀昭の口元に拳を打ち込む。鉄の味が口に広がり、折れた歯が口腔内でころころと転がった。

「あまり痛めつけるな。暴行の証拠が残るとまずい」

傷の男が言う。

口から血を滴《したた》らせながら、秀昭はホテルでの出来事を思い出す。ホテルで金を受け取って帰る際、男の一人が写真を撮るような仕草を見せていた。

核ミサイル発射現場に、首席補佐官から大金を受け取った政治活動家がいたことが判明すればどうなる？　そんなこと分かりきっている。東は西日本が核攻撃をしたと非難し、宣戦布告をしてくるに違いない。

先制核攻撃をしたとなれば、西日本を支援する国は皆無だろう。そんな西日本に東日本軍が攻め込んできたら……。

秀昭は足元の地面が崩れ、空中に放り出されたかのような心地になる。

「核ってどういうことだよ？　おい、森岡」

山辺がヒステリックな声を上げた。しかし秀昭には、その質問に答える余裕はなかった。縄に緩みがないか確認すると、男たちは素早く外へと移動をはじめた。

「やめろよ！　おい、ふざけるな！」

秀昭は声を嗄らして叫ぶが、もはや男たちは二人に一瞥をくれることすらなかった。扉が閉まる重い音が、ログハウスの中に響き渡った。

2

2017年12月31日　22時03分
宮城県仙台市　東日本テレビ本社

これのどこがジャーナリズムだよ。

モニター画面を見ながら、『イブニングジャーナリズム』プロデューサーの小林洋平《こばやしようへい》は、吸い殻《がら》で山盛りになった灰皿に、半分ほどの長さになった煙草を押し込める。

東日本テレビで毎日夜十時から放映される『イブニングジャーナリズム』。芳賀書記長が誕生し、情報統制が弱められた十年ほど前よりはじまった、東日本では老舗《しにせ》のニュース番組だった。

小林は高校を卒業して二年の兵役を終えると同時にアメリカに渡り、ＵＣＬＡでジャーナリズムについて学んだ。その後、イギリスの新聞社で報道の基礎を叩き込まれたのち東日本に帰国すると、弱冠三十五歳にして東日本テレビの顔であるこの情報番組のプロデューサーに抜擢《ばってき》され、東日本が持つ様々な問題について切り込んでいた。

東日本国民には、小林の持つワールドワイドな価値観から生み出された番組が新鮮に映ったのか、視聴率も上々だった。

戦後数十年続いた軍事独裁政権によって世界から取り残された東日本のジャーナリズムを、世界基準まで向上させる。それが小林の悲願だった。幸運なことに、芳賀が東日本の最高権力者になってから、情報統制は以前とは比較にならないほど緩くなっており、本物のジャーナリズムを根付かせるための土壌はでき上がっていた。

しかし先月の初め、陸軍が突然佐渡に侵攻してから、強烈な情報統制が東日本の全報道機関に敷かれている。どこからどのような種類の圧力が掛かっているのか知る術はないが、政治的な情報、特に軍部の動きに対する情報が高度に規制され、極めて入手しにくい状態になっていた。しかも、苦労して手に入れてきた情報も、「上からの指示」という正体不明の力によって紙風船のように容易《たやす》く握りつぶされる始末だ。

この国の国民の大部分は、陸軍が佐渡へ侵攻したことも知らない。あまりにも異常な事態、まるでかつての暗黒時代に戻ったかのようだ。

小林はヤニで爪が黄色く変色した手で、新しい煙草を取り出し、火を灯す。血中のニコチン濃度を上げないと、この苛立ちを抑えることができなかった。

陸軍の佐渡侵攻からこの二ヶ月、常に焦燥を感じていた。軍も政府もどこか動きがおかしい。陸軍最高司令官である久保元帥がクーデターを企んでいることは、ほぼ間違いない。積極的に西との友好政策を進めている芳賀書記長が、全面戦争の引き金にもなりかねない佐渡侵攻など命じるわけがない。陸軍が佐渡から撤退せず、その上、国境付近に主力部隊を集中させはじめていることから考えるに、もはや軍部に対して芳賀の命令は届いていないのだろう。

東日本で軍部の指揮系統を握ることは、国の実権を握ることに等しい。しかしいまになっても、陸軍が首都仙台の制圧に乗り出してくる気配はなかった。それどころか、今夜秘密裡に、芳賀と二階堂が新潟で会うという情報まで入ってきている。

芳賀と二階堂はおそらく、東西の統一について話し合うつもりだ。今夜、統一についての共同宣言でも出されれば、一気にその機運は高まるだろう。いくら情報統制を敷いても、首脳会談の共同宣言が伝わらないはずがない。報道機関が伝えなくても、インターネットから情報は漏れるはずだ。

東西統一が現実味を帯びてくれば、軍部は動きづらくなる。日本が再び一つの国になることは、この列島に住むほぼ全国民の心の奥底に眠る欲求だ。一部には病的に相手の国を嫌悪している者もいるが、もし統一が発表されれば、東日本国民の大部分は喜び、弱体化しつつある芳賀の求心力は復活するだろう。

どうにも、軍の動きが腑に落ちない。小林は天井に向かって煙を吐く。

そういえば二週間ほど前、陸軍の研究所が封鎖された件も気になる。政府の発表では有毒ガスが漏れ出したということだが、いまもまだ閉鎖されたままだ。いくらなんでも、二週間も有毒ガスを処理できないということはないはずだ。

俺の知らないところで、一体なにが起こっているんだ？　小林は頭をがりがりと掻く。白いふけがデスクに落ち、近くにいた若い女性ADが露骨に顔を顰めた。

ドアの外から黒板を爪で引っ掻いたような不快な音が聞こえてきた。その音が人間の声であることに気がつくのに、数秒の時間がかかった。

「なんだよ、やかましいな」

ADどもが騒いでやがるのか？　本番に音が混じったらどうするつもりなんだ。

舌打ちをしながら小林はドアを開き、廊下を覗き込む。小林の目が大きく見開かれた。

両側に備品が積まれ細くなっている廊下は、自動小銃を肩に掛けた兵士たちで溢れかえっていた。局員たちに銃を向けて脅しながら、こちら側に向かって進んできている。

なんで軍がここにいる？　小林は細く息を吐いて混乱を抑えていく。弾丸が飛び交う戦場で取材をしたこともある。混乱を抑え込む術は身につけていた。

動悸《どうき》が収まってきたとき、小林の目が兵士たちの奥にいる壮年の男を捉えた。心臓が大きく跳ねる。

久保陸軍元帥。東日本陸軍の最高権力者にして、おそらくはクーデターの首謀者。

なぜあの男がここに？　小林は閉めた扉にもたれかかりながらずるずると崩れ落ちる。

なにが起こっている？　久保はここでなにをしている？　いま、俺がすべきことはなんだ？

様々な疑問が同時多発的に脳内をかけめぐる。

「なにかあったんですか？」

ＡＤがのんきな声で訊ねてきた。

「うるさい、黙っていろ！」

「そんな言い方しなくたって……」

唇を尖らせるＡＤを尻目に、小林は勢いよく飛び起きて自分のデスクへ駆け寄ると、抽斗の中を漁《あさ》りはじめる。

あった。小林が目的のものを取り出した瞬間、部屋に備え付けられていた東日本各テレビ局の番組が映っているモニターのうち、東日本テレビの番組が映し出されていた画面が暗転した。

電源が切れた？　一瞬そう思うが、他のテレビ局の画面はまだ映っている。

「あれ？　消えちゃった」

ＡＤが椅子の上に立ち、消えたモニターを乱暴に叩く。まるでそれが合図であったかのように、隣り合っていたモニターから次々に画像が消えていき、ついには全てのモニターが真っ暗になった。

「えっ、なんで？　私のせい？」

ＡＤが呆然としてつぶやく側で、小林はなにが起こっているのか冷静に分析していた。きっと、この東日本テレビと同様に、東日本中の放送局が制圧されている。軍が本気でクーデターを開始したのだ。

久保は仙台の中心部にあるこのテレビ局を、クーデターの司令部兼宣伝塔として使うつもりだ。たしかにこのテレビ局ほど、立地条件と機能面で司令部を置くのに適した場所はない。

しかし、なぜこのタイミングで動いた？

小林は再び頭のアクセルを吹かす。芳賀が仙台にいないこのタイミングでクーデターを起こすのは、どう考えても悪手だ。芳賀の身柄を押さえなくては、完全に権力を掌握することはできない。しかも芳賀がいまいるのは、西日本軍もすぐ近くに控えている新潟だ。芳賀を逮捕することは極めて難しい。

軍部の、久保の狙いは一体なんんだ？

ジャーナリストとしての本能とプライドが小林を突き動かす。これからこの国で起こることを全て記録し、全世界へ伝えてやる。小林はポケットの中に手を忍ばせた。

「動くな！　床に伏せろ！」

自動小銃を構えた兵士が三人、扉を蹴破り、部屋の中へとなだれ込んできた。

ＡＤが甲高い悲鳴を上げる。小林は兵士たちを見据えながら、大人しく床に伏せた。

ここで抵抗しても意味はない。ジャーナリストの攻撃はナイフや銃でなく、ペンによってなされるべきだ。

まあ、この時代のジャーナリストの武器はペンだけじゃないけどな。床に伏せたまま、小林は生地の上からポケットの中身に触れる。そこでは、抽斗から取り出した極小のＩＣレコーダーがかすかに振動していた。

3

2017年12月31日　23時12分
新潟県長岡市　日本国家友好会館

革靴の裏を通しても伝わってくる柔らかい絨毯の感触を足裏に感じながら、二階堂は鋭く前方を見据える。数メートル先にある重厚な作りの扉、その奥に目的の部屋がある。

日本国家友好会館、通称『関所』。

『壁』が唯一途切れるこの新潟で、国境が横切る長岡市の中心に建てられた施設。

この廊下の先、ちょうど国境の真上に当たる部屋こそ、唯一国境の融け合う場所、『友好の間』、東西閣僚級の会談時のみ使われる部屋だった。

二階堂は扉の上に記されている『友好の間』という文字を見るたび、失笑を漏らしそうになる。この部屋でこれまでに行われた会談は、恫喝《どうかつ》の応酬であり、お互いの国とその背後に構える国の軍事力を背景にした、武力によらない戦争でしかなかった。しかし、芳賀と自分の代になって、初めてこの部屋は本来の意味で使用されるようになり、この大晦日こそ、その集大成となるはずだった。それなのに……。

正体不明のテロリストに対する怒りが胸に湧き、二階堂は唇を噛む。

約二週間前にウイルスが撒かれた甲府研究所では、まだ天然痘を発病した者はいなかった。種痘の接種が間に合ったのかもしれないとのことだが、発病までの期間を延ばす改造がウイルスに加えられていた可能性もあり、油断はできないとのことだった。

「仕方ありませんよ。今回はとりあえずこの危機を乗り越えて、そのあと統一のことを考えることとしましょう」

隣に立つ曽根が、慰めるように二階堂の背中を叩いた。

なんだよ、このじいさん。人の心読みやがって。二階堂は白い髭に覆われた頬を引きつらせる。

「あんた、よくそんな余裕でいられるな」

呆れ声で二階堂は言う。曽根の隣にいる郡司でさえ、その全身からかすかな緊張を漂わせていた。

「焦っても仕方がないでしょう。できる限りの準備は整えました。人事を尽くして天命を待つ、ですよ」

たしかにやるべきことはやった。情報機関はその全機能をもってテロの警戒に当たっている。この『関所』に危険物が仕掛けられていないかも、徹底的にたしかめた。東日本軍が新潟に攻撃を加えた場合に備え、西日本全軍の警戒態勢も最高レベルまで上げている。

たとえ東日本軍が攻めてきても蹴散らせるし、東がミサイルを撃ったとしてもペトリオットによってほぼ確実に迎撃《げいげき》が可能だ。しかし、二階堂の心に巣くった不安は消えるどころか、癌細胞のようにじわじわと増殖していた。

二階堂は頭を軽く振ると、『友好の間』の重々しい扉に手をかけた。

部屋に足を踏み入れた二階堂は室内を見回す。相も変わらず無駄に豪奢《ごうしゃ》な作りの部屋だった。大理石で作られた巨大な円卓が部屋の中心に置かれ、天井はガラス張りになっていて、天空を眺められるようになっている。壁には絵画や掛け軸に交ざり、東西日本の国旗に挟まれるように、かつて東西日本が一つの国であったときに使用していた国旗、『日の丸』が飾られている。

国務長官であった頃、何度もこの部屋で、その時代の大統領とともにぎりぎりの交渉を行った。前回この部屋に訪れたときは、芳賀との信頼関係を築き、統一に向けた一歩を踏み出すことができた。思えばこの部屋にいるときはいつも、気を抜けば足が震えてしまいそうな緊張を味わっていた。しかし、今日感じている緊張は、いままでのものとは全く異質だった。

自分が何故ここに呼ばれたのか分からない。この部屋でなにをすればいいのか分からない。目的が分からないということは、ここまで不安なことなのか。二階堂は戦慄《せんりつ》をおぼえる。

東日本側の扉がゆっくりと開きはじめる。顔を上げると、開いた扉から芳賀が側近と、数人の護衛官を連れて部屋に入ってきた。ほぼ同時に、会談開始時間の二十三時十五分を告げる鐘《かね》の音が部屋に響いた。

二階堂は形式どおり部屋の中央に進み、芳賀に手を差し伸べる。手を握り返してきた芳賀の表情には、不安、疲労、恐怖、そしてかすかな期待が、皮膚の上で複雑に融けあっていた。自分もいま、こんな顔をしているのだろうか？　二階堂は空いた手で自分の顔面をこねたくなる。

「本日は会談を持てて嬉しく思っております。二階堂大統領」

「私も光栄だ。芳賀書記長」

二人は言葉面《づら》だけの挨拶を交わす。それを合図に護衛官たちが素早く部屋から退場していく。部屋には実情を知った政治家のみが残された。

国境の真上に位置するテーブルを挟んで、向かい合うように二つの集団が立つ。本来ならここから、熾烈な心理戦が展開されるはずだ。しかし今日に限っては、話し合う議題すら決められていない。空々《そらぞら》しい沈黙が流れる。

「さて……、それで我々はなにをすればよいのでしょうな」

芳賀は大きく息をつくと、「座ってもよろしいでしょうか？」と椅子に腰を下ろす。二階堂は対面の席につきながら、芳賀の顔をまじまじと見た。電話での秘密会談は交わしていたが、実際に会うのは久しぶりだ。その顔には、疲労が色濃く刻まれている。目の下をアイシャドーでも塗ったかのような黒い隈《くま》が縁取り、顔に刻まれた皺は、前回見たときより格段に深くなっていた。

軍部の反乱により権力の座から引きずり降ろされかけているときに、この未曾有《みぞう》のテロだ。東日本の複雑な政治体系の中をしたたかにのし上がってきた芳賀にとっても、この数週間の出来事は心身の許容量を超えたストレスとなっているのだろう。

「二十三時二十分か……。あと四十分以内に何らかの要求があるはずだな。テロリストの言葉を信じるなら」

二階堂は腕時計に視線を落とした。

「一体、どんな要求をしてくるつもりでしょう。全く想像がつきません。まあ、いまの私には、テロリストの要求に応えることができるかすら、たしかではないのですけれど」

芳賀は力なく自嘲する。その弱々しい姿に、二階堂はもはや芳賀を東日本の首脳としてとらえていいのかすら分からなかった。

芳賀が失脚し、軍部が再び東日本を支配すれば、悲願の東西統一は自分の目が黒い内には実現不可能だろう。二階堂は暗澹《あんたん》たる気持ちとなる。

東のクーデターに生物テロ、数週間で日本を取り巻く状況は一変してしまった。最悪の方向に。

両国の首脳が集まりながら、話のきっかけさえ摑めずにいるという異常な状況に、部屋の空気が濁っていく。二階堂が息苦しさをおぼえ、シャツの襟元に手をやったとき、郡司のスーツの胸ポケットからバイブ音が響いた。

「失礼いたします」

郡司はスマートフォンを取り出しながら素早く立ち上がると、芳賀に向かって一礼し、部屋の隅に移動する。

「何事ですかな？」

声をかけてくる曽根を黙殺して、二階堂は小声で話す郡司を見る。

重要な会議中の国防長官に直接連絡を取ろうとするなど、よほどの馬鹿か、緊急事態でもない限りあり得ないだろう。そして、馬鹿に国防長官への直通回線の番号が知らされることなどない。その予想を裏付けるように、もともと硬度が高かった郡司の表情が、みるみる険しくなっていく。

「どうした？」

ただならぬ郡司の様子に、思わず二階堂は訊ねる。

「……『壁』が爆破されています」

唾を飲み込むと、郡司は珍しくかすれた声を出した。

「『壁』が？　どこの壁だ？」

二階堂は拍子抜けする。てっきりウイルステロの情報かと思った。『壁』の爆破など、過激派たちにより、これまで数え切れないほど行われている。すぐに国境警備隊を向かわせて、その部分を封鎖すれば済む話だ。

「一カ所ではありません。東京、長野、群馬、埼玉。都市部に近い壁が次々に爆破され、大規模倒壊が起きております。現在被害状況を確認中。死亡者等の情報はありませんが……、都市部への東日本軍侵攻が想定される事態です」

「なっ⁉」

絶句しつつ、二階堂は椅子から腰を浮かす。

それほどの規模なら東軍によるものか？　それともクローバと名乗るテロリストたちが？

「書記長！　これはどういうことだ？　東軍がやったのか？」

混乱したまま、二階堂は芳賀に言葉をぶつける。

「分かりません。申し訳ないが、もはや軍部の動きは私には伝わってきていないのです」

狼狽《ろうばい》しつつ首を横に振る芳賀の態度は、とても芝居には見えなかった。二階堂は必死に、いま取るべき行動を考える。

「郡司！　東の陸軍に動きはあるのか？」

「いえ、国境付近に戦力が集中していますが、いまのところ侵攻を開始する気配はありません。ただ……」

「ただ、なんだ？」

「数十分前より、東全域で公共放送が全面的に停止しております。公式な発表では電波障害とのことですが、主要放送局が軍に占拠されたもようです」

「とうとう本格的に動きだしましたな」

曽根が鼻の頭を撫でる。

放送局の占拠はクーデターの定石《じょうせき》だ。これはテロリストの仕業ではない、東軍だ。テロリストのように少人数では、東全域の放送局は落とせない。

東軍が本格的に動きだしたのは間違いない。しかし、なぜこのタイミングで？　新しい疑問が二階堂を悩ませる。

「クーデターと同時に、我が国に攻め込んでくる可能性はあるか？」

二階堂は腕を組んだまま、郡司に視線を送る。

「可能性としては低いと思われます。いかに『壁』を破壊し、陸軍の侵攻が可能になったところで、制空権は我々にあります。いつでも東軍の拠点を爆撃することが可能です」

ならば、なぜ『壁』を破壊した？　二階堂は脳に鞭《むち》を入れる。東軍が『壁』を崩す。その目的は西への侵攻以外に考えられないのではないか？

「国防長官、『壁』が壊されたいま……最悪のシナリオが想定できる状況ではないですかな？」

曽根の吐いた不吉な言葉に、二階堂の片眉が上がる。

「最悪のシナリオ？」

二階堂は郡司を睨みつけた。郡司は一瞬、躊躇するような仕草を見せたあと口を開く。

「東京への……特攻《とっこう》です。千葉、茨城に東陸軍の全勢力を集め、東京へ突撃。東陸軍は戦力の大部分を失いますが、東京を手中に収める可能性があります」

「東京を……」

二階堂は二の句が継げなくなる。奥歯を噛みしめて体の震えを抑え込むと、二階堂は細く息を吐く。

「東軍がそのような行動に出る可能性は？」

「現在、東陸軍の戦力は分散しております。しかし今後の動き次第では、可能性はゼロではありません。いえ、多くの箇所で『壁』が破られたとなると、危険性はさらに高まっていると思われます。各所の『壁』の亀裂から潜入した東軍が、分散してゲリラ化し、そのまま東京を目指す可能性があります」

「この国でゲリラ戦が……」

二階堂にはもはや、声の震えを抑えることができなかった。

「あくまで可能性ですが……」

郡司はスマートフォンを耳に当てたまま二階堂を見る。

「大統領。東京にお戻りになって、軍の指揮を取られますか？」

二階堂は迷う。東軍の侵攻という最悪の事態が考えられるいま、東京の大統領官邸に戻り有事《ゆうじ》に備えるというのが、最善の行動とも思えた。

「東京へ戻る」という喉まで出かかった言葉を、二階堂は飲み下す。

いまこの国が直面しているのは、東軍の侵攻だけではない。クローバと名乗る集団による生物テロの危機にも瀕《ひん》しているのだ。

軍の指揮に関しては、東軍が本格的に侵攻してくるまでは、副大統領に権限委譲すればうまく対応してくれるだろう。自分がここを離れれば、テロリストとの交渉ができなくなる。

二階堂は覚悟を決めた。

「俺はここに残る。副大統領に一時的に軍の指揮権を委譲する。すぐ関係閣僚に連絡を取り、手続きを進めろ。年が明けるまで俺はこの部屋を動かん」

声の震えは消えていた。

「承知いたしました！」

郡司は覇気の籠もった声で返事をする。

「よろしいのですか？　大統領」

躊躇いがちに芳賀が訊ねてくる。自国の軍が侵攻する可能性があるだけに、その顔は青ざめていた。

「書記長こそよろしいのか？　情報からすると、クーデターが本格的にはじまった可能性が高いようだが」

「私にはもう、クーデターを止める力はありません。できることは、ここに残ってテロリストの要求を聞くことぐらいです」

芳賀は寂しげに首を振った。

急激に加速しはじめた事態に乗るかのように、曽根のスマートフォンが軽妙なジャズを奏でだす。

「マナーモードにするのを忘れていました」

曽根は首をすくめて電話を取ると、時折「ほう」「なるほど」「それはそれは」などと、緊張感のない相槌を打ちはじめる。数十秒後、曽根はスマートフォンを顔から離すと、二階堂を見て頭を掻いた。

「なんの報告だったんだ？」

勿体ぶった曽根の態度に、二階堂は苛立つ。

「大統領、テレビが消えました」

「知っている。東軍がテレビ局を占拠したんだ」

「いえ、違うんですよ。東でなく、西日本のテレビ放送が全て消えました。三分ほど前です」

「はぁ？」

意味が分からず、二階堂は呆けた声を漏らしてしまう。

「ですから、東と同じように、西日本でもテレビ放送が全土で遮断されています」

「原因は⁉」

全テレビ局を占拠できるような組織が、西日本国内に存在するとは思えなかった。

「現在詳しく調査中ですが、どうやらシステムトラブルらしいです」

「馬鹿なことを言うな。なんで同時刻に、全てのテレビ局でシステムトラブルが起きるんだ？　そんな偶然あるわけがない」

「ええ、そんなこと偶然には起こり得ません。ですから、何者かによって仕組まれたものと思われます」

「これも、東軍がやったっていうのか？」

芳賀の前だということを一瞬失念して、二階堂は大声を上げる。

「いえ、東軍が西日本にある全てのテレビ局のシステムに介入できるとは、とても思えません」

「なら誰だ？　クローバと名乗るテロリストたちか？」

「分かりませんが、全テレビ局のシステムを同時にダウンさせるなど、普通なら考えられないことです。我々が想像しているよりも、遥かに大きな力が裏で動いているようですな」

怪談を語るような口調で言いながら、曽根は部屋を見渡す。

部屋にいる誰もが、この数分のうちに起こった事態に混乱の表情を浮かべていた。手練《てだ》れの政治家たちが、ただ無為に時間を消費することしかできなかった。

壁時計がボーンと寒々しい音を鳴らし、二十三時三十分を知らせる。その音が合図であったかのように、テレビ会談用として壁に備え付けられたモニターの一つが点灯した。全員の目が一斉にモニターを向く。モニターでこの首脳会談に参加する予定の者などいないはずだった。

四葉電機の最新型液晶モニターに映し出されたのは、東京や仙台で控える政治家ではなく、セーラー服を身に纏った少女の姿だった。

艶やかな長い黒髪、桜色の濡れた唇、意志の強そうな大きな目、細身の少女の体から溢れ出る生命力が、世界最高レベルの美しさを誇る四葉の液晶画面を通じて伝わってくる。

「君は……」

二階堂はつぶやく。少女にはどこか見覚えがあった。

『初めてお目に掛かります、芳賀書記長。そしてお久しぶりです、二階堂大統領。以前にチャリティーパーティーでお会いしてますね。四葉グループ会長の佐々木沙希です』

少女の力強い声が部屋に響く。一拍間を置いたあと、少女は形のいい唇を再び開いた。

『そして、私がクローバ。今回のテロの首謀者です』

4

2017年12月31日　23時28分
群馬県　丸沼高原

縁側に腰掛けた森岡源二は、東の方角の空を見上げながら猪口《ちょこ》を傾けた。熱された日本酒の香りが口の中に広がり、鼻腔へと抜ける。胃に落ちたアルコールが体を内側から温めていった。

満足げに吐いた息が一瞬で白くなる。空気中に舞う不純物も凍って落ちたのか、大気はどこまでも清冽《せいれつ》だった。

そういえば、あの夜もこれくらい空気が澄んでいたな。

源二は中身の少なくなった徳利《とつくり》を振りながら思い起こす。二十年前、東から『壁』を越えてやってきた憎悪の塊が、娘を奪い去っていった日を。

源二は庭の向こう側に目をこらした。街灯の薄い光の中、雑木林の奥にうっすらとコンクリートの残骸が浮かび上がっている。

あの日、引火して爆発した火薬倉庫。その傍らで、娘は半身が消し炭となって死んでいた。自らの体を盾に、息子を炎から守って。

源二の脳裏にその光景がフラッシュバックする。反射的に嘔気《おうき》を感じ、源二は口に含んでいた酒を庭へと吐き捨てた。

久しぶりの感覚だった。娘が死んでから数年間は、このフラッシュバックがたびたび起こり、不眠と抑《よく》うつ症状に悩まされた。しかし、それもいつの間にか回数が減り、最近はほとんど起こらなくなっていた。胸を焼き尽くすほどに燃え上がっていた東への憎悪の炎も、いつの間にか体の中を探してもなかなか見つからないほど小さくなってしまった。

「お前を忘れたわけじゃないんだぞ、陽子」

源二は月が浮かぶ空を眺めると、娘に向かって語りかけた。

忘れたわけじゃない。けれど、誰かを恨んでも、どれほど悲哀にくれようと、娘は二度と帰ってこないと理解しただけだ。それに、娘が命と引き換えに守った孫を育てるという大仕事が、悲しみを薄れさせてくれた。

「俺は、うまく秀昭を育てられたかな……」

源二はアルコール臭い息を吐くと、軽くなった徳利に残る酒を猪口に注いで、一気に呷《あお》る。痛みにも似た刺激が食道を滑り落ちていった。

凍った空気を砕きながら伝わってきた爆音が、酒で温まった臓腑《ぞうふ》を震わせる。

なんだ？　どこかで発破《はっぱ》でもしてるのか？

繰り返し響く音を聞きながら、源二は徳利を逆さにして、底に残った酒の雫《しずく》を舌の上に落とした。

「まったく、大晦日だっていうのに粋じゃねえなあ」

源二は立ち上がって障子を開けると、家の中へと戻る。台所まで行って、とっておきの酒を徳利に注ぎ入れると、湯煎《ゆせん》にして温めはじめた。また爆音が響き、鍋の湯に波紋が広がった。

十五分ほど掛けてじっくりと燗《かん》をつけた源二が再び縁側に戻ると、家の周りは深夜とは思えないほど騒々しくなっていた。庭先を隣人が慌ただしく駆けていく。

「どうかしたのかい？」

足を縺れさせて転んだ知り合いの男に、源二は声を掛けた。

「ああ、森岡さん、大変だよ。『壁』が……」

男はそこまで言うと、大きくむせ込んだ。

「慌てすぎだよ。落ち着きなって」

源二はゆっくり縁側に腰掛ける。

「落ち着いてなんていられるか。『壁』がな、あの『壁』がな……」

男は喘ぐように言う。

『壁』が壊されたんだ。爆破されたんだよ。それも一カ所じゃない、あちこちの『壁』が粉々になってるんだよ。ほら、いまだって音が響いているだろ。他の所でも壊されているんだ」

荒い息をつく男の言うとおり、かすかな爆発音が風に乗って耳に届いた。

「『壁』がね。そりゃあ大変だ」

「なにのんきに構えてるんだよ。森岡さん、あんたも逃げた方がいいよ。東だよ。東の軍が攻め込んでくるんだ」

「俺はここに残るよ。本当に攻めてきたら、この老いぼれの足じゃあ逃げられない。もう八十年も生きて、思い残すこともないしな」

源二は猪口に酒を注ぐ。

「なに言ってるんだよ。俺は知らないからな。東の兵隊は容赦ねえぞ。あいつら、老人だって関係なく殺すぞ」

「そのときは、そのときだよ」

源二は猪口に口をつける。自分の仕事は二ヶ月前に全て終わった。あとの人生は、輝き終えた打ち上げ花火の滓《かす》が、地上に降るまでのタイムラグのようなものだ。

ただ一つだけ、わずかな心残りはあった。できることなら、自分の命の光が完全に消え去る前に、培《つちか》ってきた技術を孫に伝えたかった。そして、自分の遺作。その晴れ姿を網膜《もうまく》に焼きつけたかった。そう遠くない未来、あの世に旅立つ瞬間に思い出すことができるように。

「そのときって……」

男は絶句すると、身を翻す。

「俺は逃げるからな。悪いことは言わねえから、森岡さんも逃げなよ。じゃあな」

男の後ろ姿を見送りながら、源二は再び東の空を見上げた。

日本酒の芳醇な香りが鼻先をかすめていった。

5

2017年12月31日　23時39分
新潟県長岡市　日本国家友好会館

「なんの冗談だ！」

少女が映るモニターを睨みつけながら、二階堂は声を荒らげる。

たしかに少女の顔には見覚えがあった。二年前、西日本最大の財閥である四葉グループの会長が死去した際に、その後継者として、まだ成人もしていない少女が指名され、大きな騒ぎになった。

グループ企業代表の多くが反対をしたが、結局は前会長の遺言の有効性が認められた。最終的には、各企業の経営に口を出さないことを条件に、財閥の中核であり、他のグループ企業の株式を大量に持つ四葉商事の会長に、その少女が就任したはずだ。

二階堂はその少女と何度か言葉を交わしたことがあった。なにしろ相手は、日本で最も法人税を払っている企業グループのトップなのだ。

半年ほど前に参加したパーティーで見た少女の印象を思い出す。海千山千の財界人たちの中で、黒いパーティードレスを着た少女は、十八歳の誕生日を迎え成人したばかりだとは思えないほど堂々としていた。わずかに交わした会話も、知性と自信を十分に感じさせるものだった。

この少女なら、いまは形だけのお飾りでも、何十年か後には本当に四葉グループを仕切る実力をつけるかもしれない。そう感じていた。しかし、まさかこんな形で少女の可能性を見せつけられるとは……。

『冗談なんかじゃありません、大統領。私がテロの首謀者です』

「ふざけるな。子供がこのテロを起こしただと」

『私はただの子供じゃありません。西日本最大財閥のトップにして、世界各国に巨大なネットワークを持つ総合商社の会長でもあります。その気になれば、どんなことも可能ですよ。

……ブラックマーケットで天然痘ウイルスを手に入れることも』

少女は屈託ない笑みを浮かべる。

二階堂は奥歯を軋ませる。こんな年端もいかない少女に振り回されてきたかと思うと、脳の血管が切れそうだった。

『大統領、落ち着いてください。相手は子供でも、天然痘をばら撒けるんですから』

曽根が耳打ちしてくる。二階堂はぎこちなく頷くと、肺の空気を怒りと一緒に吐き出した。

芳賀がモニターに一歩近づく。

「あなたが四葉グループの新しい会長ですか。噂はかねがね。しかし、なぜ四葉がテロなどを起こすのですか?」

『こうでもしないと、東西首脳のお二人を新潟に集めることができなかったからです』

少女の口調はあくまで軽かった。

「ここに私たちを集めてどうするのですか? なにか大きな目的があるのでしょう?」

芳賀は顎を引くと、上目遣いに少女を見る。

『もちろんです。ただ、最後の要求をする前に少し時間をください。あと……三十秒ほど』

「三十秒? 三十秒後になにが起こるんだ!?」

二階堂は嚙みつくように言った。

『もうすぐ分かります。よろしければテレビをご覧になってください』

「テレビを？」

テレビ放送は現在放映されていないはずだ。二階堂は眉根を寄せる。

「私のスマートフォンで確認しましょうか」

曽根が懐から取り出したスマートフォンを机の上に置いた。しかし、小さな液晶画面は真っ黒なままで、映像は映し出されない。

「やはりなにも映らないですね。お嬢さんが見せたかったのはこれですか？　システムダウンでテレビ放送ができなくなっているのは知っていますよ」

『もうすぐです』

少女の言葉と同時に、壁時計が二十三時四十五分の鐘を鳴らす。それと同時に、液晶画面に映像が浮かんできた。

「これは……」

二階堂は呻く。画面に映し出されたのは、この首脳会談が行われている日本国家友好会館を、上空から撮影した映像だった。その西側を取り囲む数千、数万のデモ隊の姿が、映像がライブ放送であることを知らせていた。

『システムトラブルにより、一時的に放送が中断したことをお詫びいたします。この時間は予定を変更し、緊急ニュースをお伝えいたします』

男の声がスマートフォンから響く。画面にアナウンサーの姿が映ることはなく、上空からの映像が流され続けていた。

『ただいま、新潟県長岡市の日本国家友好会館、通称「関所」におきまして、二階堂大統領と芳賀書記長が首脳会談を開いているもようです。まだ会談の内容は公式には発表されておりませんが、新年を迎えるに当たり、両首脳から極めて重大な発表があるとの情報もあり、現場は緊迫したムードに包まれております』

曽根がスマートフォンに手を伸ばし、チャンネルを変えていく。しかしどのチャンネルでも流れる映像は同じだった。

「……電波ジャックだな。これはお前がやっているのか？」

二階堂はモニター越しに少女を睨んだ。

『はい、私たちが流しているものです。西だけでなく東にも同じ放送を流しています』

「そんな馬鹿な。どうやってそんなことを？」

芳賀の側近の一人がつぶやく。

「……日本スカイタワー」

二階堂と芳賀が、ほぼ同時にその単語を口にした。

『その通りです。西の地上デジタル化、東の放送出力拡大に伴う新しい電波塔として、東西が共同出資して作っているスカイタワーは、我が四葉グループが受注しています。ここには東西日本全国に電波を送るだけの能力があります。そのための施設ですから』

「もともとの放送は、なぜ放映できなくなった？」

二階堂は液晶画面を見たまま言う。

『西日本の全放送局には去年、四葉系列のソフト会社が作ったプログラムがダウンロードされています。それに少し細工をして、こちらの操作により、全ての機能をダウンさせることができるようにしました。それに東の放送局は、東軍がクーデターで占領して放送できなくなっている』

「なぜ、東軍のクーデターが今日起こることを知っていたんだ？」

『知っていたのではなく、私が久保元帥をそそのかしました。ちょっと入れ知恵してあげたんです』

「久保にまで接触を……」

あまりにも用意周到な計画に、二階堂は寒気をおぼえる。

『辺りでは東西の緊張状態を現すかのように、デモ隊と機動隊との小競り合いも起こっています。まもなく発表される両首脳の発言に、注目が集まっております』

スマートフォンからは熱を帯びた言葉が流れ出している。二階堂は横目でデモ隊の赤い光で囲まれた日本国家友好会館の映像を見たまま、重い口を開いた。

「こんな茶番を放映してどういうつもりだ？　さっさと要求を言え」

『大統領、このテレビ会議用のモニターにはカメラが埋《う》め込まれてることはご存じですね？』

「……ああ。それがどうした？」

『そちらの映像を、これから全国放送に乗せます。そこで、二階堂大統領、芳賀書記長に全国民に向かって、ある宣言をしていただきたいんです。それが私の要求です』

モニター越しに少女の視線に射貫かれ、二階堂は息苦しさをおぼえる。

「一体、我々になにを宣言させるつもりだ？　はっきりと要求を言え」

首元に手をやりながら二階堂が訊ねると、少女は『……分かりました』と目を閉じ、両手をセーラー服に包まれた胸の前に重ねた。

耳がおかしくなったのではないかと思うほどの沈黙で部屋が満たされる。

少女は瞼を上げると、桜色の唇をゆっくりと開いた。

『私は東西日本の統一を要求します』

6

2017年12月31日　23時46分
新潟県長岡市　塚野山《つかのやま》山中

やすりのような荒縄が皮膚を破っていく。腕から滲み出た血液がしたたり落ちて、床に染みを広げる。体を動かすたびに焼き印を押されているかのような激痛が腕に走った。

「やめろよ、森岡。そんなに血が出ているじゃないか」

見かねた山辺が弱々しく言う。しかし、秀昭は苦痛の呻きを漏らしながらも、身をよじり続けた。

「無理だって……。あいつらの身のこなし見ただろ。プロだよ。東の特殊部隊だ。もうだめなんだよ。……だめなんだ」

山辺は力なくうなだれる。秀昭からなにが起こっているかを聞かされてからというもの、山辺はずっとこうして諦《あきら》めの言葉を吐き続けていた。

「うるせえんだよ！」

秀昭は唾を飛ばしながら叫んだ。

「な、なにを……」

常に従順だった部下に怒鳴りつけられ、山辺の顔に驚きと混乱が浮かぶ。

「もとはといえば、あんたが金欲しさにのこのこ出ていったのが悪いんだろ。なにが理想だ、なにが革命だ。単に金が目的だったんだろ」

秀昭は煮え立つ怒りを罵詈雑言《ばりぞうごん》に変えて山辺にぶつける。

「違う、俺は金なんかのためじゃなく……」

「じゃあ、もらった三億のうち、いくら自分の家に隠してるんだよ。もし、爆発のあとあれが見つかってみろ。明らかに俺たちが犯人じゃねえか」

「か、金は今後の政治活動のために……」

「ふざけるな！　なにが政治活動だ。単なる金儲けじゃねえか。あんたにはなんの理念もないんだよ。あんたみたいな詐欺師《さぎし》に騙された俺が馬鹿だった」

「違う、違うんだ……」

譫言《うわごと》のように力のない言葉を垂れ流す山辺から、秀昭は視線を外す。もはやこの男にかまっている余裕などなかった。

ここで潔《いさぎよ》く諦めるなんて、そんなの……粋じゃねえ。

痛みをこらえながら、秀昭は体を動かし続ける。

いまは何時なのだろう？　少なくとも監禁されてから数時間は経過しているはずだ。拉致《らち》されたのが午後九時過ぎ。それを考えると、すでに深夜になっているだろう。胸が焦燥で焼かれる。あの男たちの目標が日本国家友好会館だとしたら、兵器を撃つ時間は予想がつく。おそらくは午前零時、デモが最高潮に達し、両首脳から声明が出る可能性の高い、年明けの瞬間だ。

年明けと同時に核兵器が炸裂すれば、最も強いインパクトを世界に刻みつけることができる。そして、爆心地に近いこの小屋は焼き尽くされ、あとには炭と化した遺体とミサイルを発射したトレーラー、そして自分たちと政府の関係を裏付ける証拠が入った金庫だけが残るだろう。もはや時間はほとんど残されていない。

そのとき、大量の血を吸って摩擦係数の下がった荒縄が、腕の皮膚ごとずるりと動いた。

「おおおおっ！」

秀昭は雄叫びを上げる。腕の皮膚が大きく剝がれたにもかかわらず、アドレナリンのせいかそれほど痛みを感じなかった。秀昭が激しく体をよじるたび、縄が下へとずれていき、そしてついには足首まで下がった。

秀昭は体に回されていた縄から抜け出る。しかし、まだ後ろ手に縛られた縄は深く食い込んでいて、その片端が何重にも支柱に巻きつけられていた。秀昭は周りを見回すが、縄を切れるようなものは見つからなかった。

「これを噛み切ってくれ」

秀昭は後ろを向き、手首を山辺の口元に持っていった。

「無理だよ、こんな太い縄」

山辺は駄々をこねる子供のように首を振る。秀昭の奥歯が軋んだ。

「無理無理って、最初から諦めてるんじゃねえ！　このままじゃ、この国はどうなるんだよ？　あんただって国のこと本気で考えていた時期があるんだろ？　最初から金が目的じゃなかったんだろ？　それとももう、最初の目的なんて綺麗さっぱり忘れちまったのかよ⁉」

「俺は……俺は」

山辺の声が震え出す。その声にはかすかながら、諦め以外の感情が滲んでいた。

「俺はいまでも、この国の未来を憂《うれ》いているんだ！」

「なら、諦めてないで手伝え」

「うるさい！　言われなくても分かってる！」

山辺は叫ぶと、秀昭の手首を縛る縄に噛みついた。

背中から響くぎりぎりという音を聞きながら、秀昭ははやる気持ちをもてあます。

縄を噛み切る音に混じって、ごきっという不快な音と、山辺の苦痛の呻きが聞こえる。歯が折れたらしい。しかしそれでも、山辺は泣き言を漏らすことなく縄を噛み続けた。手首にかかっている圧力が次第に弱まっていく。

「切れた！　切れたぞ！」

山辺が歓喜の声を上げるのと同時に、手首が自由になる。走り出した秀昭は無線機の置いてある机を飛び越え、出口の扉へと駆け寄る。

体当たりするように重い鉄製の扉を押すが、外から鍵が掛かっているのか、微動だにしなかった。

「森岡、窓だ！　窓を破れ！」

縛られたまま山辺が声を上げる。秀昭は手近にあったパイプ椅子を摑むと、窓に向かって力一杯投げつけた。窓ガラスが粉々に砕け散る。残ったガラスの破片が掌の皮膚を切り裂くことにも構わず、秀昭は窓枠に手をかけた。

割れた窓をくぐって外へと転がり出た秀昭の正面に、巨大な砲口を空に向けたトレーラーの姿が見えた。数十メートル離れた位置にあるそのトレーラーに向かって、秀昭は全速力で走っていく。

近づくにつれ、トレーラーが小さく振動していることに気づく。発射が近い。

砲身の根本の部分に操作盤と液晶画面を見つけ、秀昭はかぶりつくようにそれを覗き込む。

「うっ……」

喉の奥から呻き声が漏れる。操作盤の液晶画面に『0：03：13』の文字が点滅していた。

『0：03：12』『0：03：11』『0：03：10』

数字が減っていく。秀昭は出鱈目に操作盤のボタンを押すが、その度に警告音が鳴るだけだった。

「くそっ、止まれよ！　止まれって言ってるだろ！」

秀昭は血で濡れた拳を液晶画面に打ちつける。画面にひびが入るが、カウントダウンは止まらない。

秀昭は近くに転がっていた人の頭ほどの石を摑むと、トレーラーの荷台によじ登った。

「うわあああー！」

砲身の側に立った秀昭は、石を持った両手を頭上に振りかぶり、砲身に向けて力一杯振り下ろす。何度も、何度も、何度も。

ガラスで切れた皮膚から流れ出した血が、灰色の石を赤黒く染めていく。しかし、砲身を壊すどころか、ほとんど傷つけることすらできなかった。

無理だ、壊せない。秀昭は斜めに傾いた砲身を見上げると、しがみつくようにそれを登りはじめた。

砲身を壊せないなら、砲口から直接ミサイル本体をぶっ壊してやる。

十メートル以上はある滑らかな砲身を、秀昭は石を胸に抱きながら、じりじりと登っていく。掌から流れる血液のせいで、何度も滑り落ちそうになった。息を乱しながら砲口までよじ登った秀昭は、砲身にまたがりながら石を頭上に掲げる。次の瞬間、五感が焼けついた。

地面に叩きつけられ、肩から生木《なまき》を裂くような音が響いてようやく、秀昭は自分が吹き飛ばされたことに気がつく。腕をもぎ取られたような激痛が脳天を貫いた。仰向《あおむ》けに倒れ天を仰ぐ秀昭の目に、火を噴きながら空へと駆け上がっていくミサイルの姿が飛び込んでくる。

耳を塞ぎたくなるほど悲痛な叫び声が響く。秀昭はその声が自分の喉から迸っていることに気がつかなかった。

7

２０１７年12月31日　23時47分
新潟県長岡市　日本国家友好会館

「東西……統一だと」

二階堂はかすれ声でつぶやく。傍らに立つ芳賀も、口を半開きにして固まっていた。

『はい。東西を統一し、日本を一つの国にすること。それが私の要求です』

「そんなことを要求されても……すぐには不可能だ」

芳賀が抗議の声を上げる。

『なぜですか？』

心の底から不思議そうに少女は言う。

「なぜって。国の統一はそんな簡単にできるものじゃない。筋道を決め、お互い交渉を粘り強く進めていかないと……」

『ドイツはどうでしたか？　あの国は一夜のうちに一つになりました』

「それとこれとは話が違う……」

『いえ、違いません』

はっきりと少女は、佐々木沙希は言い切った。

『現在、東陸軍によって「壁」が次々と壊されています。まだ状況が分からなくて、国民は「壁」に近づこうとしていません。けれど、お二人が統一を宣言すれば、国民は壁の割れ目から国境を渡りはじめます』

二階堂と芳賀が顔を見合わせる。

そんな夢物語のようなことが可能なのか？　それが現実になったら、この国は一体どうなるのか？

あまりにも突拍子もない提案に、脳内でシミュレーションができず、二階堂は片手で額を押さえる。

『一度国境が国民によって突破されれば、もはや誰にも止めることはできません。政治家ではなく、国民の力によって統一がなされるんです』

首脳たちの頭の中を読んだかのように、少女は言った。

一九八九年、戦争により分断された都市ベルリンで、情報の伝達ミスから起きた奇跡。それを意図的にこの国で再現しようとしているのか。しかもこの少女の複雑怪奇な企みによって、そのお膳立てはほぼ済んでいる。

二階堂は必死に状況を整理していく。

たしかに、統一のためにあと必要なことは、自分と芳賀による統一宣言だけなのかもしれない。宣言を聞き、国境警備隊による妨害なしに国境を越えられることを知った国民は、主に東から西に、堰《せき》を切ったように移動しはじめるだろう。その流れは混沌とした渦となり、否応《いやおう》なしに時代を変える原動力となる。

芳賀と握手を交わし、一言国民に向かって宣言すればいい。そうすれば、東西日本の統一という悲願が今夜成し遂げられる。

二階堂は血が滲むほどに強く唇を噛む。そうしないと、濁流のような衝動に押し流されてしまいそうだった。

二階堂は横目で、戸惑いの表情を浮かべる芳賀を見る。最終的に芳賀がこの提案を呑むことは目に見えていた。そうしなければ東のクーデターは成功し、芳賀は失脚、場合によっては粛清されるだろう。東は芳賀によって演出された奇跡の十八年を失い、暗黒時代に逆戻りする。

しかし、二階堂には少女の提案が悪魔との契約のように感じられた。上っ面《うわつら》は甘く魅力的だが、その実には致死性の毒が含まれている。二階堂は拳を握りしめる。

「私は……貴様を信用しない。どんな目的があったとしても、多くの国民の命を危険に晒していることを正当化などできない」

何度も喉に引っかかりながら、二階堂は言葉を口から絞り出していく。

「大統領。おっしゃることは痛いほど分かります。私もこんな形を望んではいなかった。しかし、大きなチャンスかもしれません」

芳賀が慌てて、二階堂の説得を試みる。

「脅されて交わした握手。それが新しい国の幕開けとなるのか？　我々が作っていく新しい国は、国民を殺すという脅迫の上にでき上がるのか？　要求を呑んでも天然痘はそのままだ。我々は永遠に彼女たちの言いなりになり続けるのか？」

「それは……」

言葉に詰まる芳賀を尻目に、二階堂はモニターに映る少女を見つめる。

このあと、どう出る？　足が震えそうな緊張感が全身を走る。全国民の命が狙われている以上、主導権は相手にある。

説得してくるか？　それともウイルスをばら撒くと脅迫してくるだろうか？

少女は大きく息を吐くと、画面越しに二階堂をまっすぐに見る。その強い意志を宿した眼差しに圧倒され、二階堂は軽くのけぞった。

『大統領。書記長。私は一つ、まだお二人に秘密にしていたことがあります』

少女はもったいつけるように一度言葉を切ると、柔らかく微笑んだ。

『あのウイルスは天然痘ではありません』

一瞬の沈黙が部屋に降りる。数秒で我に返った二階堂は、モニターに詰め寄った。

「そんなはずはない！　それじゃあ、あれはなんだって言うんだ⁉」

『あれは牛痘《ぎゅうとう》ウイルス、かつて天然痘に対する予防接種に使用されていたウイルスを改造したものです』

「嘘を吐くな。我が国の研究所が、あれは改造された天然痘ウイルスだと……」

『牛痘と天然痘は、形状も遺伝子も極めて似たウイルスです。さらに、私たちはＤＮＡにいくつも細工を加え、どちらのウイルスを元にして作ったのか、全てのゲノム解析《かいせき》をしないと分からないようにしてあります。天然痘の疑いのあるウイルスを検査できる研究機関は限られています。西日本では二カ所、東日本にはそのような施設は存在しません。すぐに牛痘をベースにして作られたウイルスだとは断定できません』

「それじゃあ、あれが人間に感染したら……」

『牛痘は一応人間にも感染しますが、極めて軽微な症状で済みます。さらに、私たちが作ったウイルスは、感染能力をDNA操作で消し去っています。あのウイルスがばら撒かれたところで、人間だけでなく、どんな動物にも影響を与えることはありません』

少女が得意げに言うのを、二階堂は啞然として聞く。

「そんなこと……信じられるか」

二階堂が蚊の鳴くような声でつぶやいたとき、テーブルでテレビ放送を流していた曽根のスマートフォンが着信音を奏ではじめた。曽根が慌てて電話に出る。

喧噪《けんそう》の中、電話に向かって話す曽根の言葉は聞こえない。しかし、曽根のいつになく真剣な表情に、二階堂はなにか予感めいたものを感じた。通話を終えた曽根は、二階堂に向き直る。

「大統領。西日本感染症研究所からです」

曽根は二階堂以外にも聞こえるように、声を張って言った。

「……なんの連絡だ？」

二階堂は唾を飲み込む。

「そちらのお嬢さんの言うとおりです。発見されたウイルスは天然痘ではなく、人体に危険はないことが先ほど分かったとのことです。現在、甲府研究所の封鎖も解除に向けて動いております」

曽根の言葉を聞いて、二階堂はその場に崩れ落ちそうになる。このタイミングで連絡が入るなど、あまりにも都合がよすぎる。もはや人知の及ばない存在の意思が働いている気すらした。

部屋に満ちていたざわめきが、いつの間にか消えていた。二階堂は全身に視線を感じ、周りを見回す。

芳賀、曽根、郡司、補佐官たち、芳賀の側近たち、そして佐々木沙希。全員の視線が二階堂に注がれていた。

二階堂はモニターに映る少女を見つめる。彼女はこの土壇場《どたんば》になって自分の手札を晒した。ノーペア、ブタ。この少女は役なしでここまでの大勝負を賭けてきた。

未曽有のテロは単なるブラフだった。自分たちは少女の掌の上で右往左往していたに過ぎない。

「くふっ……。ははっ……。あはははははっー」

胸の奥深くから湧き上がった衝動は抑えようもなく、二階堂は呼吸困難になるほど激しく笑った。腹筋が、横隔膜《おうかくまく》が痙攣《けいれん》し、激しく痛む。それでも笑い声を抑えることは不可能だった。

「佐々木会長、この部屋をすぐに全国のテレビに映せ！」

一通り笑いの発作がおさまると、二階堂はモニターに向かって張りのある声を響かせた。

「大統領、なにをなさるおつもりですか!?」

硬い表情で成り行きを見守っていた郡司が、慌てて声を上げる。

「決まっているだろう。これから芳賀書記長と二人で、日本の統一を宣言する」

郡司の顔が引きつった。

「大統領、よくお考えになってください。そんな簡単にできるものではありません」

「いまさらなにを言っているんだ。お前だって統一を望んでいたはずだろ」

「たしかにそうですが、それは今日この場でということではありません。もっと熟慮した上で……」

「もう時間がないんだよ。このお嬢さんが背中を押しちまった。もう時代は転がり出したんだ。ここで統一できなければ、もう二度とこの国は一つにはなれない」

二階堂の言葉の意味が理解できないのか、郡司の眉根が寄った。

「よく考えろ。ここで統一を宣言しない限り、東のクーデターは成功し、軍事政権が復活する。統一どころか全面戦争の危機だぞ」

「しかし……」

郡司は口を開くが、反論の言葉は出てこなかった。

「二十年前に戻るか。それとも二十年時代を進めるか。俺たちにはその選択しか残されていないんだよ」

『その通りです。大統領』

少女が快活に言った。

二階堂は芳賀を見る。芳賀は無言で力強く頷いた。二人は並んで立つ。

『用意はよろしいですね、お二人とも。それでは、三十秒後にそちらにカメラを切り替えます』

テレビ局のディレクターのようなことを言いながら、少女は背後に映る男たちに合図を送る。

『ただいま情報が入って参りました。二階堂大統領と芳賀書記長から何らかの発表があるようです。発表の内容はまだ明らかにされていません。画面を会談が行われている「友好の間」に移したいと思います』

興奮したアナウンサーの声が、テレビ画面を流すスマートフォンから響く。

画面が新潟の上空からの映像から、この『友好の間』へと切り替わった。二階堂は横目でスマートフォンを見ながら、少女の映るモニターを向く。

画面の中で少女が再び背後に合図をする。それと同時に正面のモニター画面の右半分が、現在のテレビ放送の画面に切り替わる。

モニターの中で緊張した面持ちの自分と芳賀が並んでいる姿を見て、鏡を覗き込んでいるような気分になった。

まったく。なにからなにまでお膳立てされている。子供にここまでしてもらったのだ。最後ぐらいは大人がしっかりと締めなければ。

体温が上がっていく。大統領就任演説の際も、これほどの興奮を味わうことはなかった。当然だ。いままで、歴代の大統領が誰一人成し得なかった偉業に挑むのだから。

二階堂は胸を大きく反らした。

「この列島に住む全国民に告ぐ。私と芳賀書記長から今夜、重大な発表がある」

言葉を切った二階堂は胸一杯に空気を吸い込む。ずっと夢見てきた言葉を発するために。

「かつて悲劇的な戦争によって二つに切り裂かれたこの国は、二〇一八年元旦零時をもって再び、一つの国となることをここに宣言する」

二階堂は声を張って一息に宣言すると、顔の前で拳を握り、その手を開きながら、ゆっくりと芳賀の前に差し出した。

二階堂の手を見つめ、芳賀は無言のまま目を閉じる。十数秒後、ゆっくりと瞼を上げた芳賀は微笑むと、壊れやすい宝石を扱うかのように、柔らかく二階堂の手を摑んだ。

「我々は、もはや敵同士ではありません。いや、敵などもともといなかった。我々が勝手に作り出した幻だったのです。この国はいま、一つに、本当の形に戻りました」

芳賀は空いた左手を二階堂の背中に回した。二階堂もそれに応える。その瞬間、大地が震えた気がした。

『ただいま、二階堂大統領、芳賀書記長、両首脳が東西日本の統一を宣言いたしました！』

アナウンサーが絶叫する。

もともと分かっていたくせに、よくぞここまで感情を込められるものだ。二階堂は半ばあきれながら、モニター画面を見続ける。

『両首脳　東西統一を発表!!』と巨大なテロップが入り、つい数十秒前の二階堂と芳賀の握手のシーンが繰り返し流された。

『それでは再び、両首脳の宣言をお聞きください。歴史的な瞬間の映像です』

生中継は終わり、録画画像に切り替わった。二階堂と芳賀は同時に大きく息を吐く。

日本統一という悲願を成就《じょうじゅ》したという実感はまだ湧いてこない。しかし、これまでに感じたことのない達成感をおぼえていた。

「これで、俺たちはお役ご免かな？」

二階堂は肩をすくめながら、液晶画面の中の少女に話しかける。

『……いえ、まだです。少し休んでいてください。これからが本番ですから』

少女は笑顔を見せた。小悪魔的な笑顔を。

「これからとは、どういうことだ？」

『空を見ていてください。そこに祝砲《しゅくほう》が輝きますから』

「祝砲？　それはどういう……」

「大統領！」

二階堂の質問を悲鳴のような声が遮った。振り返った二階堂は目を疑う。言葉を発したのは郡司だった。

冷静沈着、質実剛健という概念をこね合わせてできているような男が、これほどまでに動揺しているところを、二階堂は未だかつて見たことがなかった。郡司の手にはいつの間にかスマートフォンが握られていた。マナーモードで着信したらしい。

「大統領。こちらに向けて、ミサイルらしき飛行体の発射が確認されました」

穏やかだった部屋の空気が一変した。二階堂は耳を疑う。

「東軍の攻撃か!? 撃墜は!?」

「だめです。ペトリオットは東からの攻撃に備えていました。今回のミサイルは……西からです!」

郡司が上ずった声で報告する。

「なっ!?」

予想外の答えに絶句しながら、瞬時に二階堂は二週間ほど前に上がってきた報告を思い出した。ロシアの核兵器を日本人が手に入れた可能性がある。

核兵器が東日本に運び込まれた形跡はなかった。しかし、もし運び込まれたのが西日本だったら……。

体中の血液が凍りつく。

「お前か！　お前がやったのか！」

二階堂は少女の映るモニターに詰め寄る。

『新しい日本の幕開けを知らせる祝砲です。どうぞ楽しんでください。苦労して手に入れた自慢の一品です』

少女は端正な顔に極上の笑顔を浮かべた。

「まもなく、上空に到達します」

スマートフォンを耳に当てたまま、郡司は静かに言った。

二階堂はガラス張りの天井に視線を向ける。星の瞬く天空を、巨大なミサイルが赤い炎を噴いて進んでいるのが、はっきりと視認できた。

ミサイルが建物の真上に到達する。

空が紅く燃え上がった。

8

2018年元日　0時00分
群馬県　尾瀬国立公園　日本スカイタワー

「あれは……」

日本スカイタワーの最上部に近い展望台の窓から、彰人は呆然と紅く輝く新潟の空を眺める。部屋の中に午前零時、年明けを知らせる時計の鐘が響いた。

「ハッピーニューイヤー。明けましておめでとう」

ついさっきまでモニター越しに二階堂大統領と会話をしていた沙希が、並んで外を眺めながら、彰人の肩をぽんと叩いた。

「あれは……なんなんだよ？」

彰人は新潟の方向を指さす。

新潟の空でミサイルの弾頭が炸裂した。空はまばゆい光りで満たされている。しかしその光景は、彰人の想像とは全く異なるものだった。

「なにって、見たら分かるでしょ」

得意げに沙希は言う。

「花火よ。花火」

「花火……」

沙希の言うとおり、新潟の空を彩ったのは、死の兵器のキノコ雲ではなく、美しく荘厳《そうごん》な、巨大な火の芸術だった。

「あんな大きな……」

天を焼き尽くすかのように広がったその花火は、遠く離れているにもかかわらず、のけぞりそうなほどの迫力があった。

「そう。有名な花火職人に無理を言って頼んだ特別製。ギネス間違いなしの大玉よ」

沙希は誇らしげに胸を張ると、「まあ、重すぎてミサイルじゃないと打ち上げられないんだけどね」と付け加えた。

「核は？　核兵器はどこに行ったんだよ？」

「核？　なんの話？　そんな怖い物知らない」

沙希はわざとらしく首を傾げる。

「なんの話って。あの五十億渡した男が……。それにＥＡＳＡＴだってあれが核だって
……」

「ミサイルは本物の旧ソ連製よ。弾頭だけ花火に換えていたの。念のために少し放射性物質を仕込んでおいたから、ガイガーカウンターにも反応して、ちゃんと騙せた。ＥＡＳＡＴだってまさか、核弾頭をばらして調べようとはしないでしょ。それにね……」

沙希は悪戯が成功した子供のような表情を浮かべた。

「ミサイル売ったの、実はうちの社員」

「はあ？」

「だからあれ、全部お芝居なの」

「そんな……。じゃあなんで現金輸送車を襲ったりしたんだ？」

「それくらいやらないと、信用してもらえないでしょ。ちなみにあの警備会社も、うちの子会社だったりするけど」

「もしかして……」

「そう。あの警備員たちも共犯。もともと強奪されるの知っていたの」

「そんな……」

もはや言葉が見つからなかった。なにが本当でなにが嘘だったのか。頭が混乱してくる。ただ、唯一分かることは、目の前の少女が、あまりにも鮮やかな手口で東西日本の首脳たちを操り、日本統一というとてつもないことをやり遂げたということだった。

『なんなんだ、あれは？　ふざけるのもいい加減にしろ！』

顔を紅潮させた二階堂が、モニターに大映しにされる。

「すみません、大統領。このデモンストレーションも、東軍の動きをコントロールするために必要だったんです。それにこの花火で、国民は本格的に動き出します」

沙希の言葉を裏付けるように、電波ジャックされ続けているテレビが、国境を越えはじめた人々を映し出していた。

『皆さん。ご覧ください。巨大な花火が新潟の空を彩りました。新年とともに、新しい日本を祝う祝砲です。花火が打ち上がってから、人々が次々国境を越えはじめています』

国境警備隊と有刺鉄線によって切り裂かれていたはずの国境を、西のデモ隊と、東から集まってきた住民たちが、混ざり合うように行き来している。

『…あとで、しっかり説明してもらうからな』

苦虫を嚙みつぶしたような表情で、二階堂は吐き捨てる。

「それより、大統領。すぐに軍に命令を出してください。東陸軍が動く可能性があります」

沙希はこれまでの明るい口調とはうって変わって、硬い声で言う。

『東陸軍が動くとは、どういうことだ?』

二階堂の横から顔を出した郡司国防長官が、詰問《きつもん》するように訊ねた。

「久保元帥はこの花火を核兵器だと思っていました。だからこそ、これまで行動を控えていた。けれどこれで、私に騙されていて、クーデターは失敗したということに気付いたはずです」

沙希は厳しい表情のまま唇を舐めた。

「あの男は、最後の賭けで、全兵力で東京を落としにくるかもしれません」

モニターに映る二階堂と郡司の表情がこわばる。

『……なるほどな。それで東軍の動きがおかしかったのか』

数秒の沈黙の後、二階堂が苦々しくつぶやいた。

「はい、そういうわけです」

『核弾頭はどうした？』

「そんな物騒なもの、もともと買っていません。私が買ったのは花火を打ち上げるためのミサイルだけです」

『もしこの日本に核を持ち込んでいたとしたら、相応の罰を受けてもらうぞ』

「それについては後日ご説明します。それより、いま迫っている危機に神経を向けてください。久保さえ押さえれば、晴れて宿願は成就されます」

『……わかった。久保に警告を発し、東京に向けて動くようなら対処しよう』

「ありがとうございます、大統領」

沙希が二階堂に礼を言った直後、部屋の外から小さな爆発音が連続して響いた。彰人は驚いて、廊下へと繋がる扉を見た。

「……思ったより早く見つかっちゃったみたいね」沙希が唇を歪める。

「見つかったって、誰に？」

予想はついていた。しかし訊ねずにはいられなかった。沙希は険しい表情で二階堂の映るモニターに向き直る。

「大統領。今晩のこと、心より感謝するとともに、皆さまを混乱させてしまったことについて、深く謝罪いたします」

『なんの音だ？　そちらでなにが起こっている？』

「襲撃を受けています。おそらくはEASATでしょう。大統領、こちらのことよりも、久保元帥の件、くれぐれもよろしくお願いいたします」

沙希は深々と頭を下げる。

『……承知した』

無駄な質問をすることはなく、二階堂は頷いた。

「ありがとうございます。失礼いたします、大統領」

沙希は頭を上げると、『友好の間』との回線を遮断する。同時に部屋の扉が開き、数人の男が部屋の中になだれ込んできた。部屋の外で警備をしていた沙希の部下たちだった。

「EASATです。会長、逃げてください」

扉の陰から廊下に向かって拳銃を撃ちながら、部下たちが叫んだ。マシンガンの発砲音が響き、廊下に身を乗り出していた部下の一人が、苦痛の声とともに腕を押さえて倒れる。

「沙希様、こちらです」

佐藤が慌てて、非常階段へと続く扉を指さした。

「佐藤さんありがとう。……でも私、ここに残るよ」

沙希は首を左右に振る。

「なに言ってるんだよ⁉」彰人は耳を疑う。

「いいの、最初から決めてたから」

沙希は必死に撃ち合っている部下たちに近づいた。

「撃つのを止めて。彼らに投降の意思を伝えて」

「馬鹿なこと言うな。投降したってあいつらは君を殺そうとするぞ」

彰人は沙希の肩を乱暴に摑む。

「分かってる」

振り返った沙希は、静かに頷いた。

「なんだよ。まだなにか秘策があるのか？　この場をうまく切り抜けるような」

かすかな期待を込めて訊ねると、沙希はおどけるように小さく舌を出した。

「ご期待は嬉しいんだけど、残念ながらもう手品はタネ切れ。一応仕込みはしたんだけど、失敗しているの。だから、マジックショーはここら辺で幕引き。手品師はそでに下がらないと」

沙希の目に、彰人は殉教者《じゅんきょうしゃ》の覚悟を見て取る。

「非常階段から逃げるんだよ。そうすれば逃げ切れるかも」

「非常階段を封鎖していないなんて間の抜けたこと、EASATがするわけないでしょ。残念だけどもうチェックメイト。被害を最小限に抑えるにはこれしかないの」

「そんな……」彰人は言葉を失う。

「銃を捨てて。これは命令よ」

沙希の凜とした声が部屋に響いた。部下たちは発砲を止めると、肩を落として俯きながら、拳銃を廊下に向かって投げ捨てる。

廊下の奥から靴音が近づいてくる。彰人は庇うように、沙希の前に立った。沙希が「ありがとう」と微笑む。

迷彩服に身を包み小型マシンガンを構えた男たちが、悠然と部屋へと入ってくる。見覚えのある顔だった。EASATの兵士。最後に、一際存在感を放つ男が姿を現した。

焦げ茶色の軍服に身を包んだ、右頬に傷のある男を見て、沙希は唇の端を上げた。

「お久しぶり、用賀少佐。スーツより、そっちの方が似合ってますよ」

9

2018年元旦　0時00分
群馬県　丸沼高原

遠くの空が艶やかな紅色に染まる。

「どこかで見てるか、陽子」

森岡源二は空に咲いた炎の大輪を眺めながら、亡き娘に語りかけた。

花火師として、何十年も掛けて培ってきた技術を詰め込んだ二十尺《しゃく》玉の割物。自分の最後の作品。遺作。

はじめに依頼されたときは、その常識外れの注文を源二はきっぱりと断っていた。

花火は通常、三尺玉まで。大きくとも四尺玉が限界だ。それ以上になると玉自体が重くなりすぎ、十分な打ち上げができない。二十尺玉など、空に咲くわけがない死に玉だ。花火師としての矜持《きょうじ》が、それを作ることを拒絶した。

そんな源二を口説き落としたのが、孫よりも若い少女だった。

「絶対に咲かせてみせる」「大晦日、その花火で日本が変わる」

源二の目を真っ正面から見ながら、そう言い切る少女に興味を持った。多くは語らぬ少女がなにをしようとしているのか、知りたいと思った。

そして今日、少女は約束どおり、新潟の空に見事に自分の最高傑作を咲かせてくれた。

秀昭はこの花火を見たのだろうか？

源二は今日もどこかでデモ活動に勤《いそ》しんでいるであろう孫の顔を思い浮かべた。自分は二度と花火を作ることはない。全身全霊を込めた遺作、それ以上の花火はもはや作れない。人生の最高傑作を作ってしまった以上、今後仕事を続ける意味を見いだせなかった。

自分が生涯をかけて培ってきた技術を後生《こうせい》に伝える。いまはそれが、自分の存在理由だった。

できることなら、秀昭に自分の跡を継いで欲しかった。源二は酒を舐めるように味わう。

慌ただしい足音が近くから聞こえてきた。顔を向けると、庭先を中年の男が走っていた。ついさっき、源二に「逃げろ」と警告していった隣人だった。

「どうしたんだい？　戻ってきて。逃げたんだろ？」

「森岡さん、あんたテレビ見てないの？」

「はあ、ここで花火を見ていたもんでな」

「花火？　ああ、あの花火か。すごかったよな。こんな遠くからなのにすごく綺麗だった。

あんなの初めて見たよ」

「ありがとう」

源二は微笑む。

「ありがとうって、なにが？　いや、そんなことより大変なんだよ」

「本当に東が攻めてきたのかい？」

「違う違う、そんなことじゃない。東西が統一するんだ。日本が一つになったんだよ」

男は万歳するように両手を上げる。

「統一？」

予想外の男の言葉に、源二は目を丸くする。

「そうだよ。さっきからずっとテレビはそのことばっかりだ。二階堂と芳賀が握手したんだ。壁が爆破されたのも、統一で必要なくなったからなんだよ」

「……そうか。統一されたか。……それはよかった」

胸の底が熱くなっていく。

戦争の終了とともに、この国を二つに分けた『壁』。あの『壁』がかつて一つだった国の間に憎悪の種をまき、その種は発芽し、成長して、もはや切り倒せないほどの大樹となっていた。その樹になった憎悪の実が迫撃砲に形を変えて降ってきた。

陽子の人生を歪めた『壁』。それが今日、消え去った。

湧き上がり続ける熱い想いが、涙となって溢れ、源二の頬を濡らす。それが悲しみによるものか、それとも歓喜によるものか、源二自身にも分からなかった。

「あの花火も、きっと統一の祝砲だったんだよ」

男は両手を広げる。

「そうかもしれないね」

源二は俯いて涙を拭った。

「それじゃあな、森岡さん。みんな壊された『壁』の周りに集まっているんだ。俺も行ってくるよ」

「ああ、気をつけて」

源二は男の背中を見送ると、徳利から猪口の中に酒を注いだ。

祝砲。なるほど、「日本を変える」か。

「やりやがったな。お嬢ちゃん」

源二は微笑むと、猪口の中で湯気を立てる日本酒を一気に呷った。

10

2018年元旦　0時00分
新潟県長岡市　塚野山山中

目が眩むような閃光が網膜に映し出される。その光は柔らかく、そしてどこまでも美しかった。

巨大な砲台から打ち出されたミサイルは、長岡の上空高く舞い上がり、そこで破裂した。

しかし、空を見上げる秀昭が見たものは、広島、長崎、新潟を焼き払った地獄の炎ではなく、夜空をキャンバスにした光の芸術だった。

「じいちゃん？」

巨大な花火の大輪を見た瞬間、秀昭はそれが誰の作品であるかに気がついた。

なにが起こったのか分からない。テロリストたちは間違いなく、打ち出されたミサイルは核弾頭を搭載していると思っていたはずだ。しかし実際は、物々しい兵器の先に搭載されていたのは、美しい花火だった。

誰か知らないが、あのテロリストたちをはめた奴がいる。笑いの衝動が腹から喉へと突き抜けていった。

秀昭はきらきらと花火の残滓《ざんし》が舞う夜空に向かって、肩の痛みも忘れ笑い声を上げた。呼吸が苦しくなるほどの笑いの発作に襲われながら、秀昭は異常に気がつく。デモ隊のシュプレヒコールがいつの間にか消えている。代わって耳に届いてくるざわめきは、明らかに歓喜の色を含んでいた。

秀昭はトレーラーに近づくと、痛む片手を垂らしたまま、必死に運転席の屋根へとよじ登った。そこからなら、木々に遮られてよく見えなかった『関所』の様子を眺めることができた。

「……なんだよ？　あれ」

眼下に広がる光景に、秀昭は息を呑んだ。

自分たちが監禁される前までは、デモ隊が持つ懐中電灯の明かりが、『関所』の半分、西側に集まっていた。しかしいま、その光は『関所』をぐるりと取り囲んでいる。まるで有刺鉄線と強固なバリケード、そして屈強な国境警備隊が存在しないかのように。

よく目をこらすと、東側からもぱらぱらと光が近づいてきて、『関所』を取り巻く光の渦に巻き込まれていっている。しかしそれは、国境を破ったデモ隊を蹴散らそうという暴力的なものではなく、自らもその渦の一部になろうとしているように見えた。

監禁されている間になにが起こったんだ？　秀昭はポケットからスマートフォンを取り出した。山奥だけあって電波が入らず、液晶に『圏外』と表示される。それはそうだ。もし電波が入るなら、東の兵士たちが奪っていかないわけがない。

秀昭は念のためテレビ機能を立ち上げる。予想に反して、鮮明に画像が映し出された。まるでテレビの電波だけ普段の数倍の出力があるかのように。

『……が統一されました。二〇一八年元旦午前零時。二階堂大統領、芳賀書記長が東西日本の統一が合意に至ったことを発表しました。繰り返します。東西日本が統一されました……』

秀昭の手からスマートフォンが滑り落ち、スチール製の屋根に当たって乾いた音をたてた。

「統一……？」

足先が震えだし、その震えは次第に体を這い上がってきた。

ずっと、母親を奪った東を敵視して生きてきた。東を恨むことが自らのアイデンティティーとなっていた。しかし、敵は消えてしまった。

半身が消えてしまったかのような喪失感が襲い掛かってくる。

『統一の発表と同時に……新潟の空に巨大な花火が……次々に国境を越え』

落ちた衝撃で壊れたのか、スマートフォンからの音声は切れ切れになっていた。しかし、秀昭にはそれで十分だった。

監禁されている間になにが起こったのか、未だに見当もつかない。ただあの巨大な花火が、日本統一の祝砲となったことだけは間違いなかった。

新しい時代を知らせる祝砲。

「花火にはな、魔法の力があるんだよ」

不意に、祖父の言葉が脳裏に蘇る。その言葉は胸部が抉《えぐ》り取られたような喪失感を温かく埋めていった。

俺もあんな花火が作りたい。そう思った瞬間に、頭の中で枷《かせ》が外れるような音が響いた。体が急に軽くなる。

秀昭は顔を上げると、空気を肺いっぱい吸い込んだ。冷え切った山の大気は驚くほど爽やかに、全身の細胞へ染み渡っていった。

秀昭は初めて自分が、がんじがらめに縛られていたことを自覚した。東への憎悪といういびつな鎖に。しかし、その鎖はもはや融け去ってしまった。

俺はなにをしてきたのだろう？　母が死んだ日、なにもできなかった自分への怒りを覆い隠すため、意味もない行動に多くの時間を費やしてしまった。母が自分に与えてくれた時間を。

じいちゃんに謝ろう。そして……花火作りを教えてもらおう。

秀昭は再び空を見上げる。星が瞬く夜空に咲いた大輪の花。あの花火がこの国の人々の心を動かしたのだ。

秀昭は花火の余韻が残る夜空に向けてつぶやいた。

「これが粋ってことなんだな、じいちゃん」

11

2018年元旦　0時01分
宮城県仙台市　東日本テレビ本社

「ふざけるなぁ！」

獣の咆吼《ほうこう》のような怒声が響き渡った。小林の隣に座る女性ADの体がびくりと震える。

テレビ画面で新潟の上空に咲いた花火を見た直後から、久保元帥はヒステリーを起こした子供のように叫び続けていた。

『本日午前零時、東西両国首脳による共同声明が発表され、戦後七十年以上の間、分断されていた日本が一つになりました。現在国境では次々と……』

部屋に置かれた全てのモニターは、おそらくは西日本から流れているであろう放送を映し出していた。この国で出回っているテレビは、東日本の放送局が流すもの以外は受信できない仕組みになっているはずだというのに、数十分前から流されたこの放送局不明の特別番組は、なぜか東の全てのチャンネルで見ることができた。

「なんだあの花火は⁉　あんなものじゃない。違うだろ。新潟で爆発するのはあんなもんじゃないはずだ！」

モニターを殴りつける久保がなにを期待していたのか、小林には予想がついていた。強力な兵器。おそらくは国際法で禁じられているほど非人道的なもの。久保はそれを西から新潟に撃ち込ませようとしていた。そうすれば西に責任をなすりつけたうえ、大統領を失って混乱している西に侵攻ができる。

言え、言っちまえ。なにを使うつもりだったんだ、お前は？

小林は胸ポケットの中で作動しているICレコーダーに意識を向ける。

「核はどこに行ったんだ？　弾頭に付いていたのは核だったはずだろうが！」

言った！　胸の中で快哉《かいさい》を叫ぶと同時に、小林は身震いした。この狂人は新潟を再び核で焼き払おうとしていたのか。

「あの小娘ぇ。俺をはめやがったな」

久保の奥歯が軋む音が、十メートル以上離れた位置にいる小林の耳にも届いた。

小娘？　誰のことだ？

小林が眉根を寄せると。久保は懐から携帯電話を出す。

「用賀！　もうスカイタワーには着いているか？　……すぐに襲撃できるな？　ああ、あの小娘を殺せ。……そうだ。そこで間違いない。『友好の間』にいた芳賀の側近からのたれ込みだ。……ああ、すぐに殺すな。地獄を見せてじわじわ嬲《なぶ》り殺すんだ！」

久保は通話を終えると、側にあった机を蹴った。

芳賀の側近まで落ちていたのか……。小林は改めて、この国がいかに危険な状態であったかを知る。

久保がクーデターを起こせば、いつでも軍事政権を復活させることができていたはずだ。しかし、何者かが久保を、東だけでなく統一した日本を支配するという甘言《かんげん》でたぶらかし、ついにはクーデターの失敗に追い込んだ。

そう、もはやクーデターは失敗したのだ。東西の統一がなされたいま、久保が投降しなければ、西は容赦なく東陸軍を叩きつぶしに来るだろう。そして、近代兵器で武装した西軍の圧倒的な軍事力に、東軍が対抗などできるわけもない。

この状況を計算の上で作り出した者がいるとしたら、その人物は策士や手品師などという域を遥かに凌駕している。もはや魔法使いだ。

久保の言う『小娘』が、この国に魔法をかけたとでもいうのだろうか？

後ろ手に縛られたまま、小林は思考を巡らす。いつの日か、この歴史的な一日の裏で行われていたことを、世間に伝え広めるために。

「空軍の佐久間《さくま》元帥と海軍の植村《うえむら》元帥に連絡しろ！　対応を協議する」

爪を噛みながら、久保は無線を操作する兵士に命令する。兵士は背筋を伸ばし「アイ・サー！」と返事をすると、無線機のマイクに向かった。

兵士がせわしなく無線機を操作するが、その顔から次第に血の気が失せていく。

「遅い！　なにをしている？」

久保が兵士を睨みつけた。

「申し訳ありません……。両元帥に連絡つきません」

兵士は顔を伏せながら報告する。

「ふざけるな。常に回線は繋いでいたはずだろうが」

「……先ほどの花火が上がってすぐに、回線はあちらから遮断されたようです」

一瞬、絶句したあと、久保は叫び声を上げた。

「あの卑怯者《ひきょうもの》ども！　裏切ったな！」

槌《つち》のような拳で、久保は周りにあった机や書類棚を殴りはじめる。机がひしゃげ、書類棚がなぎ倒される。大量の書類が宙に舞った。

数十秒暴れた後、久保は電池が切れたかのように、うなだれて動かなくなった。

クーデターは失敗した。芳賀は西日本軍に久保の拘束を依頼するだろう。空・海軍に見放された久保には、もはや抵抗する力は残っていない。さらに日本列島に住む国民の多くも、悲願の日本統一を支持し、クーデターなど認めないはずだ。

四面楚歌《しめんそか》。久保はまさにその言葉を体現していた。十数分前まで興奮に紅潮していたその顔は蒼白になり、顔中に深い皺が刻まれている。わずかな間に十歳以上も老けたように見えた。

この後、久保はどのような行動に出るのだろうか？　これまで、小林はジャーナリストとして、野望に破れた男たちを何人も見てきた。あるものは潔く諦め、あるものは次のチャンスに向けて前を向き、そしてあるものは絶望のうちに自らの命を絶った。

東日本では、クーデターの首謀者は国家反逆罪で死刑と規定されている。もはや久保に未来は残されていない。

この場で腹でも切るか？　自害する。それはクーデターに失敗した男のとるべき一つの道だ。しかし、久保がその選択をするとは思えなかった。

青森の農家の末っ子から、陸軍の元帥まで上りつめた男。その不屈の男が簡単に諦めるはずがない。

不意に不吉な言葉が小林の頭を掠める。

特攻。

太平洋戦争の終期、連合軍を震え上がらせた狂気の攻撃。うなだれていた久保は勢いよく顔を上げると、西の方角を血走った目で睨みつけた。

「指令を伝える！　全師団を東京に侵攻させろ！　東京を占領して二階堂と交渉する」

叫んだ久保の目は血走り、遠目からでも瞳孔《どうこう》が開いていることが見てとれた。

「……東京を火の海に変えてやる」

地獄の底から響いてくるような声が部屋に響きわたった。

12

2018年元旦　0時16分
新潟県長岡市　日本国家友好会館

『東日本連邦皇国全国民に告ぐ。私は東日本連邦皇国陸軍元帥、久保正隆だ。現在、東西統一などという虚言《きょげん》が放送されているが、全て西が我が国を混乱に陥れるための虚偽の情報である。数ヶ月前より政治的に失脚していた芳賀書記長は、卑怯にも本日、自らの保身の為、この東日本連邦皇国を西に併合させるとした売国行為を試みた。しかし我々は決して西に隷属などしない。現時刻をもって芳賀書記長の軍指揮権を剝奪《はくだつ》し、緊急時特例として私が軍の指揮を代行することとなった。また、西軍が我が国に侵攻を試み、国境の「壁」を破壊している。これは我が国に対する明らかな侵略行為であり、これに対抗するため、我々は西日本共和国に対し宣戦布告をする。この行為の責任は、全て我が国の主権を侵した西にある。繰り返す。この行動の責任は全て西にある！』

画面に映し出された久保が顔を紅潮させ、拳を振り上げながら熱弁をふるう。

「想像通りの行動に出ましたね」

SPが『友好の間』に運び込んできた小型モニターを見ながら、曽根がつぶやく。その隣では郡司がモニター上の久保を睨みながら、電話越しに軍司令部と連絡を取っていた。

数分前に突然、東日本テレビの放送が復活し、久保の演説が流れ出した。逆に、ついさっきまで日本の全テレビ放送を乗っ取っていたスカイタワーからの電波は途切れ、それにより西日本の放送は通常の放送局からのものに戻っていた。しかし、全ての放送局がこぞって電波ジャック時に流された映像を使い、『東西日本統一』のニュースを流しはじめたため、放送の内容は数分前とほとんど変わらない状態だった。

「電波ジャックが途切れたということはもう……」

久保の映像を眺めながら、曽根は湿った口調で言う。二階堂は小さく頷いた。

スカイタワーが襲われ、電波ジャックが終了した。この国の統一に最も貢献した少女は、すでにこの世にいないだろう。

「大統領、軍の指揮権を副大統領から大統領へと戻しました。また統合軍司令部とモニターを連結し、状況をリアルタイムで把握できるようにいたします。この階の別の部屋に臨時司令室を作ります」

電話で各所と連絡を取り合っていた郡司が顔を上げ、二階堂に声をかける。

「分かった、急げ。あと、芳賀書記長にも司令部に加わっていただく」

「それは……」

郡司は目を剝く。

「もう俺たちは統一を宣言したんだ。この部屋にいるのは同じ日本人で、しかも東の軍事情報をよく知る人物だ。作戦立案のアドバイスをもらえる。そうですな、書記長」

「もちろんです」

芳賀は力強く頷いた。

「ただし」

二階堂は芳賀の側近たちを睨みつける。

「申し訳ないが、そちらの方々にはご遠慮いただこう。理由は……分かっているな」

「……はい」

頷くと、芳賀は部下たちに目配せをする。彼らは一瞬躊躇するようなそぶりを見せるが、芳賀に「いいから」と声をかけられ、力なくうなだれた。

数分前、スカイタワーはEASATの攻撃を受けた。このタイミングは、もともとあの少女の位置を摑んでいたにしては行動が遅すぎるし、放送を見てからスカイタワーへと動いたにしては早すぎる。おそらくは、少女がこの『友好の間』と連絡を取ったとき、その情報が東軍に流れたのだ。芳賀の側近の中に、久保と通じている者がいる可能性が極めて高い。

馬鹿な奴だ、久保はお前らごとここを焼き払おうとしていたというのに。羞恥心《しゅうちしん》からか体を小さくする芳賀の側近たちから視線を外し、二階堂は部屋を出る。

「こちらです」

外にいた兵士が、同じフロアにある部屋へと先導していった。

扉をくぐると、照明の落とされた薄暗い部屋に無数のモニターが光っていた。正面の巨大なスクリーン上に、日本列島の地図が映し出されている。スクリーン脇に置かれたモニターには、緊張した表情の西日本統合軍司令官の顔が映し出されていた。

『お待ちしておりました、大統領。正面に見えますスクリーンが、現在の我が軍と東軍の位置を示しています』

司令官の言葉に頷きながら、二階堂はスクリーン上に視線を這わせる。

「端的に情報を伝えろ」

『はっ。成田《なりた》基地にまだ動きはありませんが。筑波、益子《ましこ》、日光基地等に駐留していた東日本陸軍の部隊が「壁」に向けて移動しています。東京侵攻の準備だと思われます』

「久保元帥への警告は出したのか？」

『三分ほど前に、公式に警告を出しております。最終防衛ラインを「壁」より五キロの位置に定めまして、それ以上地上軍を進めた場合、攻撃を開始すると通告いたしました』

「久保の反応は？」

『沈黙を保っております』

「おそらく、ある程度態勢が整ったところで、一気に攻めてきます」

郡司がモニターを見つめたまま言う。

「東軍はどのように攻めてくる？　対応はどうなっている？」

二階堂はモニター越しに統合軍司令官に訊ねる。

『東の空・海軍が久保に協力しないことをさきほど表明しております。そのことを考えると、東陸軍はまず成田基地に配備されている虎の子のスカッドミサイルを発射したあと、「壁」に空いた穴を通りこちらへの侵入を試みると思われます。我が軍とは圧倒的な兵力差があることを考えますと、侵入後はまとまって進むことなく、散開しながら東京を目指すと思われます』

「対応は？」

『スカッドミサイルに対しては、ペトリオットによる撃墜が可能です。また、各基地よりF－2が離陸準備をしております。東軍が侵攻をはじめた場合、空対地ミサイルにより大きな損害を与えることができます。また、太平洋と日本海に展開中のイージス艦からの攻撃も可能です』

「それで、東陸軍を壊滅できるのか？」

『いえ、完全に叩くことは難しいかと。東軍が「壁」に到達したとしても、国境を渡らせないよう、戦車部隊を中心とした我が方の陸軍を、「壁」の近くまで進めております』

二階堂は統合軍司令官の説明を聞いて小さく唸った。定石通りの堅実な布陣だった。しかし逆に言えば、久保もこちらがそのような対応をしてくるのは分かっているはずだ。二階堂は振り返って、スクリーンに見入っている芳賀を見る。

「書記長、あなたは東軍が東京に侵攻する際のシミュレーションをご存じのはずだ。どう動く？」

『そちらに芳賀書記長がいらっしゃるのですか？』

統合軍司令官が悲鳴のような声を上げた。

「書記長は我々のアドバイザーだ。東軍の全てを知っておられる。助言を仰ぐのにこれ以上の人材がいるか？」

『いえ、それは……』

「問題はないな。それで書記長、ご意見は？」

二階堂は芳賀に水を向ける。芳賀は険しい顔でスクリーンを見たまま口を開いた。

「成田基地には、そちらが把握している以上のスカッドミサイルが配備してあります。それらはほぼ同時に発射可能であり、全てを東京に向ければ、ペトリオット対ミサイル防衛網を突破できます」

「ありえません。成田基地のミサイルの数は常に把握しています」

郡司がすぐに反論する。

「衛星では見えないように、秘密裡に地下に配備してあります。その数は地上にあるミサイルの数倍の量です」

「しかし地下では、すぐには撃てない。発射するまでに十分攻撃が可能です」

「巨大なエレベーター式になっていて、約三分で発射可能となっています」

芳賀の答えに、郡司は頬を引きつらせて黙り込んだ。

「おそらく、戦車などの目立つ大部隊は囮《おとり》です。ある程度『壁』に近づいたところで、久保は軍を散開させ、国境を渡ろうとする国民に兵を紛れ込ませます。あとは一般人に交じってゲリラ戦を繰り広げながら、東京を目指すはずです」

芳賀はスクリーンを見たまま言葉を紡ぐ。

「それは明らかに国際法に反する行為だ！」郡司が叫ぶ。

「その通りです。ですから、その作戦はあくまでシミュレーション上の作戦のはずでした。しかしいまの状況なら……」

芳賀は表情を硬くして口ごもった。

「追い詰められたいまの久保なら、やると言うことか」

二階堂が訊ねると、芳賀は大きく頷いた。

「はい、あの男はやります。間違いなく」

「……司令官」

二階堂は押し殺した声で言う。

「最終防衛ラインを五キロ上げろ。それにF－2を千葉上空まで飛ばせ。領空侵犯《しんぱん》は気にすることはない。国境はもうなくなったんだ」

『承知いたしました』

「久保が動いたら、容赦するな。殲滅戦のつもりで東陸軍に攻撃を加えろ」

『殲滅戦』という言葉を発した瞬間、部屋の温度が一気に下がった気がした。郡司と統合軍司令官の顔に緊張が走る。

二階堂は顎を引くと、スクリーンの東軍を示す赤点を睨め上げた。

13

2018年元旦　0時17分
群馬県　尾瀬国立公園　日本スカイタワー

「よくもやってくれたな」

沙希に拳銃の銃口を向けたまま。平板な声で用賀は言った。顔も相変わらず、仮面を被ったかのように無表情だ。しかし、彰人は気がついていた。用賀の目が怒りで爛々《らんらん》と輝いていることを。

「そうね。やってやったわね」

沙希は一歩前に出る。その声には満足感と、かすかな諦めが滲んでいた。

「覚悟はいいな」

「ええ。もう時代は動き出した。私の役目はおしまい。私が死んでも、加速した時代は止まらない」

「それは、自分を殺しても意味がないということか？　命乞いか？」

「いえ、意味はなくてもあなたは私を殺す。ただ、事実を言っただけ」

「……そうか」

用賀は撃鉄を起こす。そのとき、彰人が銃口と沙希の間に身を入れた。

「ちょっと、なにやってるのよ!?」

沙希は彰人の肩を摑んで押しのけようとする。

「君が死んだら、誰が僕を殺すんだよ」

彰人は沙希の手を払いのけた。

「いまはそんなこと言っている場合じゃ……」

再び肩を摑んできた沙希の腕を摑むと、彰人は振り向く。二人は数十センチの距離で見つめ合った。

「これが、僕が君についてきた理由だろ」

彰人は言い聞かせるように、ゆっくりと言う。

「違うでしょ。あなたは私のすることを見て……」

「評価される生徒がいないんじゃ、先生だけ生き残っても意味ないだろ。それに……」

彰人は沙希の手を離す。

「君が死ぬべきか否か、もう僕は結論を出した。君は死ぬべきじゃない。絶対に死んじゃいけないんだ」

くしゃりと沙希の表情が歪む。彰人はゆっくりと振り返り、用賀に体を向けた。

「お前が先に死ぬのか？」

用賀は淡々とつぶやく。

「この計画は全て私が立てたの！　他のみんなはちょっと手伝ってくれただけ。だから、私を殺せばいいでしょ！」

再び彰人を押しのけようとしながら、沙希は必死に叫んだ。

「……勘違いするな」

用賀は銃口を彰人に向ける。

「元帥の命令は、貴様を『できるだけ苦しめて』殺すことだ」

言葉の終わりとともに、破裂音が部屋に響いた。

彰人は膝から崩れ落ちる。なにが起こったか分からなかった。痛みはない。ただ、ボディブローを食らったような衝撃が腹に走り、全身に力が入らなくなった。

沙希が悲鳴を上げるのを、彰人は不思議な気持ちで眺めた。

次の瞬間、唐突に焼き鏝《ごて》を押し付けられたような激痛が右脇腹に広がった。彰人は「ぐっ!?」とうめき声を上げ、体を丸くする。腹を押さえた掌に、なにかぬるりとした生温かい液体が付いた。

「お前が死ぬのは、ここにいる全員が死んだ後だ」

沙希に話しかけながら、用賀は銃口を下げ、再び彰人を狙う。引き金が引かれる寸前、沙希は飛びつくように彰人に覆い被さった。

「……なにしてるんだよ。どけよ」

痛みで食いしばった歯の隙間から、彰人は言葉を絞り出す。

「嫌だ！」

セーラー服の胸元を彰人の血で汚しながら沙希は叫んだ。

「僕は……ずっと死にたかったんだ。……もういいんだよ。ここで死ぬんなら……自殺より格好がつくだろ」

彰人は無理矢理笑顔をつくって、沙希にだけ聞こえるように言う。

「なに言ってるの。あなたは私に殺されるんでしょ。バイト代を払う前に、勝手に死なないでよ」

沙希の声がひび割れる。大きな目が潤《うる》んで宝石のように輝いていた。

……綺麗だな。場違いにも、そんな感想が頭をよぎった。

「どけ。それともお前の足を撃つか？」

用賀が言い放つ。沙希は顔を上げ、部屋の隅に立つ佐藤と視線を合わせた。佐藤は小さく頷くと、ゆっくりと懐に手を伸ばす。

「……やめろ。無理だ。全員殺される」

佐藤たちがなにをしようとしているか気づいた彰人は、用賀に聞こえないように小声で言う。

「ダメ元でも、やるだけやんないとね」

目を赤く充血させたまま、沙希はぎこちなく微笑んだ。

「いや……まだ方法がないでもないんだよ」

彰人は脇腹を押さえていた手を、気づかれないようゆっくりとジャケットのポケットに忍ばせる。鉄の塊のひんやりとした感触が掌を伝わり、心まで冷やしていった。

「なにを言っているの？」

不安げに沙希が訊ねる。彰人はその問いに答えず、ポケットから取り出した鉄の塊を腹の前で包み込むように持った。沙希の口から悲鳴のような吐息が漏れた。

手榴弾。用賀たちが用意していた武器の一つ。港の倉庫でそれをかすめ取って、今日までずっと身につけていた。

これほど自分に合った武器はない。手榴弾を見た瞬間、彰人は相棒を見つけたような気分になっていた。いざという時、これを持って相手に突っ込めば、自分も死ぬことができ、その上で敵を倒せる。一石二鳥だ。

「どかないなら、部屋の隅にいる奴らから殺す」

用賀は拳銃を佐藤たちに向ける。

「待ってよ。なに考えているの？」

沙希は手榴弾に視線を注いだまま、かすれ声を出す。彰人は沙希の頬を血のついた手で撫でる。

「じゃあね」

微笑んだ彰人は両腕に力を込め、沙希の体を脇に思いっきり押した。撃たれた脇腹に激痛が走る。

軽量の沙希は大きくバランスを崩し、丈夫そうなスチール製の机の陰に尻餅をついた。

さて、とうとう待ちに待った時間だ。なかなか絵になる死に様じゃないかな？　まあ、僕にしては格好つけすぎの感があるけど。

彰人は手榴弾の安全ピンに手をかける。気がついた用賀が目を大きくして銃口を彰人に向けようとした。

「やめなさい！」

彰人が走り出す寸前。用賀の拳銃が火を噴く寸前。部屋の中に鋭い声が響いた。

部屋中の目と自動小銃の銃口が、部屋の入り口へと向く。彰人も意外な乱入者に、安全ピンを抜こうとしていた指の動きを止めた。

そこには、老年の男性が緊張した面持《おもも》ちで立っていた。老人の側には護衛らしき、体格のよい男が二人付き添っていた。

手榴弾のピンに指をかけたまま、彰人は眉間にしわを寄せる。その老人には見覚えがあった。沙希とともに東に渡った際、青葉山公園で会った人物。

なぜあの人がここに？

「……来てくれた」

尻餅をついたまま、沙希がつぶやく。

「なんであの人が？」

「あの人が……最後の手品のタネ」

沙希は泣き顔のまま、笑おうとしたようだった。それはお世辞にもうまくいったとは言えず、端正な顔がくしゃくしゃに歪んでいる。

「手品のタネ？」

彰人は意味が分からず、兵士たちに銃を向けられている老人を見る。

「貴様は誰だ？」

兵士の一人が、男性に向けて大声で訊ねる。

その時、彰人は気づいた。老人を見る用賀の鉄面皮《てつめんぴ》が、痙攣するように震えていることに。いままで表情らしい表情を形作ることのなかったその顔に浮かぶのは、畏怖《いふ》に近いものだった。

「銃を下ろしなさい！」

机の陰から立ち上がりながら、沙希は胸を張って声を上げた。兵士たちの数人が、沙希に訝《いぶか》しげな視線を向ける。

「早く銃を下げなさい。誰に銃口を向けているの。その人はあなたたちの最高司令官よ！」

沙希の言葉で、兵士たちの間に動揺が走った。

「あなたたち、まだ……」

沙希がにやりと笑う。今度はうまく笑えていた。

「宮内卿閣下に銃を向けるつもり？」

兵士たちが硬直した。おろおろと視線を用賀、沙希、そして老人の間に泳がせる。

「銃を下ろしなさい」

老人は穏やかな声で言う。立ちつくしていた用賀が、雷に撃たれたかのような反応を示した。

「銃を下げるんだ！」

汗の浮かぶ額にぴんと伸ばした右手を当てながら、用賀は命令を放つ。慌てて兵士たちは銃口を下ろすと、用賀に倣って敬礼をした。

「宮内卿って……？」

彰人は沙希の顔を見る。驚きで脇腹の痛みも忘れそうだった。

「そう、宮内省の最高責任者にして、皇室の代弁者。名目上は東日本軍の最高司令官ね」

沙希は得意げに微笑む。

「用賀少佐でしたね」

「はい、左様でございます。お目にかかれて光栄です。閣下」

用賀はこれまでの平板な口調が嘘のように、上ずった声で言う。

「久保元帥とは連絡は取れますか」

あくまで穏やかに、しかし有無を言わせぬ口調で老人は言う。その姿からは、青葉山公園で見せた弱々しさは感じられなかった。

「可能でございます！」

「すぐに連絡を取り、武装解除したうえで、芳賀書記長に軍の指揮権を戻すように言ってください」

「しかし……」

「私がどなたの代理かご存じですよね」

用賀の体が再び硬直する。

「久保元帥に連絡を取れ！」

用賀に命令され弾かれたように、兵士の一人が素早く無線機を操作しはじめた。数十秒で兵士は顔を上げる。

「元帥と繋がりました」

『用賀か？　小娘はいたか？』

「はい、閣下」

用賀は兵士から、無線機のマイクを受け取る。

『もう殺したか？』

「……いえ」

『殺していない？　なぜだ』

久保の声に苛立ちが混じる。

「……命令、だからです」

『命令？　ふざけるな、俺はあの小娘を殺せと……』

「宮内卿閣下からの命令です！」

用賀は叫ぶように、久保の言葉を遮った。

『宮内卿？　宮内卿が命令を下しただと？』

無線機越しでも、久保の粗野な顔が困惑で歪むのが見えるようだった。

「はい」

『ふざけるな！　あんな飾り物に命令を出す権限などない！　いますぐ仙台に兵を送って、黙らせて……』

「宮内卿閣下は、こちらにいらっしゃいます」

再び、用賀は久保の言葉を遮る。

『そこに……いる？』

「はい」

『つまり、宮内卿はあの小娘と組んでいたということか？』

「それは存じ上げません。ただ、宮内卿閣下は東京への進軍を止めるよう命令されていらっしゃいます」

『進軍を止めろだと。ふざけるな。東京を落とさなければ、我が国は西に吸収されるんだぞ！』

がなり立てる久保の言葉に、用賀は視線を泳がせた。

『……用賀、宮内卿閣下を拘束しろ。閣下があの小娘のようなテロリストと協力するなどあり得ない。きっと薬を盛られ、正気を失っておられるのだ。閣下を保護し、閣下をたぶらかした小娘とその仲間たちを始末しろ。……これは命令だ』

長年、陸軍元帥として十数万の兵士たちに命令を下してきた久保の声には、他人を従わせるに十分な威圧が込められていた。

用賀は関節が錆びついたかのように、ぎこちなく首を回し、老人を見た。

「時代は変わったんです、少佐。もう敵はいないんです。いや芳賀書記長が言っていたように、もともと敵なんていなかった。自分たちで敵を作り出していたんです」

老人は綿のように柔らかい口調で言いながら、用賀に笑いかけた。

用賀の手がぶるぶると震える。おそらくは、敬礼をするべきなのか、それとも銃を抜くべきなのか迷って。

彰人は薄くなっていく意識を、唇を噛んで必死に繋ぎ止めた。もし用賀が銃を抜いたら、今度こそ手榴弾を抱えて兵士たちの中に飛び込むつもりだった。

用賀はホルスターに手を伸ばすと、黒く光る拳銃を抜いた。

……だめか。彰人は足に力を込める。

次の瞬間に、用賀は手に持った拳銃を床に放った。

「閣下のご命令により、武装解除いたします！」

迷いを断ち切るかのように勢いよく敬礼をすると、用賀は無線機に向かって叫んだ。

「親衛隊、久保元帥を逮捕しろ。国家反逆罪だ！　繰り返す。久保元帥を逮捕しろ。この命令に従わぬ者は全員、国家への反逆と見なす」

『なっ？』

久保の絶句する声に続き、怒号が聞こえた。やがて『久保元帥を逮捕いたしました』という声が、無線機から響く。

「お疲れ様でした」

長年、軍部に傀儡として操られてきた老人は、満足げに微笑みながらねぎらいの言葉を発した。

14

2018年元旦　0時34分
新潟県長岡市　日本国家友好会館

『大統領、東陸軍が防衛ラインに近づいております』

統合軍司令官の緊張をはらんだ声が響く。

「あとどれくらいでラインに達する？　久保元帥からはなんの反応もないのか？」

二階堂はスクリーンを凝視する。最終防衛ラインを示す白線に、刻一刻と赤い光点が近づいていた。

『日光基地から男体山《なんたいさん》を越えて群馬方面に進行している戦車隊が、あと五分ほどで中禅寺《ちゅうぜんじ》湖《こ》付近の最終防衛ラインに到達します。久保元帥は未だ沈黙を保っております』

「成田基地のスカッドミサイルは？」

『まだ、ミサイル発射の動きはありませんが、人の動きが活発になっております。おそらくは芳賀書記長がおっしゃった地下のミサイルも合わせて、発射準備を整えているものと思われます』

「こちらの攻撃準備はできているか？」

『はい。入間《いるま》基地と浜松《はままつ》基地からF－2が発進し、すでに東日本上空に到達しております。また、イージス艦の誘導ミサイルも照準を定めております。ご命令さえあればいつでも、成田基地及び、進行中の東日本陸軍に総攻撃が可能です』

二階堂は大きく息をついた。かつて西日本の大統領で、軍に攻撃命令を出した者はいない。七十数年間、何度も東との戦争の危機に直面したが、その度に外交によって紙一重のところで防いできた。それなのに、日本が統一したいまになって、攻撃命令を下す事態に陥っている。

皮肉なもんだな。二階堂はもう一度ため息をつく。

「大統領、ご命令をお願いいたします」

郡司が元軍人らしい腹に響く声で促した。二階堂は大きく頷く。

「東陸軍の本部を通して、久保元帥にもう一度だけ警告を発しろ。そして、もし東軍が最終防衛ラインに達するか、地下のスカッドミサイルのエレベーターの作動を確認すれば……」

二階堂は乾いた唇を舐めて湿らせた。

「総攻撃を開始せよ！」

『アイ・サー。久保元帥に再度警告を発した後、東軍の防衛ライン突破、もしくは地下ミサイル出現の確認をもって総攻撃を開始いたします』

統合軍司令官は復唱しつつ敬礼する。

二階堂は顎髭に触れる。賽は投げられた。あとはただ待つしかない。この東西日本の終わり、そして新しい日本のはじまりがどういう形になるのか。

赤い光点が画面上で一ドット、白のラインに近づく。このままでは、あと十分ほどで、西日本軍と東日本陸軍の戦闘がはじまる。

部屋の中にアラームの音が鳴り響く。モニターの統合軍司令官の背後で赤い警戒灯が不気味な光を放っていた。

「どうした？　報告をしろ！」

二階堂が叫ぶ。

『成田基地にて、地下からのスカッドミサイル出現を確認しました。ただいまより九十九《くじゅうく》里浜《りはま》沖上空のF－2による爆撃に入ります』

戦闘機を示す青い四つの光点が、九十九里浜沖から成田基地へ向け動き出した。

「……分かった。戦況は逐一報告してくれ」

二階堂は可能な限り感情を排した声を出す。決断はすでに下している。もはや、できることはなにもなかった。

「大統領。お待ちください、大変です」

突然、蹴破るような勢いでドアが開き、警備に当たっていたSPの一人が部屋に転がり込んできた。勢い余って足が縺れ、男は慌てて両手を絨毯の上につく。

「ここは現在、軍司令部となっている。許可のある者以外、入室はできない！」

郡司がSPを睨みつける。しかしSPは郡司の声が聞こえないかのように叫んだ。

「東日本テレビです。東日本テレビをご覧ください！」

「テレビ？　なにを言って……」

「いいからご覧ください、いまこちらに転送しています！」

SPを一喝しようとした二階堂は、逆にその剣幕に言葉を呑み込む羽目になる。それが合図であったかのように、戦況を映し出していたモニターの一つが切り替わった。

モニターに映し出された光景を見て、二階堂は目を疑った。すぐ隣で芳賀が「おおっ」と驚嘆と歓喜の混じった声を上げる。

液晶画面では、一人の男がマイクを持ち、額に血管を浮き上がらせながら喋っていた。

『「イブニングジャーナリズム」プロデューサーの小林です。現在、東日本連邦皇国陸軍の久保元帥が、宮内卿に対し危害を加えようと試み、また国家転覆を謀《はか》ろうとしたとして拘束されました』

画面には両脇を東の兵士に抱えられ、激しく暴れる久保の姿が映し出された。

「これは……一体？」

芳賀と曽根、二匹のタヌキが示し合わせたかのように同じ言葉を吐く。

『先ほどの東西首脳に次いで、宮内卿も統一を認められ、東日本軍に武装解除を命令されました。これにより、日本の統一は正式に認められたこととなります。東日本国民の皆様、統一は事実です。繰り返します。宮内卿は先ほど東軍に武装解除命令を下しました。その命令に背いた久保陸軍元帥が拘束されております』

小林という男は、興奮した表情とは裏腹に、はっきりとした発音で事実を端的に語っていく。小林の後方では、親衛隊が三人がかりで久保を床に押し倒し、後ろ手に手錠を嚙ませていた。久保の絶叫をマイクが拾う。

『また久保元帥には、新潟に核兵器を使用して、両首脳の暗殺を計画した疑惑も持ち上がっております』

画面に映った男は懐からICレコーダーを取り出すと、再生ボタンを押した。

『核はどこに行ったんだ？　弾頭に付いていたのは核だったはずだろうが！』

レコーダーから久保のヒステリックな叫び声が流れ出す。

「いやあ、なかなかやりますね、このジャーナリスト。これは衝撃的だ」

感心半分、あきれ半分の口調で曽根がつぶやいた。

『大統領、東軍が進行を停止しました！』

モニターに統合軍司令官の紅潮した顔が大映しにされる。

「成田基地の様子は？」

『ただいま確認しております、少々お待ちください』

「急げ！」

二階堂はせわしなく髭を触る。

『大統領、ミサイルが地下へ戻っていきます。発射態勢が解除されています。ミサイルが……』

統合軍司令官を押しのけるようにして、兵士の一人がモニター画面に現れ、息を切らしながら報告をしてくる。

「命令を撤回。攻撃を中止しろ！」

二階堂は兵士の言葉に重ねるように叫んだ。

『アイ・サー。成田基地への攻撃中止いたします。大統領命令、攻撃を中止せよ。攻撃中止だ！』

統合軍司令官は画面の外へと消えていく。怒鳴り声だけがモニターを通して聞こえてきた。

二階堂は成田基地へ迫っている青い四つの光点を見つめる。光点は一瞬基地に重なると、転回して西日本へと戻りはじめた。

「攻撃中止は……間に合いましたかね？」

誰もがスクリーンを見つめたまま固まり、曽根のつぶやきに答える者はいなかった。

『大統領。報告いたします』

画面外に消えていた統合軍司令官の顔がモニター画面の中へと戻ってきた。その表情は安堵を浮かべているようにも、絶望で全てを諦めたかのようにも見え、そこから命令が間に合ったかどうかを窺い知ることはできなかった。

「報告を……聞こう」

二階堂はスクリーンを見つめたまま言う。手は無意識に髭を撫で続ける。

『攻撃中止命令、間に合いました！　F－2部隊はミサイルを投下することなく、帰還しております！』

報告を終えると同時に緊張の糸が切れたのか、統合軍司令官の顔の筋肉がだらりと緩みきった。

一瞬の沈黙、そして次の瞬間、部屋の中が歓声で満たされた。

『同時に報告いたします。東陸軍副司令官の南原《なんばら》中将より連絡があり、宮内卿の命令により、芳賀書記長に陸軍の指揮権を戻すとのことです。これで東日本軍の全部隊が芳賀書記長の指揮下に戻りました』

統合軍司令官の言葉とほぼ同時に、芳賀のスーツのポケットから、携帯電話が身を震わせる音が響いた。

「失礼」

芳賀は電話を顔に持っていくと、数十秒話をして、携帯電話をポケットに戻す。芳賀は胸の中に残っていた空気を全て吐き出すかのように、大きく大きく息を吐いた。

「大統領、ただいま全軍に対して基地への帰還及び、戦闘態勢の解除を命令いたしました」

芳賀は両手の拳を握り、小さなガッツポーズを見せた。

「戦争は回避されました。大統領」

「これで……終わったのか」

いまにも床に座り込んでしまいそうなほどの脱力感が襲ってくる。

「いえ、大統領、はじまったんですよ。新しい日本が」

歓声が消えない部屋の中で、曽根が二階堂の背中を叩く。

「ああ、そうだな」

「これからとんでもなく忙しくなりますよ。こんなに急に統一が成立したんですから。当分は寝る暇もないものと覚悟ください。大統領」

楽しげに言う曽根を見て、二階堂は苦笑する。

「あんたは、本当に嫌な奴だな」

15

２０１８年元旦　０時40分
群馬県　尾瀬国立公園　日本スカイタワー

画面には、抜け殻のように脱力した久保が両脇を兵士に抱えられ連行されていく様子が、大きく映し出されていた。

東軍による放送局の制圧も終わったのか、西日本だけでなく、東日本の放送局もテレビ放送を再開しはじめている。その全てが日本統一のニュースを流していた。

「……おめでとう。……これで終わったね」

彰人は上半身を沙希に支えられながら言った。口に力が入らず喋りづらい。手にしていた手榴弾が、安全ピンを抜かれることなく、ころころと床の上に落ちた。

「……うん、うん」

涙で頬を濡らしながら、沙希は何度も頷いた。

体が震えだした。視界が暗くなり、すぐ目の前の沙希の顔もよく見えない。真冬に裸で放り出されたように寒かった。

これが、『死』か……。

ずっと憧れていた瞬間がすぐ側に迫っている。しかしまだ、力を抜いて『死』に全てを委ねる気にはなれなかった。

なぜか、もう少し時間が欲しいと思った。

どうしてだろう、いつ死んでもいいはずだったのに？

胸の奥で『死』に対する拒絶が燻《くすぶ》っていることに彰人は戸惑う。奥歯を食いしばり、手から離れた風船のように浮き上がりそうな意識を繋ぎ止める。まだ消えたくはなかった。まだ何かやるべきことが残っているような気がした。

「衛生兵は？　衛生兵がいるでしょ。彼を治療して。早く！」

沙希のひどく狼狽した叫び声が、遠くから聞こえてくる。

君に会ってから、結構楽しかったよ。バイト代、受け取れなくてごめんな。

もはや口が言葉を紡ぐことはなかった。彰人は心の中で沙希に謝罪する。

意識が闇に呑み込まれる瞬間、ふわりと体が浮き上がるように感じた。

エピローグ

1

2018年3月19日　11時26分
群馬県　丸沼高原

「違う。そうじゃない！」

工場内に叱責《しっせき》が飛ぶ。

「分かってるよ、じいちゃん」

火薬を粒状にした『星』を玉に詰めていた秀昭は、額に汗を浮かべながら手を動かす。

「ここでは『じいちゃん』と呼ぶなと言っているだろう」

「……すみません、師匠」

秀昭は唇を尖らせながら言い直した。

祖父の源二に弟子入りして三ヶ月近く経つが、花火作りは想像よりはるかに難しいものだった。火薬の配合、星の位置などが少しでもずれると、見るも無惨なことになる。

「ところで、じ……師匠」

細かい作業に目の痛みをおぼえ、秀昭は顔を上げる。

「なんだ？」

「あの大晦日の花火。やっぱり師匠が作ったものだろ？」

同じ質問を何度も源二にぶつけていたが、答えはいつも同じだった。

「なんのことだか分からねえな」

源二は得意げに微笑む。

花火を学べば学ぶほど、新潟の空に咲き乱れた炎の花は、祖父が作り上げたものであるという確信が強くなる。

目を閉じるといまも瞼の裏に、あの日の花火が浮かび上がった。

「まあいいよ。俺もいつかはあんな花火を作ってやるからな」

「戯言《ざれごと》は、まともな花火一発でも打ち上げてから言え」

悪態をつく源二の顔は柔らかくほころんでいた。

秀昭は再び手元に視線を落とす。

「ところで、さっきの電話。……あれはなんだったんだ？　昔の上司からだろ」

源二はうって変わって、歯切れ悪く訊ねてきた。

「ああ、そうだよ。なんか、今度の選挙に出るから手伝ってくれってよ」

数時間前、山辺から大晦日以来の連絡があった。どうやら五月に行われる予定の、東西統一後初の国政選挙に立候補するらしい。

山辺がいまも組織の運営を続けていたことを秀昭は初めて知った。おそらく、選挙の費用は岡田から手に入れた金の残りだろう。

「それで……手伝うのか」

「なに言ってるんだよ。俺は東を敵だと思って、倒そうとしていたんだぜ。けど、いまどこに敵がいるんだよ。相手が消えちゃあ、喧嘩なんてできねえだろ」

秀昭は唇の端を吊り上げる。もはや、政治活動には全く興味がなくなっていた。

「ああ、そうだな」

源二は小さく安堵の息を吐いた。

「変な心配するなよ。じいちゃん」

「師匠だ」

「はいはい。すみません、師匠」

秀昭は口を閉じ、手元の作業に集中する。

「……なあ、師匠」

手元に視線を落としたまま、秀昭は口を開く。

「ん？」

「誰がつくったのかは知らねえけど。大晦日の花火、あれは粋だったよな？」

「ああ……あれは粋だったな。最高に粋だった」

源二は目を閉じる。

祖父の瞼の裏にもあの花火が焼きついていることを知って、秀昭は何故か嬉しくなった。

「いつか俺にも、あんな粋な花火がつくれるかな？」

そんなこと言うのは十年早い、そのことは分かっていたが、秀昭は訊ねずにはいられなかった。

「つくれるさ。つくれるまで俺が教え込んでやるから、覚悟しとけよ」

「よろしくお願いします……師匠」

工場の中には、柔らかい時間がゆったりと流れていた。

2

2018年3月19日　13時28分
東京都千代田区永田町　元大統領官邸

「お呼びですか。大統領？」

執務室に入ってきた曽根は、いつもどおりのおっとりとした口調で言う。

「もう大統領じゃねえよ」

東西が統一して三ヶ月近く。今後、大統領制は廃止され、戦前と同じように議院内閣制に戻ることが決定し、二階堂は公式には『元大統領』となっていた。

「いいじゃないですか、次の選挙までは大統領でも。選挙が終われば『二階堂首相』とお呼びしますよ」

「勝手にしてくれ。まだ首相になれると決まった訳じゃあない。気を抜いていると芳賀のところに、大量に議席を持っていかれるぞ」

「たしかに。いまのところ我々の党で過半数はとれそうですが、三分の二の議席をとれるかは微妙なところですな」

「三分の二にいかないとやっかいなことになる。社会主義政党だってそれなりの議席をとるはずだ」

「そうなったら、芳賀書記長と連立を組めばよろしいですよ。あの方も東日本で教育を受けたにしては、民主主義を分かっていらっしゃる。それに政治家としての手腕もかなりのものです」

曽根はにやりと笑うと、「私にはまだまだかないませんけれどね」と、タヌキ属としてのライバル心をちらつかせた。

「ところで、こんな話をするために私を呼んだんじゃないでしょ？　前置きはこのくらいにして、どうぞ本題に入ってください。私も暇じゃない、というか目が回りそうなほど忙しいんですよ」

曽根は自分の肩を揉んだ。国務長官の曽根は、新憲法草案の作成から統一による国内外の問題解決まで、ありとあらゆる事柄にかかわっている。忙しいどころの騒ぎではないだろう。

「これのことだ」

二階堂はマホガニー製の机の抽斗から、白い封筒を取り出し、机の上に置いた。封筒の表面には『辞職願』という達筆な字が毛筆で書かれていた。

「私の辞表ですね」

「そうだ。どういうつもりだ？　この大切な時期に」

「すぐにやめるつもりではありません。最後の仕事はしっかりやりますよ。ただ、私は次の選挙には出ません」

二階堂は人差し指で白髪に覆われた頭を掻く。

「あんたは俺が知る限り、最高に腹黒い政治家だ」

「最大級の賛辞、痛み入ります」

曽根は心から嬉しそうに微笑んだ。

「だから褒めてねえよ。これから日本は一番大切なときを迎える。外交問題も山積みだ。そこで、あんたの腹黒さが必要になるんだよ」

「私ももう七十歳を超えました。そろそろ隠居させてもらえませんかね」

「……どれだけ悪いんだ？」

「はい？」

「誤魔化すなよ。長いつき合いだ、医者じゃなくても分かる。病気なんだろ。どれだけ悪い？　そうじゃなきゃ、骨の髄まで政治家のあんたが、隠居なんて言い出すわけがない」

曽根は天井に顔を向けると、深いため息を吐く。

「前立腺癌《ぜんりつせん》が全身に転移していましてね。ホルモン療法で進行を遅らせていますが、あと一年といったところです」

曽根の表情は、肩の荷を下ろしたかのように晴れやかだった。

「……そうか」

二階堂は頷くと、すっと目を細くする。

「だから、テロリストに協力したっていうわけか」

「なんのことですか？」

「洋館を攻撃するとき、あんたは会議に遅れてきたな。あのとき、四葉のお嬢ちゃんに逃げるように連絡していたんだろ？」

「なにか証拠でも？」

曽根の口調はあくまでも軽かった。それは告発を受けた犯罪者というよりは、子供の無邪気な質問に答える父親のようだった。

「西日本感染症研究所では、大晦日よりかなり前の段階で、あのウイルスが人体に無害なものだっていう報告が上がっていたらしいぞ。けれど研究所の所長が、その報告を大晦日まで握りつぶしていた。そういえば、あの所長はあんたの友人だったな」

二階堂は曽根の目を正面から覗き込む。

「それだけでは、状況証拠に過ぎませんね」

「否定するのか？」

「いえ、しませんよ。どうせ本気で調べられれば、すぐにばれてしまいますからね。ご明察です。私が『クローバ』と通じていた政権内の裏切り者です。所長には無理を言って協力してもらいました」

あっさりと自白した曽根の表情は、楽しげですらあった。

「そうだと思ったよ。大晦日、いくらなんでも落ち着き過ぎだ。少しは不安そうな顔しねえとな」

「芝居は苦手なもので」

「嘘吐きやがれ」

二人は小さく声を出して笑った。

「なんで、あのお嬢ちゃんに協力しようとした？」

ひとしきり笑った後、二階堂は曽根の顔を覗き込む。

曽根は言葉を探すように視線を泳がせると、恥ずかしげに声を潜めた。

「恥ずかしながら、この歳になってあの少女の目に……夢を見ました」

「夢？」

「はい、私の目が黒いうちに日本が一つになるという夢です。私の家に押しかけてきて、『東西を統一させる』と言ったあのお嬢さんの目は、きらきらと輝いていました。統一を語るときのあなたの目のように」

気恥ずかしい台詞を吐かれ、二階堂は唇を歪めた。

「私の夢は叶いました。もはや思い残すこともありません。私は逮捕されるのですかな？」

曽根は手錠をかけられた囚人のように、両手首を合わせた。

「あんたの行動は当然、外患誘致罪に当たる。逮捕されて死刑判決を受けることになる。ただし……」

二階堂は唇の両端を吊り上げた。

「大統領として恩赦を与える」

「恩赦には正式な書類が必要なはずですが？」

「おいおい、なんだよ。あんたは犯罪者のくせに、これ以上俺の仕事を増やすつもりか？これを見ろよ」

二階堂は自慢の机に高々と積まれている書類の山を指さした。

「そうですな。たしかにこれ以上書類を使っては、環境団体からクレームがつきそうですね」

「ただし、条件がある。それを呑まないと、恩赦の話はなしだ」

「条件……ですか？」

「そうだ。俺が首相になった暁には、あんたには俺のアドバイザーとして政権に入ってもらう。官邸内で治療を受けられるように最高の医者を用意してやる。その代わり、あんたは最後まで俺を、この国を支えてくれ」

「……この老いぼれに死に場所をくれるというわけですか？」

「どう取ろうとあんたの自由だ。それで答えは？」

「……恩赦が掛かっているなら仕方ありませんな」

曽根は眼鏡を取って、俯きながら拭きはじめる。それが潤《うる》んだ目を隠すためだということは明らかだった。

「それじゃあこれからもよろしく、先輩。死ぬまでこき使ってやるからな、覚悟しろよ」

初めてこのタヌキ親父に化かし合いで勝てた。二階堂は会心の笑みを浮かべる。

「あなたもなかなか腹黒くなりましたな。タヌキの素質ありですよ」

曽根は目元を拭って眼鏡をかけ直した。

「最大級の賛辞、痛み入る」

「褒めてませんよ」

3

２０１８年３月19日　15時46分
東京都西東京市　滝山高校

「ミサイルは……もう降ってこないんだよな」

階段室の屋根に寝転び、彰人は抜けるような青空を眺める。

元旦、日本が一つになったあの日からすでに三ヶ月近く経過していた。

日本スカイタワーで気を失った彰人が目を覚ましたのは、三が日も終わった一月四日、ＩＣＵのベッドの上だった。弾丸に肝臓を貫かれていた彰人は、救急病院へヘリで搬送され、緊急手術によって一命をとりとめていた。

蛍光灯の明かりを見上げ、自分が死んでいないことを知った彰人は、安堵している自分に戸惑った。

一月の終わりに退院してから、彰人は元の生活に戻った。普段のように起き、食事をし、そして高校へと通った。恋人だと言って彰人を連れ去っていた沙希について、冷やかし交じりに訊ねる同級生はかなりいたが、適当に誤魔化しているうちに話題に上がらなくなった。おそらくは日本統一という最大の話題と、大学受験という最悪の話題があったからだろう。国が一つになろうが、高校生の悩みがなくなるわけではない。

三ヶ月近くが経ち、統一の熱気も冷めてきていた。誰しも自分の生活がある。いつまでも浮かれている余裕などないのだ。

大学受験を目前にして殺気立つ同級生たちの中で、進学など考えていなかった彰人だけは、淡々と毎日を送った。

彰人は腹筋に力を込め上体を起こす。右脇腹に軽い鈍痛が走った。屋上から見下ろすグラウンドでは、大勢の制服姿の生徒が写真を撮り合ったり、抱き合ったりしている。

今日はこの高校の卒業式だった。

かなりの長期間休んだにもかかわらず、なぜか彰人も卒業することができていた。彰人は脇に置かれた卒業証書の入った丸筒を見て苦笑する。一体どこからどんな圧力がかかったことやら。まあ、想像はついているが。

四ヶ月前、この屋上での出来事を思い出す。この場所で不思議な少女と出会ったあの日のことを。

スカイタワーで気を失って以来、沙希とは会っていなかった。入院中は佐藤が何度も見舞いに来ては、食べきれないほどの果物を置いていったし、宮内卿であった老人からも手紙をもらった。『クローバ』のメンバーだった者たちの多くが、一度は見舞いに訪れた。しかし、約一ヶ月の入院生活の間、とうとう沙希は一度も姿を見せなかった。

彰人は何度も佐藤に、沙希の現状を訊ねようとしたが、その度に口元まで出かかった言葉を呑み込んでいた。テロが終わった時点で、ボディガードとしても、傍観者としても自分の役割は終わった。もはや自分は沙希の側にいる必要のない人間だ。

胸の一番奥で痛みが走る。脇腹の痛みよりも鋭く、強く。

ただ、彰人には分かっていた。もう一度だけ沙希が自分の前に姿を現すことを。自らが成し遂げたことの評価を聞くために。そしてそのとき、きっと『バイト代』を払ってくれるはずだ。

大晦日から今日まで、彰人は一度たりとも『死』への衝動を感じることがなかった。あの狂おしいほどの渇望はどこへ行ったのか自分でも分からず、混乱していた。

死ぬなら、沙希に殺されたい。その想いだけが日に日に大きくなっていった。

だから彰人は待った。ただひたすらに待った。

早春の風が頬を優しく撫でる。新緑のような爽やかな香りが鼻をかすめた。

「せっかくの卒業式だっていうのに、こんなところでなにやっているの？」

涼やかな声が背後から降ってくる。

「待っていたんだよ……君を」

彰人が振り向くと、両手を腰に当てたセーラー服姿の少女に微笑んだ。

「久しぶり。傷はどう?」

沙希はスカートの裾を押さえながら、彰人と並ぶように階段室の屋根のへりに腰を下ろした。

「ああ、おかげさまで。まだ時々痛むけど、大したことはないよ」

「そう、よかった。そういえばまだお礼言ってなかったね。あのときは守ってくれてありがとう」

「一応ボディガードだったからね」

「だからって無茶しすぎでしょ。あの手榴弾でなにするつもりだったわけ?」

「ご想像にお任せします」

「しかも私のこと突き飛ばして。忘れてないでしょうね」

沙希は目を細めて睨んできた。

「いや、まあ……。ところでこの三ヶ月なにしていたの?」

彰人は強引に話題を変える。

「いろいろと、めんどくさい仕事が多くてね。ごめんね、お見舞い行かなくて」

「いや、いいんだよ……」

彰人は曖昧に頷いた。

沈黙が屋上に降りる。どこか居心地が悪く、それでいてこのまま浸《ひた》っていたいような、不思議な空気が二人の間を満たす。

先に沈黙を破ったのは沙希だった。

「……ところで、どうだった？　私の課外活動は」

「あれが課外活動？」

彰人は苦笑を浮かべる。

「学校の外の活動なんだから、課外活動で間違っていないでしょ。そうね放課後のクラブ活動みたいなものかな」

「不登校生徒がクラブ活動だけするんだ」

「揚げ足取らないでよ」

沙希は片眉を上げた。

「悪い。でももう、僕なんかに聞く必要はないだろ。満点だよ。百点満点。ほとんど犠牲者を出さないで、東西を統一した。誰が採点しても文句なしだろ……普通に考えれば」

「そうね。あなた以外の普通の人なら満点で間違いない。けれどあなたなら違う評価をしてくれるんじゃないかなと思ったんだけど」

「そうだね……」

彰人は腕を組む。

「最近ずっと考えていたんだ。君がした……課外活動のことを」

「それで、酒井先生の採点は？」

「六十点……かな」

「あらま。辛《から》めの採点ね」

「結果オーライだから及第点。けど、やっぱり合格点ぎりぎりだよ」

「どこが減点対象だった？」

「君……死ぬつもりだったろ。青葉山公園で、宮内卿に協力を断られたときから」

「……死ぬ可能性がある、とは思っていたよ。けど、死ぬつもりだったかは、自分でもよく分からない。スカイタワーにいることがばれない可能性も高かったし、久保が強硬手段に出ない可能性だってあった。なんとかなるって軽く考えていたのかも」

沙希は眩しそうに、西に傾きはじめた太陽を眺めた。

「いろいろ考えてみたよ、君がなにをしたかったのか。……君は一人の犠牲者も出さずに、この日本を統一しようとしたんだろ？」

沙希はかつて、「一人の犠牲者も出さないで、世界を変えるなんてことできると思う？」と訊ねた。彰人はそれを聞いて、沙希の計画が多くの人命を奪うものであると理解した。しかし、沙希は考えていたのだろう、「誰も死ななくても世界は変わる」と。

そして、そのことを証明しようとした。

「あの『壁』のせいで、たくさんの人が死んだ。母さんだって『壁』がなければ、あんなに早く死ななかったかも……」

沙希は遠くを見たまま言葉を紡いでいく。

「だから、『壁』を壊したかった。誰も死なずにそうすることで、『壁』に復讐したかったの。それが今回の計画の動機。完全な私怨よね。ドイツでできたんだから、日本でもできると思った。けど、子供の甘い考えだったみたい。宮内卿が来てくれなければ、どれだけの人が死んだか分からない。西軍が本気で動けば久保は諦めると踏んでたの、けど現実はそうはならなかった……」

沙希は桜色の唇を悔しげにゆがめた。

「そんなに自分を責めるなよ。結果的に犠牲者は出なかっただろ」

「一人もいなかったわけじゃない。岡田首席補佐官がEASATに殺されている」

「それは……、君のせいじゃない。首席補佐官はスパイになっていたんだ。どのみち、東に口封じされていたよ」

それがなんの慰めにもならないことを知りつつ、彰人は言う。案の定、沙希の表情が緩むことはなかった。

「けどさ……僕は思ったんだ。もし誰も死なないでこの国を変えたかったのなら、用賀がスカイタワーに踏み込んできたとき、君は諦めるべきじゃなかったんだよ。なにがなんでも生きようとするべきだった。誰も死んで欲しくない。けれど自分は死んでもいいなんて、少し卑怯だよ。そこが四十点の減点」

「……厳しいね」

微笑みながら彰人を見た沙希の瞳は、かすかに濡れていた。

太陽が黄色から赤色へと変わっていく。初春の肌寒い風が吹く屋上で、二人は数分間、無言で並んで座っていた。

「なあ、なんで僕を連れていこうなんて思ったんだよ？　本当に評価を聞きたかっただけなの？」

「迷惑だった？」

沙希はどこか挑発的に小首をかしげる。

「いや、迷惑なんかじゃないさ。けど、ずっと疑問に思ってたんだよ。なんで部外者だった僕を計画に巻き込んだのか。僕なんか連れていっても、計画失敗のリスクが上がるだけなのに」

「そんなことないよ。君のおかげで私は撃たれずに済んだんだから」

「それは結果論だろ」

彰人が突っ込むと、沙希は悪戯っぽく口角を上げる。

「部外者じゃなかったとしたら？」

「……どういうこと？」

「私の祖父母は、東から『壁』を越えて西日本にやって来たって言ったでしょ。実はその祖母にはお姉さんがいたのよ。終戦時、西側にいて、連絡が取れなくなったお姉さんが」

脳裏に「戦争で妹と連絡が取れなくなってね」と、哀しそうにつぶやく祖母の姿が蘇る。

彰人は大きく目を見開いた。

「もしかして……？」

「そう、酒井君のお祖母さんと私の祖母は姉妹だったの。私たちは遠い親戚ってわけね」

風で膨らんだ髪を、沙希は片手で押さえる。

「父方の祖父が亡くなって、四葉の会長に就任してから、私は親戚がいないか探してもらっていたの。血のつながった人が誰もいないなんて、なんとなく寂しかったから。太平洋戦争の空爆《くうばく》で資料がほとんど残っていなかったから時間がかかったけど、半年前に酒井君を見つけた。ご両親を亡くして、一人ぼっちになっている君を」

「だから、僕がこの学校に転校するっていうことを知って、同じクラスに前もって転校してきたってわけか」

「そういうこと。まあ、計画の準備で忙しくて、ほとんど登校できなかったけどね。けど、君のことはいろいろ調べてもらった。なんか、身辺整理を急いでやっていることもね」

「じゃあ、あの日、屋上にいたのは」

「そう、君が飛び降りるかもしれないっていう報告を受けて、先回りしていたの」

偶然だと思っていた出会いからして、仕組まれたものだったのか。彰人は苦笑しながら首筋を掻く。

「最初から飛び降りるのを止めるつもりだったんだ」

「絶対に止めるつもりってわけじゃなかったよ。他人の生き方に口をはさめるほど人生経験も余裕もなかったし。ただ、せっかく苦労して見つけた親戚だったから、一度話しておこうかなと思っただけ」

「それなのに、最終的には僕を計画に巻き込んだ。それはなんで？」

彰人の問いに、沙希は言葉を探すように視線を彷徨わせた。

「一番の理由は……験《げん》担ぎかな」

「験担ぎ？」

「酒井君はものすごく気軽に自分の命を絶とうとしていた。まるで『コンビニ行ってきます』みたいな感じでさ。あのとき、私には君が、世界で一番『死』に近い人間に思えたの。そんな君が死ななければ、この計画の中で誰も死なない、そんな気がした。あと、『クローバ』のみんなって、おじさんばっかりだったから、同じぐらいの歳の話し相手が欲しかったしね。それに……」

沙希は小さく舌を出す。

「ここまで頑張って計画を練って、手品のタネを一生懸命仕込んだんだから、一人ぐらいなにも知らない状態で驚いてくれる観客も欲しかったの。君、いつも最高のリアクションだったよ」

「……そんな理由で巻き込まれたんだ」

彰人は頭を抱えた。

「最初はね。けど、強盗したり、東日本行ったりしたとき、なにげに心強かったよ、酒井君がいてくれてさ。最初は佐藤さんたちと合流するまで、一人で全部やるつもりだったけれど、実は不安だったんだ。だから君を誘ったのかも。酒井君がいたおかげで、冷静に作戦ができた。いつの間にか私にとって君は、験担ぎから、お守りになってたみたい」

「そっか……ならよかった。少しは役に立ったみたいでさ」

「うん。もちろんよ。……ありがと」

沙希は年齢相応の無邪気な笑顔を彰人に向けた。

夕日が二人の横顔を照らす。

「いつの間にか、けっこう時間経っちゃったわね」

沙希は立ち上がり、スカートについた埃を払うと、校庭を見下ろした。

同級生たちは卒業祝いにでも繰り出したのか、校庭からは人影が消えていた。本格的な春が近づいているとはいえ、日はまだ短い。西に傾いた太陽は紅色に色づき、校庭に木々の長い影をつくっていた。

「そうだね」

「……それじゃあ、そろそろやり残したこと終わらせとこうかな」

沙希はスカートのポケットからリボルバー式の拳銃を取り出した。四ヶ月前のあの日のように。

「……そうだね」

彰人はゆっくりとした動きで立ち上がり、沙希と向かい合う。沙希は銃を持つ右手を持ち上げた。

彰人の眉間に銃口が突きつけられる。待望の時間が近づいていた。

「なにか言い残したいことあったら、聞いとくけど」

沙希の視線が彰人の目を真っ直ぐ射貫く。その大きな目に吸い込まれていくような錯覚に襲われる。

彰人は口を開いた。そのことに、彰人自身が驚いた。言い残したいことなんてなにもないはずだった。そう、四ヶ月前はなにも思い残すことなどなく、自分の命を絶とうとしていた。

それなのになぜ?

僕はなにを言い残したいんだ？　口を開いたまま、彰人は言葉を発することができなかった。銃口の黒い穴に視線が固定される。心臓の音が耳元で聞こえる。

待ちに待った瞬間のはずだ。こうなることを望んでいたはずだ。だからこそ、ずっと沙希を待っていた。

本当にそうなのか？　自分は本当に沙希に殺されたかったのか？

胸に芽生えた疑念は細胞分裂を繰り返し、急速に膨らんでいく。

沙希が撃鉄を起こし、細い人差し指を引き金にかける。

違う！　彰人は気がついた。自分の胸の奥深くで眠っている欲求の正体を。

僕は君に殺されたかったんじゃない。

僕は……、ただ君に会いたかった。

彰人は慌てて口を開く。最期の瞬間、ようやく気がついた自分の想いを伝えるために。

「僕は君を……」

言葉を紡ぎ終える前に、沙希の指が引き金を引いた。

パンッという軽い音が彰人の鼓膜を揺らした。


「なに……これ？」

瞼を開けた彰人は、自分の顔と体に絡みついている旗と紐に触れる。

「新しいこの国の国旗、日の丸よ。ていうか、もともとの国旗に戻っただけなんだけどね」

沙希は芝居じみた仕草で銃口にふっと息を吹きかける。彰人の体に纏わりついている旗には、その中央に赤い正円が生き生きと描かれていた。

「そうじゃなくて、なんでおもちゃの銃なんか……」

「いやー、バイト代払ってあげようかと思ったんだけど、よく考えたら私の課外活動はまだ終わっていないのよね」

「まだ終わっていない？」

彰人は体のまわりの旗と紐をとることも忘れ、沙希の言葉を繰り返す。

「そう。一応は統一したけど、混乱は続いているでしょ。東西の経済格差とか、思想の違いとか。本当に一つの国になるまでには、まだ時間がかかる」

「たしかに、そうかもしれないね」

「だから本当の統一ができるまで、四葉グループの力が必要になるの。つまり私はまだまだやるべきことがある。私の課外活動はこれからが本番」

「僕はそれまで……」

沙希は燃えるような紅色に染まる空を仰いだ。

「そう、私の課外活動が終わるまで、まだバイトは継続ってことでよろしく。いつまでかかるのか、いまのところ予想もつかないけれど。それともやっぱり先払いがご希望？」

沙希は挑発的な笑みを浮かべながら、自分の顔の側に拳銃を掲げる。

「言っただろ、仕事は最後までやるさ」

彰人は表情が緩まないよう、必死に顔の筋肉に力を込める。

「そう、それじゃあこれからもよろしく。ボディガードさん」

沙希は拳銃をスカートのポケットにしまうと、彰人に向けて手を差し出した。

夕日で頬が赤く染まった沙希の前で目を細めながら、彰人はその柔らかい手を力強く握った。

一際強い風が屋上を通り抜けていく。空いている手で、沙希は膨らんだ長い黒髪を押さえる。校庭に咲いている気の早い桜の花弁が宙を舞った。

彰人と沙希は空高く舞い上がった桃色を見上げる。

春の訪れを知らせる風が、一つになった列島を優しく薙《な》いでいった。

光文社文庫

文庫書下ろし
屋上《おくじょう》のテロリスト
著　者　知《ち》念《ねん》実《み》希《き》人《と》

2017年4月20日　初版1刷発行
2020年2月10日　12刷発行

発行者　鈴　木　広　和
印　刷　新　藤　慶　昌　堂
製　本　ナ シ ョ ナ ル 製 本

発行所　株式会社　光　文　社
〒112-8011　東京都文京区音羽1-16-6
電話（03）5395-8149　編　集　部
8116　書籍販売部
8125　業　務　部

ISBN978-4-334-77465-3　Printed in Japan

組版　萩原印刷